喜怒哀乐

文 剑 著

百花洲文艺出版社
BAIHUAZHOU LITERATURE AND ART PRESS

图书在版编目（CIP）数据

喜怒哀乐 / 文剑著 . -- 南昌：百花洲文艺出版社，
2022.5
ISBN 978-7-5500-4697-9

Ⅰ . ①喜… Ⅱ . ①文… Ⅲ . ①散文集－中国－当代
Ⅳ . ① I267

中国版本图书馆 CIP 数据核字 (2022) 第 068798 号

喜怒哀乐
XI-NU-AI-LE

文剑　著

出 版 人	章华荣
责任编辑	郝玮刚　蔡央扬
封面设计	肖景然
制　　作	书香力扬
出版发行	百花洲文艺出版社
社　　址	南昌市红谷滩区世贸路 898 号博能中心 A 座 20 楼
邮　　编	330038
经　　销	全国新华书店
印　　刷	成都兴怡包装装潢有限公司
开　　本	880mm×1230mm　1/32　　　　印张　11
版　　次	2022 年 7 月第 1 版第 1 次印刷
字　　数	230 千字
书　　号	ISBN 978-7-5500-4697-9
定　　价	80.00 元

赣版权登字　05-2022-67

网址 http://www.bhzwy.com
图书若有印装错误，影响阅读，可向承印厂联系调换。

作者近影 摄影/解刚

目 录

Contents

石城惆怅者

古都南京，自我孩提时就是我心中神圣而遥远的地方。我是启东吕四渔港人，离南京有三百多里路程，"如果去趟省会南京城瞧瞧该多好啊！"大人这样叹息一句，作为小孩的我自然深深埋在心里、萦绕在梦里。

要知道，二十世纪七十年代中期想从家乡去趟省会南京，比现在去趟西藏都难，时间再往前推，则难上加难了，没有交通工具啊。说出来可能让现在的人难以置信，如果决定去趟南京，起码要提前三天准备，光单程就要消耗两三天，这还是算脚程比较快的。

孩提时候，只要听到隐隐传来汽车喇叭声，我和小伙伴们便感到一阵新奇，想迫不及待地看看那汽车长得什么样。听大人说，汽车不像拖拉机，汽车开动时没有轰轰的声音，而且速度很快，风驰电掣地快。那时候在我们的脑中，拖拉机是不算汽车的。

我与小伙伴们遐想着、惊叹着，在地上用树枝画出各自心目中各式各样的"汽车"，心想能亲眼看一看汽车该是多么幸福的一件事……

吕四镇上只有一班开往县城的破旧大巴车，每天早上天色尚黑的五点半发车，到县城已是上午十时许（沿途带客大概经过七八个站台），从县城再买票去南通，南通至南京每天也只有两个班次的大客车，一班是在早上五点许，一班则在中午十二点，而且车票非常紧张，一般都得提前3天购票。买到车票，则乘上大客车赴宁，沿线经过如皋、海安、泰州、扬州、仪征、六合等地，需要停靠十三四个站台，如果乘中午十二点的班车，那么到南京已是夜里八九点了。

那时的大马路是在泥土上铺一层石子，许多未铺石子的地方冷不丁出现一个坑，汽车司机得小心转换低挡绕行，你要是穿白衬衫坐在车上一路颠簸，到南京站下车后不仅头晕眼花，头发上、睫毛上、脸上、脖子上都沾满了灰尘，白衬衫也会变成灰衬衫。

当然，从南通至南京还有其他新奇的交通工具，那就是从南通港乘坐大客船去南京，但船票同样紧张，因此码头上长期有许多鬼鬼祟祟的票贩子卖高价票。例如买个三等舱票，票价15元，票贩子报价最低50元，如到节假日则翻一倍，也就是100元，至于二等舱起码得要 200 元，相当于普通工人三四个月的工资钱。船票分五个等级，即从一等舱至五等舱：一等舱票常常是有钱也买不到；二等舱是四人一室；三等舱是八人或十人一室；四等舱是通铺；五等舱最差，与机房在同一层，等船一启动，整个舱室又吵又颠，空气中还弥漫着浓浓的柴油味，鼻腔黏黏的，令人窒息。

记得在我六七岁那年，父亲对母亲说，要去趟南京金陵船厂找做技术员的表兄，随便带上我开开眼界，听到了这个消息，我异常兴奋，疯也似的跑出家门把这消息告诉了我的众小伙伴，惹得小伙伴们个个睁大眼睛、羡慕不已。

天刚擦亮，我便听见父亲起床的咳嗽声和外面传来的鸡鸣声，其实我兴奋得几乎一宿没睡，早就两眼冒"激光"了，我跟着飞快穿上衣服跑到父亲床前，把父亲吓了一跳，说"你……你小子干啥呢？不声不响的，吓我一跳！"

"爹，你不是说带我到南京吗？我准备好了！"我欢快地答道。

"呵呵，看你小子平时赖床不起，一听到南京便滴溜溜地快！"父亲又道，"去帮我把堂屋的鞋取来！"

"好嘞！"我奔到堂屋，一眼发现父亲的解放步鞋，便抢放到父亲脚下。

父亲是吕北船厂铸造车间主任，身材魁梧、性格直率而粗犷，朋友广多。此次去南京拜会表兄，是受厂长委托寻求船厂业务合作。

吃了母亲烧煮的面疙瘩后，我抱着布裹包，随父亲匆匆出了门，此时天已破晓，我坐上父亲的脚踏车后座，摇摇晃晃地朝雾蒙蒙的海港方向驶去。

大约半个时辰便到了海港内港湾岸，一艘柴油机帆船静静停地靠在湾堤边，堤上站着父亲几个同事正抽烟等候。父亲将脚踏车停进港边一个大棚里，急急拉我一起跟着上了船，钻进船舱矮小的"房间"，"房间"里面有一张窄窄的木床，床上铺了花被子，父亲从床边取出一个装有炒花生的瓢，放在床上让我吃花生，自己则出了"房间"与同事们抽烟唠嗑去了。"起锚！"不一会儿，传来船老大一声吆喝声，船二夫拉响柴油机，在突突轰轰声中，船驶出内港，驶向茫茫大海，浓浓的、呛人的柴油及铜油味，让我再也吃不下花生，浓浓的柴油味伴着颠簸的船身使我的脑袋昏昏沉沉，我不由自主地想：这大海无边无际、浪头越来越猛，而柴油船那么渺小，要是被海浪掀翻怎么办？我们会不会掉进海里全部溺死了……我盯着头顶上那摇晃的千纸鹤，听着父亲和同事不紧不慢的声音，满脑袋恐惧的我紧紧地抓住花被褥，心快叠皱结成疙瘩纹了……

差不多过了一个时辰，船身才平稳起来，只听见父亲说了句："到堰江口了！"我从床上跃身朝窗口望去，岸上有排排槐树和错落有致的房子，我又转过身望去，对面约距离六十米远的岸上也是灌木疏疏、杂草丛生，有人在放羊，岸边还有一群鸭子悠然自得地游着，离得不远处还有好几艘机器船在航行，我惊喜地大喊："是长江！"

我走到船头甲板，发现父亲正与三个同事在机房旁边木桌上喝茶、打扑克牌，父亲发现我，便给我递了两根香蕉，并给我披了件棉大衣，我接过香蕉坐在木枕上边吃边欣赏两岸风光。这天天气阴沉，四周弥漫雾气，氤氲而静谧；耳朵里满灌隆隆的马达声，一缕阳光穿过厚厚的云层射下来，转瞬间横扫雾霾；我的心情突然舒爽了不少，将岸边田地耕作的农民、驾驶的拖拉机、啄食的鸡群、空中飞舞的麻雀，以及几个嬉闹追赶的孩童看得清清楚楚……

　　正在懵懂踌躇间，一阵阵沁人心脾的香味扑鼻而来，好像是烹饪鱼肉的味道，我朝飘来香味处转眼望去，只见一缕缕炊烟袅袅升空，我知道是厨师在烧煮。

　　"开饭啦！"一个围着围裙的老头出现在甲板上，父亲放下扑克牌朝我招手，我跟着父亲顺着陡窄的舷梯下了船舱，船舱十多平方米大小，中间摆了张四方木桌，桌上放了三盆菜，分别是杂鱼、蔬菜豆干和红烧肉，一瓶洋河大曲，以及碗筷。舱内不再有柴油铜油气味，而是一鼻子的诱人胃口大开的浓香菜味，饭菜冒着热腾腾的气，令人感到无比温馨。父亲让我坐在他旁边，一个叔叔夹了两块鱼和两块红烧肉放在我面前，一个劲儿催我快吃，我虽然不算饿，但还是埋着头不客气地吃了起来，我从未吃过如此美味的红烧鱼，又酥松又回味无穷，我想这厨师的技术绝对一流。而父亲与同事们则赌起酒来……

　　天渐渐黑了，船依然破浪前行，我从睡梦中醒来，朝玻璃窗口望去，窗外一片漆黑；只有船头照着一束强光，耳朵里传来哗哗的水声和隆隆的机器声，让我感觉船速还是蛮快的。

　　"大桥到了，华仔看大桥啦！"听到父亲一声呼唤，我腾地跑出船舱，仰目望去，光影朦胧中约二百米远的前方一座偌大的桥矗立江面，桥上有闪烁的点点红灯，还依稀可见桥上川流不息的汽车，我不由得"哇"了一声，心想这就是传说中的南京长江大桥！

"华仔，看到不？你心心念念的南京长江大桥看到了吗？晚上看模糊，白天看就更壮观噢！"父亲跟我比画道。

哇，这简直在做梦，心想这次到南京，要是父亲白天带我再看看这大桥岂不更美哉！

大桥近在咫尺，须臾间机帆船穿过桥墩，不过一刻钟，大桥被远远甩在后面，又过一会，大桥彻底消失在视线外，船继续朝南京港口方向驶去。

船终于在南京港口靠了岸，轰轰的机器也终于熄火停声了，父亲和船老大他们上了岸，不知他们做什么去了，我则继续留在船舱里看起翻烂的小人书……

孩提时的一幕幕犹在眼前，最令我难以释怀的就是那时出不了远门，除了没有像模像样的马路，更因没有载身前往的交通工具。

在我上大学前夕，父亲在老宅地办了爿橡胶制品厂，我是家中长子，"企业兴亡，伙夫有责"，十六七岁那年便充当了自家工厂唯一的推销员，根据事先掌握的情报，了解到时归扬州专区的兴化戴窑、林潭一带是众多皮鞋厂家的"集中区"，于是拿上父亲给的二百元钱，喝过父亲及众亲友为我送别的"壮行酒"，骑上父亲的自行车到镇上搭乘公共汽车直奔扬州。

到了扬州汽车总站，买票转乘去兴化县城，到了兴化后，再购票转乘去戴窑，途中几经周折，终于到了"两眼一抹黑"的戴窑小镇，找了个小旅馆住了下来，心想，此次小试牛刀，一定得杀出个血路来，完不成销售一万双鞋底的任务，就甭想打道回府，下定决心后就只有一个字"闯"！人生地不熟，到哪知晓皮鞋厂，嘴巴就是路，跋山涉水一家挨一家问，可惜戴窑人地方方言实在难懂，两天下来，找到了十余家皮鞋厂，可都吃了"闭门羹"。后来听某鞋厂门卫师傅说，戴窑乡大概有二十多家皮鞋厂，采购使用的橡胶鞋底制品都被我家乡一个绰号叫"上海触头"的人"承包"通吃了，还让我别瞎费劲折腾了，就是用黄金也砸不出"窿窿"来，我暗暗咒骂又暗暗敬佩那个"上海触头"朱大卫，心想要是见到他一定要拜他为师；那门卫师傅见我可怜兮兮的惨样，又神秘兮兮地告诉我，离这不到二十里路远有个叫"林潭乡"的地方，乡里有个"杏花村皮鞋厂"，该厂前几天来借调皮鞋底，但只借用到一小车，估计这家缺货，让我不妨前去试探，而且林潭乡的皮鞋厂也不少；最后门卫师傅还告诉我，杏花村皮鞋厂老板姓字很难写，姓"蒯"。得到这个珍贵消息，我兴奋异常，用笔纸记下后，更是对那门卫师傅感激涕零，送了他一包大前门香烟便兴冲冲地转向林潭。

从戴窑到林潭是无路可走的，更没有搭乘的车子，需要到码头渡口，搭乘小舢板摆渡过去，每乘一站按路程长短不同须缴一至二元。好不容易到达林潭镇，到了林潭镇逢人便问"杏花村皮鞋厂"在哪，问了第十二个人才得知那家皮鞋厂的方向，即需到镇上"三板子"摆渡口乘小舢板到古庙村口，然后再问人。在去杏花村皮鞋厂的路上我还发现很多皮鞋厂，但我并没有贸然访问，怕的是如果再像在戴窑一样尽吃"闭门羹"会打垮信心，会丧失了全部斗志，再说口袋里只剩下不足五十元，若连这点返程路费都耗光，会落得成乞丐一个。

到了古庙村，天色已晚，天气十分恶劣，天上乌云翻滚，西北风呼呼作响，大树被刮得低头垂向一边，不知哪家晒的衣服被风卷上了天，就连屋顶的瓦片都刮掉了些在地，我又冷又饿，裹着衣领缩着头又问了当地路人，一位好心的老阿姨让我跟着她去找，我感激涕零地跟着她身后向北侧的泥泞小路艰难前行。约走一百米，面前出现一座单墩拱桥，这座"桥"看得我心里直发怵，这哪是什么桥？分明是杂技大师表演的"道具"：前端由不足五十厘米宽的水泥预制板夹住，沿端再用两根圆木扎成拱起并接镶，飞檐于对岸，"桥"下面是一泓乌黑而冰冷的水，到对岸长四五十米，人还没走，此"桥"都在摇晃，别说狂风天气，就是大晴天都休想走得过去，要是不慎掉入水中，不是淹死就是冻死！哪知那老阿姨毫不犹豫地上了"桥"，还回头望了望我："上来呀！"我一看，魂魄散了一半，颤抖嗫嚅道："我……我……我不敢……"那阿姨笑了笑，一步一抬，稳稳当当地走了过去，看得我目瞪口呆，心想当地人走险桥如此从容不迫，难道是习惯成自然？

于是我硬着头皮、胆战心惊地上了桥，一步又移一步，大风在吼叫，"桥"面在摇晃，双腿在颤抖，步入桥中央，仿佛站在悬崖峭壁边，我的心脏在剧烈跳动，心想今天算是完了，可能要被淹死在林潭了……

"小伙子没事的，大胆往前走，脚抬高点！"那老阿姨在岸对面喊了一句，我听了此言，觉得大小伙子如此脆弱不免让人笑话，于是咬着牙，定了下神毅然决然迈开腿，向桥下端走去，终于从桥面顺利走出，心如石头落了地。

"嗯好，小伙子，一般外地人不适应俺林潭走桥，多走几次就管了。"老阿姨赞道。

"我的老天，到这林潭哪能生活，简直要命！"我抹了一把泪暗暗叫苦，心还在怦怦直跳。

在老阿姨帮助下，终于找到了那家叫杏花村的皮鞋厂，也找到了姓蒯的厂长（老板），蒯老板为人耿直、和善。当晚不仅挽留我住在他家，还好菜招待，次日看过我的样品后便与我签订了15000双橡胶鞋底制品的合同，我顿时感激涕零，直抹眼泪……

我大学毕业后，被实习单位《经济日报》（安徽版）社留用，当上了记者；1992年初借用到《经济时报》江苏记者站工作，记

○ 本书未注明拍摄者的图片，均为作者文剑本人的摄影作品

石城惆怅者 ⑧

者站是租用的中山北路三牌楼海军干部疗养所的房子。逢年过节，需返回家乡与亲人团聚，如何返乡，位于南京下关江边路19号的4号码头是我脑海里挥之不去的记忆！

去年春一次偶然的机会路过4号码头，此时此景令我不胜唏嘘，这个地方曾经的熙熙攘攘已不再，现在只是作为港务局物资仓储之地，在斗转星移、物是人非之中仿佛静静地诉说什么。

从南京返回我家乡启东吕四港，最令我心驰神往的就是到下关4号码头乘坐客轮，那是一场令人心醉的浪漫之旅啊。

1991年临近春节，我早早预购南京至南通的二等舱船票，到了腊月二十八的傍晚，我只身背了包依时踏上了4号码头，过了检票口便随着匆匆人流向停靠码头的巨大白色客轮走去。

"哎，麻烦小伙子，她感冒严重，帮个忙拉个皮箱可以吗？"一个温和的女声在我耳畔响起，我侧头一看，见是一位四十多岁的阿姨手上提了好多物品，正用征求的眼光望着我；她旁边则是一位脸色苍白、病恹恹的年轻女子，左手提包，右手拉着沉甸甸的皮箱，蹙眉苦涩，喘息艰难，模样清秀又十分娇羞。

"没事没事，我来帮你们！"我见了赶紧帮她们拎包提箱。

"十分感谢十分感谢啊！"中年阿姨一边感谢一边搀扶着年轻女子前行，一边上下打量我道，"小伙子是南通人？也是返家过年的吧？"

"我是启东吕四港人，是返家过年。"我一五一十，又反问道，"听你们口音倒不像南通人。"

"我们是南京人，是去南通亲戚家参加生日宴会的欸！要不是早就约好，我们不会带病前往。看来需要先到南通医院看下呢。"中年阿姨诚恳地说道。

"今天我回家也没啥重要事，我陪你们去医院吧。"我又道，"正巧南通医院有个办公室主任是我的好朋友。"

"那太好了！"阿姨又歉疚道，"这多不好意思，大过年的麻烦你呢。"

"这点事不算啥的，我们新闻人就是喜欢助人为乐！"我道。

"你是做新闻的？"阿姨看着我。

"是的，我是一名记者。"我道。

"记者这职业太棒啦，"阿姨想想又问，"你在哪家报社？"

"我在三牌楼海军干休所内《经济时报》社工作。"我答。

"啊，你也在这里呀，这么巧！"那年轻女子惊讶道。

"我妹正巧在海军干休所内，是省物资配件公司的总经理助理呢。"阿姨道。

"哦，是很巧。"我道。我们闲聊间已到客轮舷梯，我便说道："阿姨你手上的提包看起来很重，我帮你拿吧。"

"哎，不知怎么称呼你？"阿姨道。

"就叫我小印吧，印刷的印。"我道。

"小印啊，你别就喊我阿姨，喊我卢姐呗，"卢姐笑道，"我没像你称呼的那么老吧，看你比我妹小雁也大不了多少。"

"我一九六六年的，属马。"我道。

"敢问你是什么星座？"卢姐目不转睛地盯着我，我一下有些慌乱，居然涨红了脸。

石城惆怅者

"我……我是狮子座，八月十七号的。"我答道。

"好巧啊，我妹也是狮子座，她也是八月十七号的，只是比你小了整整十岁！"卢姐又转过脸对那年轻姑娘悄悄地不知说了什么，那年轻姑娘苍白脸上顿时泛起红晕，娇羞一笑，不再言语……

到后来，家乡机器小舢船消失了，4号码头没有了，浪漫的客轮也没有了，下关载客码头再无热闹非凡景象，林潭那独木桥更是荡然无存，乘坐轮船返家乡成为我常常萦绕心头又颇感失落的记忆……取而代之的，是遍及大街的私家轿车、快捷的高铁和方便的南京地铁等交通工具，我现在返乡基本都是自驾车，我现在的身份不再是新闻记者，而是一家制造业股份公司的董事长。

哦，逝者如斯夫，一切过往皆为烟云，我是石城惆怅者……

狂 野 之 夜

（一）

　　人到了中年，图的就是安逸，与少年时的狂野似乎早已了无牵涉。

　　然而，往往意料之外的事，总在不经意间降临，令我莫名其妙地恣意纵情于野营那个夜晚。

　　在我记忆中，像 2020 庚子年这样中秋节和国庆节双节同放是史无前例的。这不仅让孩子喜出望外，就连我们大人们也暗暗窃喜，心想终于可以出门感受大自然的美好，好好地做次深呼吸了。

　　往年的重大节日，我们可以从电视新闻、手机 App（应用）里获悉，外面的世界无一例外是拥堵不堪的，几乎所有景区都是人满为患，各个交通要道的车流犹如一条条忽而静止，忽而游动的"长龙"，各个宾馆酒店也都客流爆棚……此时凑热闹去旅游一定是"吃不好、住不了、价钱死贵"，无疑是花钱买罪受，因而在家搞创作，与妻子一起做些美味佳肴是最好的选择。这种有酒有菜优哉游哉随心所欲的好日子往往过得飞快，我边泡茶边清醒地一算，六天假没了，还剩下两天时间，正独自惆怅间，突然听到孩她妈一声喊叫："她爸，明下午我们一起到东郊秋游，参加家长群野营去！"

　　"什么？野营？说胡话了吧。"我被孩她妈逗得一愣一愣的。

　　"是的，错不了，野营！"妻子拿着手机跑到我跟前，指着手机里显示的"家长交流群"，振振有词地说道，"他们几个家长都准备充分了，也难得给孩子放松，这个天气也正适合外游，再说我们还可以趁机跟这几个家长交流下育子心得，实在太难得了，怎么，去不去？"

"秋游？野营？怎么个野法？"我突然饶有兴趣地问道。

"那简单啊！家里以前不是买过一顶帐篷吗？"妻子认真掰着手指说，"带上两条棉被、餐巾纸、开水瓶、手电筒和一些吃的，就行了呗！"

"这个好，刺激！"我情绪被妻子一下子点燃了，随口道，"孩子当然高兴，我也以此经历可写篇小散文啊！但这好像是年轻人做的事，我……"

"什么，你七老八十啦？走！别老宅着，跟我上超市采购些吃的！"妻子是个急性子，只要她想做的，说干就干。

"现在就去？"我有些迟疑。

"对，现在就去！"妻子一言九鼎。

半小时后，我与妻子驾车到鼓楼一家户外运动用品店采购了悬挂照明灯、帐篷护垫等户外用品，又跑到超市采购了香肠、泡面等食物。

一切就绪，且待妻子一声令下，随时可赴东郊参加"野营"了。

（ 二 ）

按照妻子的要求，一番上下楼来回几趟折腾，小女和我把野营帐篷、棉被、食品，及一些野营所用杂物塞进后备厢，就连副驾驶座位也堆得满满当当。妻子跑过来清点检查了一遍，满意地点点头便带着女儿钻进了后排座；我则抬头望了望满天阴霾，有些担忧说"这野营要是下雨咋办？"妻子则信心满满告知，说她已经查过天气预报，今明两天只阴无雨，催我快开车，别家都已到野营地了。我不敢再多话随即发动车子，开启手机导航，从虹桥宅地出发，路上堵得不算太久，车行驶了不到四十分钟，便到达目的地，停靠在东郊紫金山脚下。

黄昏降临，太阳余晖冲出重重的云层，缝里折射瀑布般的光芒，将石城东郊的森林、蠕动的车辆、人的头发都染上了橘红色，惠风和畅，不再有城市的嘈杂，一起都变得静谧了。

我们下车后沿着妻子手指的坡上方向望去，这坡上古树蓊蓊郁郁、芳草葱葱、小径弯弯，与那斑驳青石和清泉小溪，构成了一幅动态的法国油画，古树的深处是有两个足球场大小的绿绿草坪，隐约发现草坪上布满了五颜六色、形状各异的帐篷，帐篷周围还有许多人影在晃动，与辛弃疾的《清平乐·村居》中所描述的风光如出一辙："茅檐低小，溪上青青草。醉里吴音相媚好，白发谁家翁媪？"

"你发什么愣啊？快帮我搬东西！"妻子喊了一句，我回过神来连忙接过妻子手上的包裹，朝坡上走去。

"嗨，你们好！"一位男士笑容可掬地迎了过来，招呼道，"需要我们帮你们搭帐篷吗？"

"哦，谢谢！这是傲蕾同学管育兰的爸爸，后面的男士是张蕴欣同学爸爸？……"妻子在旁介绍。我发现孩子这个班级的家长不是当老师的就是从政的。最后介绍我："这是我老公，傲蕾她爸！"

"印先生好，久仰久仰！"几个家长十分友好，不约而同地朝我招呼。

"谢谢，幸会幸会！"我也绅士般地还以躬身致礼，两位男士接过我们的包裹，取出帐篷，忙着搭建起来。不一会儿，帐篷搭成了，昨天买的铺垫物品也用上，我把被子塞进帐篷里并顺势躺了进去，"嗯，感觉还不错！"我呵呵一乐，妻子见此嫣然一笑道："怎么样？让你这个老土开开洋荤，体会体会什么是现代社会！"

（ 三 ）

夜色阑珊，路灯相继开亮了，兴奋的孩子们在不远处叽叽喳喳地讨论什么，几个家长老练地帮孩子们搭了一个敞篷，在地上铺上厚厚的塑料垫，放上折叠小凳，掌上伸缩的杆子系上露营灯，插入地里，又摆上各种各样的食品，七八个孩子们立刻围坐一起，毫不客气地吃了起来。我们几个男家长也是一见如故，心照不宣地忙着铺地毯，女家长们拿出各自带来的烤鸭、牛肉、花生米、午餐肉、红酒等铺了一地毯，大家席地围坐，我则拿出一瓶"南弘一酱"酒扬了扬道："野外湿重，老酒御寒，大家来不来点这个？"管爸爸连称"好好，喝这个！"妻子拿出纸杯绕着圈一一分发，我端着酒瓶逐个斟酒，嘴上不住地嚷嚷："今晚大家一定要喝点，你们可听说冬泳下水前都会饮酒？冬泳与露营一样有寒气呗，要想

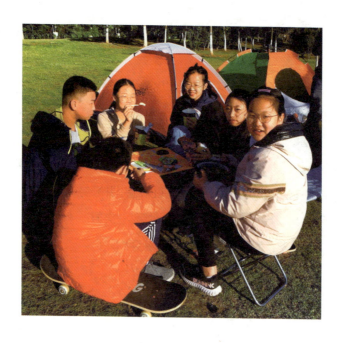

防寒保身，就必须饮酒！"这话非常灵验，大家纷纷拿着纸杯要酒喝，仅仅一瓶"南弘一酱"酒哪够对付十四位（七对夫妇）家长，我只能按人均半两分配斟酒，给女士只筛了一点儿，给几个豪酒的大老爷们也只筛了不到一两，真的是后悔信口嘴快如此动员，心里也暗暗后悔怎么不多带两瓶来呢，一时觉得这酒弥足珍贵！

"南弘一酱？嗯嗯，喝酒御寒，"牵头组织此次野营活动的是管育兰的爸爸管先生，他慢慢抿了一口后说道，"这酒味道真不错哎，就是有点辣！""是酒哪有不辣的嘛。"我取笑道，只见管先生举杯大声说道："来来，为我们幸福的晚宴，干杯！"

"干干！"大家异口同声响应，纷纷举杯将酒饮了，气氛一下子活跃起来，有的滔滔不绝，有的引吭高歌，有的放声大笑，刚刚还文质彬彬、优雅庄重的家长们，似乎生活工作中的压抑得到彻底的释放，现在像一群野孩子，不再讲究饮食是否卫生，不再计较恭谦礼仪是否得体，畅快饮酒、大块吃肉，原始的豪放不羁性情暴露无遗，推杯换盏，好不热闹。

"好像下雨了！"管爸爸突然冒了一句。

"哇，雨点都溅到碗盆里了！"有位妈妈也惊叫了一声。

"我的妈也，雨点正巧滴到我嘴里了！"另个妈妈失声道。

我仰头望天，有零星雨点蹦落我的额头、鼻子上，通过石城的灯火，只见天空乌云密布，月亮不知躲在哪里，眺望远处，树影婆娑，通过街头路灯的光线，可以清楚地看见稀稀疏疏歪落的小雨点，以及上百个形状各异的帐篷，布满草坪丘坡，显得威武壮观，这般情景不禁令我联想起《三国志》中诸葛亮北伐攻打魏国司马懿，在渭水南岸五丈原星夜安营扎寨的阵势。

"天气预报不是说没雨的吗？"一女家长带着疑惑的口吻道。

"气象台只是天气猜报，你还当真啊！"一男家长戏谑道，"要是夜里淋雨，咱以为是尿床呢！"

"大傻帽，你以为你还是个淘气蛋！"他老婆捶了他一拳，嗔怪道。

"下雨了，那现在咋办？"妻子拽了下我衣袖，悄悄道，"要不收摊回家？"

"人家不走，我们急啥？"我悄声回复妻子说，"这样也不礼貌！"

○ 胡延 / 摄

　　"没雨啦没雨啦，看见月亮影子啦！"几个孩子惊喜地蹦跳着，我闻声顺着路灯向天空望去，深邃博大的苍穹中，只见云层缝隙间探出半个白晶晶的月亮镶嵌在天空中，云层由黑变淡，月亮的出现让黑漆漆的夜亮了许多，让人一下感到神清气爽，就连夜幕下的石城都显得安详而温柔。

　　"呵呵，今晚无雨无风，喝酒喝酒，大家尽兴！"管先生性格外向，是个天生乐天派，举着杯子大声动员道。

　　"好好，一起喝！"众家长一饮而尽。

"印先生带的南弘一酱没了，现在喝我的白兰地吧！"张爸爸取出一瓶白兰地，高声道。

"先喝我带的XO，怎样？"陈爸爸拿着一瓶法国XO给大家亮了亮。

"行行，就喝XO，这酒OK！"管先生跷着大拇指，又说，"这洋酒价格不菲，像这种二斤装的XO价格两三千吧？我等老百姓可享受不起啊！"

"我们带了两瓶，"陈太太抢话道，"这酒我家老陈基本每月喝掉两瓶，最多一个月能喝四瓶！"

"就你家老陈一个人喝？"管先生瞪大眼睛。

"是的，就他一个人在家里喝！"陈太太快人快语。

"你家老陈做什么生意呀？"我好奇追问。

"我家这位不是生意人，是国家环境巡视组的……"未等陈太太说完，陈先生一把手捂住她的嘴，道："低调！低调！"

一阵尴尬后，陈先生推推近视镜笑了笑说："我太太农村来的，不懂世面，别跟她一般计较……"

"哎，你老兄可别小瞧农村人哦。"管先生接过陈太太的XO酒，站起来边逐个斟酒边道，"现在的新农村可不是以前的农村了，听说现在农村户口可值钱了，一个外地户口要想迁入我苏北农村老家得要几十万呢！不过我说老陈兄弟啊，这个年头你一个当官的得分外谨慎了，我们家长圈内人没得事，在外面可要嘴紧，行为更得收敛，现在不廉政就要玩完啦！"

"那是那是，"陈先生摆摆手道，"我就好个XO，其他都不

沾……"陈先生正在解释时，突然传来"噹"的铜锣声，我们循声张望，见一群孩子纷纷朝不远处有灯光和锣响的人堆里跑了过去。

见此情景，我情不自禁起身晃晃悠悠走了过去，见一棵槐树丫上系了一盏锃亮的镁光灯，树下簇拥许多人，我站在人群后面踮脚一看，有一高个汉子头顶倒立着一啤酒瓶，两只手还托着酒瓶，摇摇晃晃地表演戏法，引来一阵阵热烈掌声。另有长得俊美的几个男女模仿他的动作，不断打着哑语，那高个汉子表演一结束，其中一个女子一手拿着话筒，一手执着方型纸箱沿围观的人群走上一圈，然后放在场地中央，大家都不由自主地往里塞钱。女儿寻寻觅觅蓦然发现了我，便缠着让我给钱，我只好掏出一张"大团结"，女儿抢过便钻进人群，将这张"大团结"塞进了纸箱。紧接着，在一曲《天边》悠扬的音乐声中，两男两女欢快地跳起了新疆舞……

"这是一帮聋哑人，"旁边一个家长模样的人摇了摇头说道，"只要不下雨，他们都会来这卖艺，赚钱！"言罢便双手一背走了。

我听后，也一声不吭地回到原地。

管先生他们见我回来了，又缠着我连喝几杯 XO 及另外的白兰地，我一则酒力不支，二则不适喝那混合酒，几圈下来感到头昏脑涨，两眼发花，谎称"不舒服"撤离了现场，一头钻进帐篷盖紧了被褥，晕晕乎乎很快睡着了……

<h2 style="text-align:center">（ 四 ）</h2>

睡梦中，听见呼哧呼哧的声音，发现帐篷下角处钻进一头狼的脑袋，狼眼闪着蓝光，与我正面对觑，我毛骨悚然，身子连连后移，狼随即露出狰狞的獠牙，张开血盆大口朝我脖子猛地咬来！"哇！"

○ 胡延/摄

我紧闭眼睛大吼一声……

"印华你怎么回事？"妻子掀开帐篷，见我裹着被子浑身瑟瑟发抖，便大声高喊，"你们快来，我老公他受到惊吓了！"

"怎么回事？怎么回事？"帐篷里一下子钻进好多脑袋，我一看是管先生、陈先生、张先生、蔡女士等人，他们用诧异的眼光望着大汗淋漓的我，我蓦然醒悟：原来是场噩梦！

"不好意思，做噩梦了"我腾地坐起来捋了捋额头上的虚汗，心有余悸地叹了一口气。

"没事没事，怎么就做梦了？"陈先生咯咯笑道。

"印先生难得野营，环境不适，看来夫人要多带他出来啊，哈哈哈！"管先生取笑道。

"额头又不烫，你真搞笑，胡话了吧！"妻子摸摸我的额头，道，"还以为你生病了呢！"

"现……现在几点了？"我恍恍惚惚道。

"才十一点半，"妻子看了下手机道，"大家还在喝酒呢！"

"怎么样，印先生出来继续？"管先生征询道。

"不不，我不行，你看我这混合酒喝得，"我拼命摇手又摇头，道，"我得继续睡觉！"

"下面你得改做美梦，比如旅途艳遇，再比如有其他好事。"管先生油嘴滑舌道。

妻子嗔斥道："你们去喝你们的酒吧，我得留一下陪护他！"

"呵呵呵，我们继续了。"管先生笑着挥挥手，走了。

妻子给我喂了些开水，我看了会手机新闻，不知不觉又昏昏沉沉睡着了。

（ 五 ）

等我再睁眼醒来时，妻子睡在我的旁边发出轻轻的鼾声。除了帐篷外面传来的呼噜声和偶尔的鸟鸣声，外面一片寂静，我起身端坐，听着外面前后左右帐篷里传来此起彼伏的鼾声，我打开手机一看，此时正值早晨六时尚缺数十秒，我突有一种"世人皆浊我独醒"的感觉。我撩起帐篷门帘，呵！外面草坪树林已被红彤彤的晨曦尽染，氤氲悠悠，一缕缕白沙式的雾霭在朝阳照射下轻轻柔柔地升起，南京东部的清晨，空气十分沁人心脾，上下呼吸道贯通，透展每根神经，我凝神望去，纤长嫩绿的青草，就在这清晨的雾霭中生出那一颗颗圆润小巧的露珠，那露珠就静静地贴在青草的叶瓣上，也许是梦醒了吧，还是耐不住那薄霜的微凉，清晨的第一滴露珠便在绿草的舞蹈中悄然滑落，有许多露珠则好像串在线上的玻璃小珠一样颤抖，在晨霞的照耀下晶莹地发着光。

我迅速披上衣服，穿上鞋子，出了帐篷，深吸了一口清鲜空气，见草坪上都是昨晚野炊遗留的啤酒瓶、一次性筷子和塑料口袋等垃圾，我举目张望那一座座五颜六色的帐篷，就我孑然一人站在帐篷群的中央，心想昨晚这些疯狂之人不知喝酒到几点才罢休，仍隐隐闻到空气中夹杂酒和食物的杂味。我又抬头望了望天，顶上天空是湛蓝湛蓝的，好像被清洗过一般，西斜的月亮如一块快要融化的瓷盘，弱弱地被一朵白纱般的云朵罩住。天的东际，此刻泛起鱼肚白的颜色，此时太阳还没露头，正在酝酿其震撼征服全人类的威力。渐渐地，鱼肚白变成粉红色，接着，它又由粉红慢慢地变成深红，再由深红变成绯红的颜色。这时候，周围的白云，仿佛涂上了缤纷的色彩，我凝望那色彩斑斓的天际，哇！太阳露头了，只是露了一点儿，却喷薄出万丈光彩，整个世界都被它照个一清二楚，这时候人的眼睛还可以直视太阳，但再过几秒就不能直视了，因为比激光还强十倍的光源可能会刺伤双眼。原来在南京东郊的山坡上也可肆无忌惮地观看日出，这朝霞如此壮美！

但一想，若不来东郊野营，如何领略这般美景？即便一辈子住在南京，也未必知晓东郊可以观看日出吧！

太阳出来了，此刻鸟语花香，不远处有两个环卫工人开始马路清扫和环境打理。我顺着山坡蹀躞向下，穿过马路后便一眼看见坡下有一泓几乎静若镜面的碧清秋水，湖边一艘漂亮的小型画舫游轮靠岸而歇，"哗啦啦"一个划水声响过，我发现一个戴着竹笠、约有六十岁的老渔翁正在湖边捕鱼，我饶有兴致跑了过去，那人蓦然一惊，但随即朝我咧嘴笑了笑，并从湖边绕到鱼篓旁，在鱼篓里捞出两条活蹦乱跳的大鲫鱼，装入一只塑料袋朝我扬了扬，呜哇呜哇喊了几句，我才发现这瘦巴瘦巴的老渔翁原是个聋哑人，他这动作告诉我，他要送两条鲫鱼给我。我见这老渔翁可怜兮兮样，遂摇了摇手，笑了笑转身离去。我沿着小道继续向前独行，边走边想这整个湖面不算大。环湖的两岸是杨柳青青，柳条垂落湖水中；两排绿荫中间有一条以鹅蛋石铺就的弯曲小道，每隔三四十米有座防雨凉亭，里面设有石桌石凳，既能遮阳又能休息。我寻思，我在南京工作那么多年怎么没发现竟有如此美妙的地方，与孩子她妈在一起多年到处寻寻觅觅，居然漏掉眼皮底下的绝色风景？正在我不无嗟叹感慨之时，坡上远处隐隐传来熟悉的呼唤声："印——华——""爸——爸——""印——总——"……

我循着声音向坡上望去，只见妻子、女儿，及妻子的两个闺密正在找我。我冲着她们振臂高呼："我在这——"

她们闻讯朝我奔了过来……

野营结束了，也该收心了，孩子要读书，大人要挣钱养家，野营不野心，不为狂野方为正道！我与妻子女儿，走上归途，回想起昨夜狂野和那一场噩梦，感悟今后不可知的人生旅程又将发生的酸甜苦辣，一路上浮想翩翩，拿起手机上昨晚编作的一首小诗，口中念念有词道：

○ 胡延／摄

岁月蹁跹人知否，花开雪融又一秋。
青丝已换满头白，谁知此生几回眸？

撰于 2020 庚子春，江阴马儿岛

狂野之夜 ⑧

喜 怒 哀 乐

（ 一 ）

又到寒冬腊月，望着如期而至、满天飞舞的大雪，心情如眼前一棵裹满雪的白果树，乱蓬蓬、冷飕飕，更是塌蔫蔫的。

马充作为一个有四十多名员工企业的老板，虽然企业不大，但操心操劳并不小，每到年终时心里更是沉甸甸的。昨天下午三点许，马充一如往常驾车正欲出厂大门时，早在工厂门岗处久候的车间主任高滕走了过来，朝马充满脸堆笑说："老板，今天已腊月二十三了，离过年没几天了，车票非常紧张，我们外地几个

○ 胡延／摄

员工想赶紧买票，您看该让我们什么时候回家？年终嘛，您知道大伙的……"看他欲言又止且窘迫的脸，我何尝不懂他们的意思，一年到头下来，大伙都期望着马充拿出一大笔的钱来分配分配，都希望得到一笔钱回家与家人过大年，马充看着高滕及其后面两个老工人焦急又困窘的神情，不假思索点头说："哦，知道了，就这几天会安排的，等通知吧！"听了马充的话，高滕和两个老工人双手合十，连连说道："谢谢老板、谢谢老板！"

　　他们哪里知道，此刻马充心里也是十分焦急。今天已是腊月二十三，掐指算来离春节也只有一个星期，厂里四十多号人起码

喜怒哀乐 ◈

需要拿出三十万的年终奖，还不包括管理干部的年终分红！更重要的是今年公司生产经营的钢制品盈利状况并不好，为了对付明年的市场竞争，下半年硬着头皮贷款一百多万买了一套可替代人工翻网的自动化设备，又拿出一笔钱来开发异型拼装新产品，这新品开发如播下种还没发芽，加上疫情影响，线上线下销售怎么使劲也上不去，公司资金一直紧巴巴的，该筹借的都已做了，现在哪有这么一大笔钱来年终分配呢？

　　思前想后，马充决定回家和妻子商量看能否把车子等抵押给银行先贷款过完这个年。妻子支持马充这个决定。

（ 二 ）

　　那天从银行出来已经天黑了，还下着雪，马充撑开伞后朝大

○ 胡延／摄

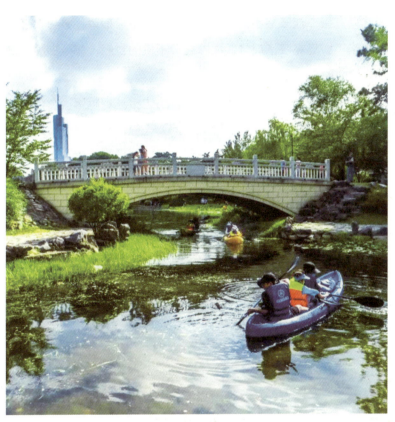

○ 胡延/摄

马路方向走去，心想路上如拦不到出租车，只能步行回家，此处离家估计有十四公里路，步行最快也要两个小时吧。

果真，马充沿公路走了半小时，车流滚滚，却不见出租车的影子，偶尔见了有出租车扬招，出租车司机却视而不见，从马充身旁疾驶而过。此时，天色已晚，天气又很恶劣，出租车也要赶回家中，不再考虑生意了。

马充接二连三招不到一辆出租车，故不再指望，心想看来只能走路了！马充叹了口气，拖着疲惫不堪的身躯，深一脚浅一脚艰难地向前行走。

雪无声无息、密不透风地飘着，路边雪越积越厚，白茫茫一片，已分辨不出哪边是路、哪边是河，天已俱黑，幸好有路灯，但也有几公里没路灯的，此时全凭马充自己感觉摸索行走，黑暗中越来越难以辨认路的位置，心想如果眼前真的是条河或是一个陷阱，上面铺上厚厚的白雪，一脚踩进去，肯定不是溺死就摔死。想想心里直发毛，故行步更加谨慎而缓慢了。一阵寒风袭来，两只耳朵冻得刺骨地疼，双手也是冻得麻麻的，好像不是身上的肢体，脚下蹬的棉皮鞋里灌进一层雪水，脚冻得近乎失去知觉。

此时饥寒交迫，雪路遥遥迢迢，难道这路犹如登"蜀道"之难吗？

"唉！大不了一死，反正这日子过得遭罪，还不如一死了之！"马充脑袋一片混混沌沌，迎着弥漫的大雪与寒风，马充嘴上哼唱着蒋大为的《敢问路在何方》，视死如归般地向前、向前，再向前……

"你挑着担，我牵着马，迎来日出送走晚霞……"马充哼着唱着，大步流星地奔着，一路想起下海经商以来遭受过的种种委屈与苦难，顿时觉得自己就是个苦命货，内心翻江倒海，苦涩不堪，不由泪水模糊了双眼，鼻子一酸竟然仰面哭泣起来，走着走着，一不小心被一件硬物绊倒在地，黑伞也抛了出去，马充使劲挣扎抬起头，雪片如万箭穿心、倾面而来，黑漆漆一片，无法看见周围环境，只感觉雪花铺天盖地落在脸上、头上、身上，仿佛欲将自己就地埋葬……

"嘟嘟——"一连声刺耳的汽车喇叭在马充身后响起，一道洁白的强光照射过来，马充侧脸看去，眼睛却被强光炫晕了。

"你怎么了？"一位妇女拿着我的黑伞俯身站在马充跟前，大声地询问。

马充艰难地爬立起来，细细一看那车正打着双跳灯，车顶上有亮着"TAXI"字样，再看看那妇女长得胖胖的，估计五十岁年纪，她那卷曲的头发被淅淅沥沥的雪不断地染白再染白。妇女看上去慈眉善目，神态和蔼可亲，像个邻家大姐，马充心头顿时一暖：遇上好心的士女司机了。

"快快上车吧！"女司机打开了后排座的车门喊道。

马充一头钻进女司机的车里，女司机把卷收的黑伞塞了进来。车内开着暖乎乎的空调，马充霎时间感觉自己从地狱返回了人间。

"师傅你往哪去？这么大雪天，你怎么在这偏僻荒野地方行走啊？"女司机用手拍拍头上的雪片，雪屑撒落在她的驾驶座周围。

"谢谢、谢谢！"马充听了她温和的声音，感恩地望了望她，答道，"往虹桥方向，我住南京饭店附近，我在车管所办事搞迟了，一路上拦不到出租车，真的感谢你了……"

"谢什么呢？每个人都有不幸的时候啊，一路走来已经见怪不怪了……"女司机很会聊天，一路上东问西询，不到半个时辰，车便停靠在巷子口，终于到家了。马充一看计价器显示为 17.50 元，马充掏出四张十元给女司机，女司机退他两张，他推门下车还是硬塞给了她，再三道谢后便向家里大步走去……

次日上午，马充的银行卡如期收到了七十五万元。

"老板，我认为你应该先把七十万立即给付江海钢厂，"刘会计眼睛眨巴眨巴认真道，"付了这钱，还差三十来万，然后你亲自打个招呼，估计钢厂的胡总也不会太介意了，来年还得好好合作，没有钢厂支持，来年靠什么，这比什么都重要啊！再说，我都被江海钢厂黄经理催死了唉！"

"不行，我得留三十万发员工工资和年终奖！"马充也是一阵为难。

"老板，我认为小刘会计说得对！"助理龚望秋也同意刘会计的建议，继续道，"一头是明年业务开展的外部大事，一头是可松可紧的内部小事，孰轻孰重，你老板可要把稳方向啊！"

"美丽的夜色多沉静……"小刘手机音乐声响起，小刘指着手机急躁道，"呀呀，老板你看看，江海钢厂黄经理又打我电话了，我怎么讲？"

"把电话通了，我跟他讲！"马充果断道。

"嗯嗯，"小刘把手机接通，便道，"黄经理吗，我们老板戴总正好在旁边，他要和你通话！"说完把手机交给了马充。

"喂，黄经理你好，我是马充！"马充接过手机便自报家门。

"哟哟，是马总您哪，"电话里传来黄经理着急的客套话，"不好意思啊，厂里年终考核很严，我辛辛苦苦一年到头的年终奖就靠您了，您晓得我老婆刚生孩子，家里揭不开锅，这个年全靠您了……"

"知道了知道了，小黄，"马充忍不住打断他的话问道，"我们现在差你那多少？"

"一百多万，我算了下，您只要给个七十万我就好交差了！"黄经理又道，"剩下的来年再裹着转，也好保住贵公司一级代理商待遇，否则……"

"好好，"马充随口应承道，"我马上安排付你七十万！"

"太感谢马总了，来年我一定好好为贵司服务，让您满意……"

"好好，别说了，来年希望你多支持配合了！"马充嘱托道。

"一定一定，马总放心！"

挂上电话，马充对小刘会计说道："我签字，给江海钢厂汇七十万！"

"我马上办，老板！"小刘会计连忙填单，完后交马充签批，签完字，小刘便通过网银将这七十万汇走了。

马充刚回到办公室，车间主任高滕带了一高一矮两名副主任喜笑颜开地推门跟了进来。

"老板辛苦了，为我们打工的操了不少心啊，"高滕点头哈腰道，"弟兄们都急死了，都等着您开薪好赶路呢，嘿嘿！"

"你……你们急什么，"马充心底一惊，拉长脸道，"不是让你们等几日吗？！"

"哎，老板带回了七十多万，不就是考虑我们这些为您打工的人吗？"高滕还是笑呵呵地道。

"谁……谁给你们说我带回七十多万？"马充一听高滕这话，急了起来。

"哦哦。"高滕尴尬地耸了耸肩，不知如何回答，旁边一个

喜怒哀乐

瘦高个姓齐的副主任咳了一声，补了一句："我……我来说吧，是老板娘告诉我们的，嘿嘿！"

"她胡说，哪有七十多万？我正在烦着呢，"马充呵斥道，"别烦我了，你们先出去，我正在想办法呢！"

"哎，老板你可别要你底下的人哦，"高滕蓦地青着脸，道："我们都是打工者，你老板可知晓，年关到了，大伙就靠年底分配的钱回老家交代……"

"谁要你们了？高滕你别起哄了，"马充拍案道，"你们先出去，我不是说在想办法吗！"

"马老板，你别拿我们当猴耍！"瘦高个突然尖声道，"就在十分钟前财务部都说你带了七十多万回来，难道你存心让我们过不了年？是不是？"

"都什么时候还卖关子，老板你别摆什么谱了，你想不想让我们来年再干了？！"后面小矮子直翻白眼，气呼呼低声道。

"老板，你是不是挪用这笔钱？"高滕阴沉着脸，道，"弟兄们都在等你发话呢，你总不能让跟你多年卖命的兄弟们寒心吧！"

"你……你们翅膀硬了不是？！"马充气吁吁地来回踱了几步，摊开手近乎示弱道，"求求你们，给我考虑下行不行啊？！"

"好好，"高滕立即点头道，"咱们走咱们走，给老板点时间考虑！"

高滕手一挥，三人便迅速离开马充办公室，高滕走到门口又折回头，气呼呼道："不过，大伙都要赶年回家，千万不能超过两天时间啰！"言罢，便出了办公室。

"唉——"马充望着他们离去的背影，长长叹了口气，一屁股瘫坐在椅子上。

"老板，"助理龚望秋推门进来，后面跟着会计小刘，龚望秋焦急道，"时间很紧了，我倒认为得赶紧拜访下中铁的三个项目经理，他们还都在外地，咱今年靠这三家，明年还得靠他们哪。还有重要的城管、派出所、税务、消防……"

"好了好了，"马充不耐烦地摆摆手，搓了搓绷紧太阳穴，道，"你不想想，这么多工人急着嚷嚷要回家过年，高滕这小子又左催右逼，我都快憋疯了，我能撇下他们不管，安心去外地给客户拜年？"

"那……那……先处理他们事，让他们赶紧走呗。"龚望秋不知深浅道。

"怎么处理？钱，钱呢？"马充瞪着眼睛吼了一句。

"这……这可是你老板的事啊……"龚望秋怯怯道。

"你出去，出去吧！"马充朝他拂了拂手，龚望秋便知趣地退了出去。

"老板，我也出去了，"小刘会计见马充发脾气，错愕地望着他，出去拉门时弱弱地说了一句，"我知道公司钱紧，我也去找找门路哦。"

"走走，给我清净些！"马充对她拂了拂手，此刻十分烦躁。

没过三分钟，龚望秋又折转回来，他告诉马充说："因公司没奖金兑付，营销部刚有一个特急的小订单交生产部，没想到高

滕撂挑子不干了，咋办？"马充压住心中怒火，对龚望秋说："高
主任撂挑子，你给我顶上，你不顶由我来顶。"龚望秋见马充真
的发狠了，丢下一句："那我去顶吧，老板你心里有数就行了！"
便掉头走了。

（ 三 ）

"算来算去还缺至少六十万！"马充沮丧又无奈地拍了拍桌
子，事不宜迟，借！向谁借呢？马充搜肠刮肚地捋了一遍，无奈
想到了家里有钱的亲戚：一个是在广州做进出口设备的堂兄，叫
戴强，比马充大两岁，两人从穿开裆裤起，一起撒尿和泥巴长大的，
现在他生意做得风生水起，早几年就听说在上海、广州这些一线
大城市买了别墅，可现在他人在广州；另一个是在同城做二手房
买卖的表弟，叫章翔，比马充小一岁，这小子头脑也灵光，十年
前做五金工具搞得不咋样，但自从改行开公司做二手房买卖后，
据说在闹市区买了近五百平方米商铺，租给一家农信银行做营业
部，当起银行的房东，你说这小子厉不厉害？不仅如此，他还在
河西购置了一套豪宅，着实有钱！

不过在他们眼里，马充也不赖，二十世纪八十年代的大学生，
学历比他们强，身上多几分傲气，马充从不求人，只有别人来求他，
一直"牛哄哄"的，马充想如果此时此刻厚着脸皮去向他们借钱，
他们能给马充面子吗？

"事到如今，只能拉下面子试试看了！"马充思来想去，鼓

起勇气，拿起电话先打给戴强。

"嘟——嘟——"电话通了，传来熟悉的声音："您好，哪位？"

"是戴强吗？我是马充啊，"马充内心很是纠结，但装出十分热络的语气，"年底事务忙吧？这个春节回老家吗，我们哥弟俩好久不见了，你要是回来咱一起喝个小酒，好好唠唠嗑！"

"是马充老弟啊，我当谁呢！唉，因为疫情，这个春节回不去了，老弟你今年战果如何啊？"戴强还是那个嬉皮笑脸的声音，"弟妹家里都好吧？"

"好的好的，"马充嗯了一声，叹道，"遇上疫情，这个年能挺过来算不错了，能好到哪里去，你是做跨国大买卖的，生意可受到冲击吗？"

"还行还行，我只做亚洲中东地区如巴基斯坦、伊朗等国家贸易，那里疫情并不严重，相比往年业绩还增长了些呢。"戴强一副得意语气，又道，"这几年做实体工厂着实不易，你那钢筋焊网厂情况如何？"

"唉，堂兄说的是，确实不易，去年下半年投了些固定资产，遇上疫情，计划赶不上变化……"马充支吾了下，想想还是直截了当为好，道，"有件事还真不好意思开口，年终结算时发现资金尚有五六十万的缺口，你可否帮了老弟的忙，来年五六月可以还上，可……"

"哟哟，老弟啊，你这电话要早一个星期打来就好了，"戴强未等马充表述完，就打断马充道，"一周前我把所有的贸易款投入基金，这基金一旦投入没有半年动弹不得，现在我手头只有三五万家里吃饭买菜的钱，真不好意思哪……"

"哦哦，没事没事，"马充一听没戏了，也只好作罢，便说道，"我主要向你问安，这事顺便问下，多保重多联系！"

"对，你也多保重，代向弟妹及家里问好！"

"谢谢！"马充按下了电话。

放下电话，马充便想到表弟章翔，虽知那表弟章翔为人更比戴强滑头，但也得试一下，说不准他看在我曾帮助过他分上，也会帮我一把。

雪，还在不住地飘洒，整个城市银装素裹；马路两排的路灯杆上已系上红彤彤的中国结，也有些孩子在大人协助下在马路边堆起小雪人……春节气氛越来越浓，一派祥和的盛世景象，马充却毫无兴致欣赏这美景，拿起手机联系了表弟章翔，我们约在他家附近的万达。

到了万达广场门口处，老远看见章翔撑着伞早在马路边等候，马充把车子直接开到他面前，摇下车窗向他招手，章翔一怔走了过来。

"表哥大雪天奔走啊，你这车？"章翔笑嘻嘻，又补言道，"哎，你的大奔 S350 呢？"

"在维保，这车是我助理的。"马充随口编了一句，招呼道，"上来，坐副驾驶！"

章翔收起伞钻进副驾驶室，盯着马充打量下，道："表哥好像气色不太好，最近身体没事吧？"

"没事没事，可能最近熬夜多些，没事！"马充笑了笑，掏出一支细南京给他，他摇一摇头说："戒了。"接着又道，"表哥很少亲自找我这个穷表弟，啥事吗？"

"哎，你现在还穷吗？你独当一面创造二手房交易奇迹，买了豪宅，又当起了银行房东，证明老弟本事确非同凡想！我真的由衷钦佩，你呀，比我这个当表哥的强多了！"马充不无羡慕地恭维道。

"哪里哪里，别听外人瞎传，"章翔谦逊道，"表哥你开的是大奔S350，我现在还开个现代的小越野，你是开实体工厂的大老板，我只是管十来人的小个体户，我羡慕表哥你呢。"又道，"哎哎，别说这些了，表哥你是个大忙人，又到年关，找我什么事直说呗！"

"好好，直说吧！"马充近乎吞吞吐吐道，"去年我将大把的钱用在设备技改和固定资产投入，加上疫情导致销售不畅，现在资金困难，年终需要兑付工人及部分应付货款，尚缺口六七十万，特来找老弟帮忙，来年开春后四五月可以返还，利息照付……"

"哎呀！"章翔一拍大腿道，"表哥你咋不早点跟我说啊，就在几天前我有一百多万给我一同学借去了，你要是开口，我肯定把这钱给你用呢！"

"手上没钱了？"马充望着章翔无奈问道。

"表哥啊，我只能凑个十万先给你用，"章翔情真意切道，"也实在没办法了，哎，你发个卡号我，我这就去办！"

"不用了不用了，"马充佯装大度，拍拍他肩膀笑道，"我也知道表弟年终也特别忙，春节期间有空咱聚聚，代向大舅问好，我得先赶回公司了。"

"好好，你驾驶慢些，"章翔迅速下了车，又招呼道，"哎，如要这十万，发个卡号我发给你哦！"

"谢谢，谢谢老弟！"马充掉过车头，向归途驶去。

（　四　）

"唉！这两个最有钱的弟兄都没钱吗？"马充苦笑摇了摇头，茫然无助地望着窗外飘落的那无声无息的雪花，心里空荡荡的。

"嘀咕嘀咕……"手机响了，会计小刘打来的，马充摁了接听键，有气无力地问道："小刘啥事啊？"

"老板，您在哪？"小刘急急道。

"啥事快说呗！"马充不耐烦道。

"公司不是缺钱又急要钱吗？"小刘语速很快，汇报道，"上次我参加了区中小微企业金融服务中心会议，结识了区金融办的贺主任，我向他反映公司情况后，今天他特地赶到厂里来了，他说只要您签个字，提供些资料，他立即批拨二百万元贴息贷款，您看行不行？"

"有这等好事？"马充听后心脏都跳出嗓子眼，抑制不住地兴奋，突然又觉得天上不会掉馅饼，这年头哪里有"飞来横财"的？冷静一想，这小刘丫头年纪尚轻，不知又听到什么"大人物"吹嘘哄骗，肯定又是个骗局。但不管怎样，回去看看究竟咋回事！

"是的，老板，您赶紧回来吧，贺主任他们在办公室等您呢！"

小刘催道。

马充以最快的速度返回了公司，停放车子后匆匆上楼，见小刘和两个陌生男子站在楼上正笑呵呵地迎接马充。

"这是我们老板马总，这是区金融办贺主任，这是贾科长。"小刘介绍说。

"你好，马总！"一位长得魁梧，身穿呢子大衣的男士向马充伸手一一相握，并领他们进了马充宽大的办公室。

"听小刘说，你们公司年底兑发工人工资奖金以及到期货款有困难，是吧？"贺主任一落座便开门见山道

"是的呢，唉！"马充一边端茶递水，一边蹙着眉头，道，"下半年向银行申请贷款搞了些硬件更新和技改，还没发挥技改效应优势产生效益，又遭受疫情，一时困难重重，工人们要放假，钢厂年底考核收资，正愁着呢？"

"没事没事，企业一时困难很正常嘛，"贺主任接过茶杯，笑呵呵道，"我们了解到贵公司前年去年都是街道的纳税大户，今年情况特殊，我们正是帮助解决你们这样困难企业的金融对口服务机构，依据区委、区政府文件精神，只要在五百万以内，贵公司如有需要，我们随时随地可以帮助解决。"

"如果需要一百万手续怎么办理呢？"马充听后暗暗窃喜，但不露声色道。

"很简单，只要您马总填个表、签个字，让财务提供下企业去年的财务报表和有形资产清单就行了，剩下的就是我们金融办的事。"贺主任又重申道，"今天申请签协议，明天就可以下款了。"

"真有这么好的事？"马充听了不敢相信是真的，张开的嘴合不上来。

"是真的，"贺主任抿了一口茶，笑吟吟道，"这要感谢党和政府对民营企业的好政策，这是在当前疫情防控期间落实关怀照顾困难企业平稳过渡的具体体现，当然还要感谢小刘同志及时沟通企业情况哦！"

"我已帮你们填好了表，"贾科长将一张表递到马充面前，礼貌地道，"这是申请表，请马总过目。"

"太好了太好了，"马充接过贾科长递过来的申请表，两眼噙着泪上前紧紧握住贺主任双手，颤抖着说道，"我签我签，感谢政府感谢党！对，还感谢会计小刘！"说完签完字便把表交还贾科长。

"其实，你们民企多年来积极纳税，解决下岗职工再就业问题，对政府对社会贡献也很大，政府还要感谢像你们这样的民营企业呢！"

"老板，我把财务报表和公司资产表交给贾科长了，不怪罪我吧？"会计小刘插话道。

"不怪不怪，怎么怪罪你呢？"马充冲着小刘伸出大拇指，赞道，"你为公司立了一大功，我还要好好奖励你呢！"于是又转身握住贾主任的手，感慨万千道，"你们真是一场及时雨哇！中午，贺主任你们给我面子，留下来我们一起吃顿饭！"

"饭就不吃了，"贺主任笑呵呵道，"知道马老板着急，我们得赶紧回去完善材料报批，争取下午下班前专项资金通过发放，后面时间长呢，不用客气啦！"说完两人急急出了办公室，匆忙下了楼。

"谢谢、谢谢，辛苦二位领导了！"马充追随出来，目送他们离开。

次日上午，小刘欣喜地告诉马充账上进来三百万，马充一愣：怎么这么多？小刘竟然嗔怪道："老板你傻啊，这款是无息贷款，现在多贷些，再说来年补充原料不用钱吗？"

马充听后点点头，猛然想起应该好好嘉奖这丫头，便将藏在柜底下的用信袋装包的一万元私房钱给小刘，可小刘只收八千，硬是退还两千。

刚给小刘发奖不到一分钟，高滕及几个身着工作服的工人板着脸鱼贯闯进我办公室。

"老板，今天已是腊月二十五了……"高滕显然气急了，恨不得用眼睛把我生吞活剥。

"高滕你们像话吗，老是直闯老板办公室，成何体统！尤其你高滕，作为老板信任且委以重任的车间主任，来年还想不想干了？啊！"龚望秋也闯了进来，对高滕他们一阵呵斥后又缓声道，"你们全都去隔壁会议室去，老板马上给你们兑发工资奖金，听到没有？！"

"马上就发？"一名矮个工人怪怪地望着龚望秋，瓮声瓮气道，"你一个助理能代表老板说话算数吗？"

"能！"马充铿锵有力地道，"龚助理说话算数，马上兑发，你们在会议室等好！"

马充随即电话通知财务部三位会计，布置立即兑发全公司人员的积存工资、产能奖金，以及所有管理人员的年终奖金。两个多小时，全部做了如数的兑现。

一时间，公司上下一片欢声笑语。工人们见到马充不再冷脸相向，而是报以微笑；高滕羞愧地跑到马充面前一面鞠躬，一面说些"实无办法，都是给底下工人弟兄们威逼，望老板大人大量，宽宏对待，来年替老板做牛做马，为企业效命"的托词。

马充嗤之以鼻，摆摆手道："你赶紧买票返回老家，来年另找工作吧，你的岗位没了，也不用来公司了，我已交代龚助理了！"又道，"还是提前祝你新春快乐，另辟发财之路！"

高滕气得脸青一阵、紫一阵，不声不响地走了。

高滕刚走不久，马充便接到《南岸晚报》记者薄一峰电话，问马充这时候可有时间接受采访，说只需要两三分钟时间，就问三个问题，马充思忖了一阵还是答应他了。

"一、春节前，这个年底你主要精力忙什么事，认为第一重要的事务是什么？"薄记者问。

"忙钱，没钱过不了这个年！"马充言简意赅。

"二、钱的来源渠道，借，指望银行、指望朋友亲戚、指望其他合法途径？有无过不了的坎？"薄记者问。

"其他途径，没有过不了的坎！"马充还是简明扼要。

"三、你作为一家民企老板，对来年的企业持续经营发展有无信心或信念？"

"有，信心来源于相信政府！"马充毫不犹豫地回答。

"最后再问您一句，"那头传来薄一峰调侃的声音，"这年头，作为企业家的你，相比普通劳动者幸福感有多强？"

　　"幸福感？"马充重复了一句，不由哈哈大笑起来。

　　"马总何故发笑？"薄一峰追问。

　　"哈哈哈，我……"马充这头满眼是泪，薄一峰看不到。

　　"我懂了，谢谢马总，采访完了，您去忙吧！不过，作为老朋友真挚祝你幸福！咱春节后见，预祝您春节愉快，阖家安康！"薄一峰客气道。

　　"同样祝福你，薄大记者，我的老弟！"马充抹了抹泪水，客套回道。

　　雪，终于彻底地停了，也没一丝吹风的迹象，城市竟然如雕塑一般，静得出奇。马充透过窗户看到，那浩瀚的天空是层层叠叠的云层，俯视，那琼枝玉叶、楼宇飞檐、湖泊小溪……这些粉妆玉砌，被皑皑白雪装扮成皓然一色！

　　太阳突破重重阻围，如一把巨大的利剑劈开雾霾，扫清氤氲，冲出万丈霞光，将温暖的阳光无私地洒向大地，山河沸腾了，坚硬的雪冰在光刺的作用下开始静悄悄地融化，持久的阴沉化作一张张久违的笑靥，如绽开花瓣的玫瑰花一样，舒坦着人们的心扉。

来年，生意好转，贷款也一一还清，生活也在向着美好继续……

注：本篇纯属虚构，勿对号入座。

撰于 2021 辛丑秋，江苏通州湾弘钢项目部

初秋，惊鸿一瞥

金灿灿的秋天，偷偷地到了。

几许期待，犹如阔别数年、思念成疾的恩爱夫妻重聚！

忐忑、翘盼、心慌、幸福……

南弘历经漫长的盛夏炙烤，终于迎来绿荫葱葱、充满希冀的初秋。

夏去秋来，从40℃高温回归20℃左右，人们也感觉舒适多了。

风，吹在身上不再是往日灼灼烫烫的，而是现在清凉舒爽的。爱美的女子已卸掉遮阳装束，孩子们开始到学校复课；街道上，行人脚步似乎不再急促，往日一张张汗珠挂淌、窘逼扭曲的脸，

渐渐得到放松，嬉笑声充盈眉梢之间。

　　天空的层层阴霾已被台风驱逐，轮番上阵的骤雨绵洒，大地不再是烦人的火炕般的烘蒸；秋的潜入，令大地回春，百鸟欢唱，广场舞蹈，重显芳华；芸芸众生，琴瑟和鸣；仰望苍穹，顿显碧空朗朗、蔚蓝一片！都说幸福的前夜是苦熬，如今等来的便是风和日丽、秋高气爽。

　　蓦然发现：饱受这个盛夏酷烤的南弘花园里的树草，不仅未受摧残枯萎，反而愈加苍翠欲滴、生机盎然；花瓣蕊蕾，枝嫩楚楚，花卉绽放得更加娇姿冷艳，令人瞩目；后院人工假山的池塘里，涌动的哪是一泓潋滟，分明是一盈秋水；连站在树梢上的小鸟叽叽喳喳的叫唤声也显得更加悦耳动听，脆扬而欢畅……

　　车间的工人师傅们依然那么忙碌。也许是秋的原因，纵然有机器的嗡嗡作响，车间主任高文栓身上工作服虽然油渍渍的，但眼眸似乎更加清澈，神情是那么专注而惬意。还有印进华、史方众、张利、陆兆坤等一干兄弟，动作娴熟，麻利而遒劲。

　　君不见？营销部的高青、戴袁等步履轻盈，神情恣意；又如管理部张燕滨、陶庆忠、李迎娣等急缓自如，沉稳干练，在秋风轻拂下，显得更加从容而自信。

踏着金秋，我们步履愈加坚实；春华秋实，我们豪情顿生、铿锵同行！

秋，静谧清香，令人神驰！

与花园里生机盎然的花草一样，秋，又赋予了"南弘人"新的力量，扬鞭策马，跨壑越山，奋勇前行……

撰于己亥 2019 年秋，南弘小区

初秋·惊鸿一瞥 ◈

醉美紫金山

（上 篇）

一觉醒来，起床后拉起窗帘推开窗：

哇，晨曦中的紫金山太壮美了！

眼前的一幅浓墨重彩的山水画，令我怦然心动，惺忪的睡眼瞬间被点亮！

距我所在位置也就一公里之遥的东侧，便是南京的紫金山，山的脚下涌动着一顷碧波粼粼的玄武湖水，湖面化作巨大的镜子倒映着紫金山，样子是那么清秀，身躯是那样雄壮！

○ 胡延/摄

移目北侧，灯光璀璨的南京火车站依稀可见，一艘快艇后尾拖着倒八字的浪花由北往南急骤奔来，仿佛想给欲起飞的紫金山插对翅膀。

此时，涨红着脸的太阳镶嵌在紫金山的腰部，我站在八楼窗前望去，那往日凶烈的太阳今儿却像个羞答答的姑娘，露出半个脑袋赖在紫金山的怀抱，初会她的情郎一样，腼腼腆腆地在山腰间徜徉。它的周围是氤氲而诡谲的云霭，一点一点被涂上红彤彤的颜色，云霭又如一群幼稚园的孩子，乖巧地烘托着紫金山。正在寻思时，那轮巨盘拨开云层，不再羞怯，瞬间露出狰狞面目，喷发出一束束夺目激光，震撼天地，劈裂万丈！

那紫金山，在冉冉红日庇护下，在底蕴千年的古都足下，既老气横秋，又气宇轩昂。其慷慨、其稳健、其雄壮，令我沉醉其中，不能自拔，亢奋激荡！

——白日放歌须纵酒，青春作伴好还乡！

醉美紫金山

　　说起来，与险峻高耸的黄山、泰山等名川相比，南京的紫金山着实像个矮小的土堆，小是小了些，但小得精美、小得优雅、小得端庄。

　　紫金山，其实是座有几亿年历史的古山。千百年来，它不露声色记录着人寰悲欢，见证着人间沧桑。朝代更迭，生生不息，紫金山依旧天长地久。

　　我好想，万物众生同紫金山一样——让死神不再，让生命永恒；让病毒远离，让笑意永驻；让乾坤和谐，让战争消亡！

　　一行大雁呈人字形由北往南，慢慢横亘于紫金山的腰间，陡然给恬静的紫金山平添雍容华贵的气息。远远望去，犹如贵妃出浴一般令人浮想联翩。面对山下湖面跳动的金色涟漪，那如诗如歌的山水景象，我一边品着咖啡，一边极目眺望。忽然，一阵飓风刮来，只见紫金山上空飘来一层黑压压的雾霾，定神一看，哇！赫然发现雾霭里居然还兜着一群展翅的乌鸦，它们上下蹿跳，似乎正叫嚣逞强！一时感到皮肤隆起一层层鸡皮疙瘩，顿觉大煞风景！

　　我惊愕了，难道千年风光旖旎的紫金山将毁于这些魑魅魍魉？

　　难道，难道智慧的人类无法对付你们这些妖孽鬼怪如此恣意妄为，跋扈嚣张？

　　千年神山，万年昭昭，岂有妖孽胜金刚？！

　　紫金山东麓射来一道彩虹，玄武湖面泛起万缕波光，此时，红日拨开云端，冲出层层屏障，它终于闪耀登场，发出夺目神光，如万箭齐发，直捣鬼魄心脏！

○ 胡延/摄

黑云层不见了，乌鸦们落荒而逃，紫金山又迎来风和日丽，青山绿水，一片富丽堂皇，依旧鸟语花香，千年的玄湖水，在它的脚下循环往复地流淌、流淌……

（下 篇）

"秋风又到秣陵关，独客穷途尚未还。武定桥头明月上，朦胧遥望紫金山。"

这是清代诗人李沂路过金陵时感怀紫金山的威武而留予后人的不朽诗作。

紫金山，一座藏龙卧虎之山，它是俊美的金陵古都宝贵的组成部分！

历史上，紫金山曾又称钟山、蒋山、神烈山，是江南四大名山之一，有着"金陵毓秀"的美誉，是南京名胜古迹荟萃之地，世界文化遗产——明孝陵所在地，紫金山南麓，便是国家5A级旅游景区——钟山风景名胜区。

紫金山主峰海拔448.9米，周围约30公里，三峰相连形如巨龙，山、水、城浑然一体，古有"钟山龙盘，石城虎踞"之称，早在汉朝时便盛名天下。紫金山囊六朝文化、明朝文化、民国文化、山水城林文化、生态休闲文化、佛教文化于一山之中，是为"中华城中人文第一山"；紫金山作为国家级森林公园，拥有森林面积三万余亩，占南京城市森林面积的15.6%。紫金山国家森林公园保留了大量古树名木，是南京重要的风景资源。

紫金山国家森林公园共有种子植物1138种，其中：木本植物499种，草本植物569种，藤本植物70种；本地野生植物113科387属701种，栽培植物393种。

幽静的紫金山还藏有昆虫种类 1200 种，包括中华虎凤蝶、冰清绢蝶、金凤蝶、赤眼蜂、黑卵蜂等，其中有 200 多种为江苏分布新纪录；鸟类 140 余种，主要有山喜鹊、黄鹂、啄木鸟、白头翁、野鸡、山麻雀、四声杜鹃、翠鸟、大杜鹃、小云雀、山斑鸠、画眉；两栖类动物有青蛙、蟾蜍等等。

在紫金山的东侧，是明朝开国皇帝朱元璋和皇后马氏的合葬陵墓，因皇后谥"孝慈"，故名明孝陵。紫金山又东毗中山陵，南临梅花山。沿紫金山往东一路进发，可路见浪漫的梅花山、苍茫的四方城、神秘的孙权墓、肃然的正气亭、深邃的紫霞湖、突兀的石象路，及颜真卿碑林，等等。令我赞叹的是不朽的正气亭，正气亭位于紫霞湖东岸，紫霞洞前，介于中山陵和明孝陵之间。亭后花岗石挡土墙中央镶嵌一块碑刻《正气亭记》，碑文为孙科撰写。"正气亭"三字为蒋介石亲书，蒋并撰楹联一副，上联"浩气远连忠烈塔"，下联"紫霞笼罩宝珠峰"，上款"民国三十六年（1947年）九月"，下款落有"蒋中正"字样。

"钟灵毓秀紫金山，虎踞龙盘翡翠冠。近水楼台晴亦雨，巅崖宝塔夏犹寒。"

浩瀚紫金山，我心中的菩萨；醉美紫金山，我眼中的佛祖！

寻 访 酒 宗

——参加"宴金陵"游记

生在赤水河，长在天宝峰，

养在陶坛库，藏在天宝洞。

　　此曲是为四川古蔺郎酒量身打造的歌谣，据说那天宝洞是个神仙居所，也是万吨琼酱的发源地，曾经几度在我脑海里万般萦绕，我也曾暗暗思忖一定找个时间好好寻访，这不机会终于来了。

　　半个月前，兄长胡延老师邀我一道参加为期四天的四川古蔺郎酒集团组织的"宴金陵"探秘之旅，胡兄神神秘秘地说，那可是一趟人生不容错过的"蜀道行"，一听此言，我不假思索一口应承。

○浩瀚的郎酒集团

为了完善此次行程，组织此行的郎酒集团南京销售处的徐文贤女士还专门召集一次预热晚宴，得知众好友也在邀约名单，我欣然赴宴并认真品尝了久负盛名的郎酒，品酒无数，感觉此酒酱味十足，醇香甘冽，那个晚上七斟八酌，居然喝了半壶之多，创历史之最。

转眼间，赴川之日到了，走到窗前一看，外面却是淅淅沥沥地下着不大不小的雨。

领队徐文贤发短信说，九点半要在禄口机场2号航站楼大厅集合，我顾不得下雨急急匆匆拉着行囊乘地铁赶往机场。

终于九点半准时与"部队"会合了，大家相见分外热情，人群中一眼见到风趣幽默的解刚兄弟、稳重儒雅的老厅长张建平先生、内敛端庄的王朝晖女士、雍容华贵的邓莺莺大姐、文质彬彬的胡延老师及其笑容可掬的夫人、乐乐和和的摄像大师杨荣生先生以及一脸贼笑的发小老板等。大家一番寒暄后，徐领队让我们换上印有的"郎"字的T恤衫，穿着这服装，立马个个像蹩手蹩脚的"促销员"，你看着我，我望着你，一时显得有些尴尬，却又十分搞笑。

进了候机大厅，我透过窗，见外面秋雨绵绵心中不免担忧，四川会不会也在下雨呢？半个时辰后，我与伙伴们坐上飞机，稳稳地升上天空，向四川泸州方向飞去。

从南京到四川泸州需要三个小时十分钟的飞行时间，十一点半起飞到目的地估计要到下午两点半。我与旁边的解刚兄弟唠了一会儿嗑后，他竟然打起瞌睡来，不顾飞机颠簸，头一歪便睡着了。

下午两点半，飞机准时降落在泸州机场。

下了飞机，我们出了机场，偶然遇上了中国篮球队中锋唐正东，这个憨憨厚厚的大个子戴着口罩说也来参加郎酒"宴金陵"活动，我与他说了几句，还匆匆合了个影，便一起登上了久候的豪华大巴车，直驶向郎酒集团。

从机场至郎酒集团有三个多小时的车程，车子一会儿沿着宽敞的公路疾驰，一会儿围绕崎岖山道缓缓爬行，望着车窗外险象环生的悬崖峭壁和万丈深渊，不由毛骨悚然，胆战心惊，心想驾驶员要是毛手毛脚或者粗心大意偏了方向盘，整车便摔下悬谷，一车性命就此呜呼归西了。

○一眨眼，解兄弟竟然倒头便睡　胡延／摄

寻访酒宗

大巴车沿着弯弯曲曲的上坡道，颠颠簸簸地向前行驶，窗外天气阴沉沉的，时而飘着细雨，虽然是阴雨天，但掩盖不住巴蜀大地惹人心醉的景致，那崇山峻岭、那涓涓细流、那杨柳垂青……犹如一幅幅浓墨重彩的自然山水画，向我们徐徐展现开来。大约三个时辰后，我在昏昏沉沉中透过车窗发现连续伫立于山峰上的"郎酒生在赤水河""郎酒庄园欢迎您"的巨幅广告，以及矗立山腰间的建筑物及一个大罐子，又看到重峦叠嶂间是一条延绵不绝的赤水河，对岸山峰上镶嵌三个大红字"美酒河"，映入眼帘。车上徐领队高着嗓门告知我们，郎酒集团快到了，那绵绵不绝的大罐子可是郎酒集团的酒囤，这些建筑厂房只是郎酒集团的冰山一角！几分钟后，大巴车终于驶入郎酒庄园，稳稳当当地停靠在

美轮美奂、犹如梦幻仙境的水宝洞度假酒店门前，我直起酸痛的腰正与伙伴们下车，浓浓的酒糟味扑鼻而来，感觉这空气里都弥漫着酒的味道，同行的解刚兄弟取笑我说："这下不喝酒也成了酒鬼，这时候要是开车准是酒驾！"话音未落，突然听到"咚咚咚"一阵猛烈的擂鼓声，我侧头望去，只见酒店门口数个身穿傣族服装的美女翩翩起舞，口中唱道："哎

○作者与大个子唐正东不期而遇　胡延/摄

哟，远方的宾客请你留下来，留下来喝杯茶哟……"我们迎上去，美女们端着酒壶酒具，纷纷笑吟吟地递上酒盅，我与几位伙伴也不客气，端上酒杯便品尝起来。

酒店是非常豪华而干净的，特别迎面碰见的每一个服务员那令人如沐春风的笑靥，让人感到十分舒服与惬意。

欢迎晚宴在酒店四楼宴会厅举办，整个大厅座无虚席。一番

○在绿荫庇护下，存有万坛美酒

载歌载舞后，主持人请出郎酒庄园老总陈建军。陈总滔滔不绝地向我们讲述郎酒故事，然后宴席开始，大家一边品尝美酒佳肴，一边欣赏精彩纷呈的舞台表演，推杯换盏，全场好不热闹。

次日早餐后，我们冒着绵绵细雨乘车一一参观壮美的郎酒庄园，从酿造车间到天宝洞红星酒库，从金樽堡到十里香广场，从

○ 胡延铿锵有力念他创作的诗词

洞仙别院到千忆回香谷黄金生态藏坛，我们马不停蹄，无不被古蔺郎酒集团超大规模所震撼；晚上，招待晚宴拉开序幕，席间，胡延老师专门为晚宴作了首诗（我给他配了词题为《郎醉吟》），胡老师上台用其浑厚的嗓音念道："蜀道藏天宝，应天客，郎逍遥。五十里赤水闻香，醉了。忆当年，狼烟燎，两岸路桥上，川军铁骑赴战场。斩倭寇，挽狂澜，方得青红樽，替英雄举杯，秦淮远，一壶浇！"念罢赢得满堂喝彩。

轮到饮酒擂台争霸环节，主持人说这个节目叫"高山流水"，赢的人获得大奖，在我和张厅极力怂恿下，一贯不善饮酒的解刚兄弟威风凛凛地登上舞台。

何为"高山流水"？我情不自禁跑到舞台跟前看热闹，只见解兄在四个美女中间坐下后，一个美女负责拿着

斗型饮具放入解兄弟嘴里，另一个美女则举着酒壶在饮具上徐徐倒酒，还有两个美女则又在第二个美女饮具里不断添酒，这样酱酒源源不断地由上而下流入解兄弟嘴里，主持人则在一边报数："一、二、三、四……"，当主持人报到五十二秒时，解兄弟再也支撑不住，跳将出来，酒液洒湿了上身衣襟，引得全场哄堂大笑……

我的眼镜架莫名断了，张厅、王局，及成老板陪我下山找寻眼镜店，顺便看看这赤水河畔的民俗民风，四人一拍即合，问了酒店保安镇头的方向，我们依所指坡下的方向快步捷行。

二郎镇位于四川盆地南部边缘，古蔺的东南部，坐落在赤水河之滨，是全国 100 个著名乡镇之一。红军四渡的渡口和红军开仓分盐的旧址就在二郎镇。因红军四渡赤水及当地生产郎酒而得名，致力于打造中国特有的"白酒名镇"，也是有名的旅游胜地，有美酒河、天地宝洞等国家级非物质文化遗产。

二郎镇距泸州 170 公里，距古蔺县城 46.8 公里，与贵州习水县一桥相通，与国酒茅台故里仁怀市隔河相望，出川、入黔、进渝均为高等级水泥公路，信息网络覆盖全镇，交通便捷、信息畅通，是四川省南北通道之咽喉。

二郎集镇历史悠久，自古就是商贾云集之处，也是宿松县西北部最活跃的商品集散地。集镇人口 20 万人。集镇既有古老特色的历史老街，又有已开发的两纵一横的新街。二郎镇因多种文化在此汇集，形成了独特的文化景观。

二郎镇方圆一公里范围内"寺庙庵堂宫观"一应俱全，"戏院酒楼茶馆"应有尽有。唐著名高僧弘忍、道信率徒在这条古道上弘法，使这里留下了"二郎河边双井寺、五祖山下一天门"的佳话。宿松十景之中有两景。"古寺燃灯、双井夜月"都在二郎。二郎镇是黄梅戏的发祥地。

赤水河畔的川南古镇古蔺县二郎镇，最初在先秦时代"夜郎"的疆域。

2000 年前，古夜郎人就已开始酿酒。二郎镇地处川黔交通要道，与贵州名酒产地茅台隔赤水河相望，相隔不过几十里。

北宋年间，二郎镇一带酿出了优质大曲——"凤曲法酒"。明代赤水河畔出现了酿酒的"回沙工艺"。清代二郎镇已有大小酒坊、糟房 20 余家，酒师、酒工数以百计，除生产著名的"凤曲法酒"外，还酿造各种曲酒、白酒、果酒和杂粮酒。

这"镶嵌"在山腰的小镇还真具有独特的人文景点，主要有：美酒河风景区，二郎美酒河山清水秀，植被茂盛，堪称"小三峡"，集奇、险、峭、峻、秀为一体，川盐入黔的古盐道也保存完好，旅游资源十分丰富。

美酒河摩崖石刻，世界最长的石刻龙建筑群，国际漂流、攀岩基地，石公对石婆，"小三峡"都是该景区的著名景点。

修好眼镜后，我们四个人东转西悠，感觉这个二郎镇街上都是各种小店。我们沿着长桥走出四川，来到贵州界一个超市逛了圈，听说离此地十来公里有一个"洞洞鱼公社"，风景很好，张厅十分好奇约了辆出租车，就向公社出发。

洞洞鱼公社就建在一个山洞里，马路对面是长长的赤水河，属贵州地界。我问了洞口外服务员模样的人，告诉我们："断电了，

○ "酒坛兵马俑"藏于
天宝洞　胡延／摄

○ 大美郎酒，醉美天下
胡延／摄

正在发电，但用餐没问题的噢。"张厅手一挥："犹豫什么，撤呗！"
我们又匆匆上了出租车回酒店。

　　翌日早餐后，我们在导游引领下走进神往已久的天宝洞。

　　导游告诉我们天宝洞总面积达 1.42 万平方米，洞内贮有土制
陶酒坛上万只，储存基酒数万吨。1999 年被载入上海大世界吉尼
斯纪录，2007 年被列入四川省文物保护单位，有"中国酒坛兵马
俑"之称，堪称中华一绝！天宝洞是云贵高原典型的喀斯特溶洞，
洞内常年恒温 18℃ ~22℃，天宝洞和地宝洞内的土陶坛陈放的郎

酒，挥发的酒分子凝结于洞壁，日积月累，形成了夹杂着400多种微生物，厚达数厘米的酒苔。适宜的温湿度、微生物群形成了优良的贮酒环境，对酒的有机醇化生香起到稳定醇熟的作用。通过恒温洞藏，挥发掉了有害的物质，促进了有益的微量元素的生长，因而酱香更为细腻、丰满、醇香、厚美。

导游还告诉我们，目前四川省政府正在投巨资在二郎镇打造全国白酒特色小镇，天宝洞将迎来又一次大"变脸"。

哦，天宝洞原来是如此之美，今日算是领略到了它的神奇与神秘。

导游讲的古蔺郎酒史及故事令我们咋舌不已。

早在公元前135年，汉武帝就把二郎滩一带生产的"枸酱酒"钦定为贡酒。

北宋年间，二郎滩出产的优质大曲"凤曲法酒"被载入史册。

1898年，四川荣昌县商人邓惠川夫妇邀约二郎镇酒师李丙山共同创办絮志糟房(后惠川老糟房)，开始酿造"回沙郎酒"。

1933年，二郎镇商人雷绍清在惠川老糟房基础上，集资创办集义糟房，集"惠川"与"茅台"工艺于一体，酿出的酒超过了"回沙郎酒"，成为与茅台相似又别有风味的酱香型美酒，正式命名为"郎酒"。

据《四川经济志》记载，当时的郎酒因质优味珍而价格高昂，年产不过四五十吨，每罐装酒一斤，抗战一年在当地之价，每罐大洋七八角，销售重庆、成都等地则值一元。郎酒蜚声天下，供不应求。

1956 年，在成都金牛坝会议上，周恩来总理说："四川还有一个郎酒嘛，解放前就很有名，要加快发展！"当年，国营四川省古蔺郎酒厂成立，此后郎酒获殊荣不断。

　　1963 年，郎酒被评为四川省优质酒。

　　1979 年，郎酒被评为全国优质酒。

　　1980 年和 1981 年，郎酒连续两年被评为商业部优质酒。

　　1984 年，郎酒荣膺"中国名酒"称号。

　　1989 年，53 度郎酒蝉联"中国名酒"称号，39 度郎酒被确认为"中国名酒"获得国家金质奖。

　　1999 年，国家质量监督局、标准样品委员会将 39 度酱香型

○ 天宝洞夜景　胡延/摄

寻访酒宗

·069·

○ 郎酒集团总部充满诗情画意，令人称奇

郎酒作为中华人民共和国国家酱香型低度白酒标准样酒，郎酒成为中国酱香白酒标准。

2002 年，四川省古蔺郎酒厂，完成了从国有企业向民营企业的成功改制，2004 年至 2005 年郎酒真正发力，曾是四川六朵金花中长年垫底的郎酒奋力一跃，跃上了中国白酒行业品牌价值第三名的位置，2011 年品牌价值达到了 175.55 亿元，排名中国 500 强第 51 位。

2008 年 6 月 7 日，国务院公布第二批国家级非物质文化遗产名录，"郎酒传统酿造技艺"荣列其中。

第四日，导游引领我们走进位于成都南郊麓湖社区的那充满神奇色彩的郎酒总部，总部坐落在麓湖生态城的核心地块，

园区包括办公、会务、展厅、报告厅、员工餐厅、休闲场所等完整配套设施。

这几日来，郎酒的实力、厂景、战略管理设计及其深厚的酒文化，令我们不胜感慨、叹为观止。

满满当当的蜀道郎酒行终于告一段落，四天的行程始终围绕"郎酒与美景，美景与郎酒"进行观摩品味，意味深长，且无一重复徘徊，在我走访众多大型企业的经历中实属罕见，我们白天观酒景，晚上品郎酒，晚宴"龙门阵"，充分感受到酒厂的精心布置与周详的热情款待，令来自石城的我们在如画般的美景中恣情徜徉，令人陶醉其中、流连忘返。返程当天中午，主人在郎酒集团麓湖艺展中心为我们设宴饯行，置身于眼前湖光山色的美景中，品尝美食与美酒，想到多日来受到的厚重款待，作为客人，我们总想回馈些什么。

我们满载醉美的记忆，从成都双流机场返宁，到了家里已是午夜时分，倦怠袭来，余兴尚温，想想禁不住给"蜀道行"微信群发了一条："感谢徐总、感谢胡总、感谢郎酒！"

探　　母

万籁俱寂的深夜，穿着破破烂烂的"济公"拿着一破蒲扇陡然闯进我的梦境，哼了一声横眉责问我说："小子，你有今天却忘了你的母亲？哼哼，忘恩负义可遭报应的噢，晓得哦？！"言罢飘然而去！

闻此怵言，我突然惊醒，睡意全无！

次日，我与姐姐驾车探望寄宿在安徽滁州乡下陈妹

○ 胡延 / 摄

子家的老母亲。陈妹子家住在滁州来安县施官镇大塘村，离南京六十多公里路。一路上我们聊起孤寡多年的老母亲，不免发现亏欠了母亲许多。我与姐姐各自顾及公司生意杂务，无暇照应可怜的老人家，她常年跟陈妹子住一起，我和姐姐每月只是出点钱。记得有一次趁着我们姐弟聚在一起时，老母亲以开玩笑口吻，试探着问我们可否找个时间陪她到桂林游览一次，以了深埋心头的夙愿。我们却因各自生意繁忙，支支吾吾未置可否，母亲是很敏感的人，她便知趣地摇手说："没事没事，知你们生意忙，我只是无聊，你们忙你们的哦！"事后，姐姐只是陪她在南京的玄武湖、老门东等地方逛玩了几次。而我和弟弟就把陪老娘桂林山水旅游的事搁在一边，时间一长几乎忘得干干净净！后来见到母亲几次，为了让她少缠我们，我们姐弟仨便哄骗她"过段时间陪同你去桂林"，老母亲听后满心欢喜，一脸期待，想着桂林山水怎么样美好，便不再纠缠着问三问四了。

而如今，老母亲那双炯炯有神的眼睛却变得混浊，她逐渐失聪，反应也变得迟缓呆滞；几年前说话声音犹如洪钟，而今说话声音掩在喉咙里，只发出喃喃细语、不易辨听的咿咿声；她身子陡然变得佝偻，变得越来越矮，身体也越来越瘦弱，与前些年相比已判若两人，也再无提出游玩桂林了。看着这样的老母亲，我们仨顿觉亏欠母亲太多，商量后，决定尽快完成母亲心愿。

我的老母亲接近九旬，但在我眼里她虽然头发花白仍是个矍铄而慈爱的妈妈。

到了陈妹子家，一眼见到正在院内低头摘菜的老母亲，陈妹子见我们姐弟又来探母，便附在母亲耳边大声喊道："你家女儿、儿子来看你来了！"我见老母亲并无反应，便上前朝低头的母亲肩背上轻轻拍了拍，大声喊："妈！"

母亲才缓缓转过身来，竟用陌生的眼神愣瞅了我一下，又继续低下头理她的蔬菜，我见此忽然心头一酸，我连忙用手捂着眼睛把眼泪按了回去，心想也就一个多月不见，妈妈怎会连自己的儿子都认不出来了呢？姐姐跑过来附在妈妈耳边大声叫唤："妈，我和华弟来看您啦！"母亲缓缓转过脸来，她被染成橘黄色的头发（姐姐在一个月前帮她染的）在微风吹拂下微微闪动，干瘪的脸上布满沧桑，曾经说话行事那股泼辣干练劲已不复存在，她用混浊的眼睛又瞅了瞅姐姐，又看了下陈妹子，嘴唇翕动了下，眼睛突然一亮，有些含糊不清道："可是他……他们来了？……"说着便要起身，我在她后面轻轻托了一把，扶着她一步一步挪到屋内，她找了个布袋，弯起腰将衣服呀袜子呀等等装满袋子，然后蹒跚着脚步拽着姐姐要我们带她回家，姐姐笑道："老母亲现在也就三四岁孩童的智商，不能照正常想法跟她计较！"

"你弟难得来，天气也不错，推她绕着转一转去。"陈妹子指着我建议道，她老公人很木讷，跟在她后面连声称对。

听了陈妹子和她老公的建议，想着在这秋高气爽、云淡风轻的天气里推着母亲去散散步无疑是一个不错的建议。于是，我与姐姐两人一起把母亲推出了门，朝河畔一个小型广场走去。

陈妹子这里真是个美丽乡村，农户住的都是整齐连排的二层小楼，在陈妹子家的后面有两三个篮球场大小的河面，一泓碧波

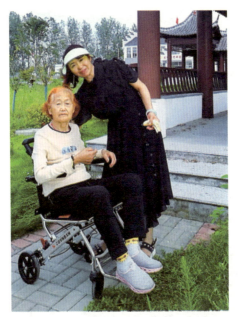

○ 姐姐与老母亲

荡漾，无风时犹如偌大的一面镜子，岸上杨树倒映水中甚是幽静恬美，顺着前方走，有一座古色古香飞檐长廊，蜿蜒通往徽派建筑的村委会，村委会的东侧是一座漂亮的公厕，中间是宽敞的广场，正中央竖立足有二十米高的五星红旗，下面四周用红瓷砖砌成旗杆座，因为天气晴好无风，旗面便蜷缩在不锈钢的柱子上，西侧是一溜排连在一起的民宅，这一排排民宅好像新砌不久，墙上写着"绿水青山就是金山银山"十个大字。

　　"你们来看老妈妈啦？老人家在这过得惯吗？"一位手上拿着铁锹刚从田里归来的村妇走过来和颜悦色搭腔道，"这老人家可喜欢这小广场了，只要不下雨就经常来这转圈哎，呵呵！"

"是的是的，"我不住点头，伸出大拇指道，"你们这里环境不错哇，真适合养老！"

"那是的哎，"农妇脸上洋溢着幸福的微笑，道，"俺们这几年条件好多了，你们瞧瞧，俺村里修建了水泥路、干干净净的公共厕所，连那河岸边也重新砌了墙……享共产党福哦，呵呵……"

"现在轮到城里人羡慕你们农村人，这里环境好空气好，延年益寿呵！"姐姐由衷夸道。

"是啊是啊，住在农村接地气吧……"农妇不住笑着点头。

"那是那是哦！"我又伸出大拇指赞许道，便与农妇挥手告别。我们姐弟俩推着老母亲沿着长廊、村委会广场溜达一圈又一圈，一边认真游览景致，一边赞叹这美丽村庄，半个时辰后我们折回了陈妹子家。

"推老妈妈逛广场几乎是俺每天必做的呢。"陈妹子笑呵呵地迎着我们说，然后又悄悄道，"你们走时，我推老妈妈进屋说找东西，你们要迅速离开，不然她会哭着缠你们的，阿懂？"

姐姐听了默默点点头，叹了一口气道："我可怜的老母亲啊。"

我无奈地望了下老母亲，见她苍老脸上露出一丝丝满足的微笑，显然对我们姐弟俩陪她出去逛了几圈感到十分宽慰，而我们即将离开，她全然不知。

我忽然记起母亲曾提出"游桂林山水"之事来，俯下身来竟莫名地对她耳朵高声道："妈妈，带您玩桂林可好？"妈妈对我痴痴望了一眼，仿佛啥都没听到，却从轮椅旁的布袋里掏出一盒饼干揣在我怀里，努嘴道："给给，饿时吃噢！"我接过饼干哀叹了一声，却听见陈妹子在旁一笑道："给你就拿着，不拿她会生气的。"

我从车子后厢里搬了事先准备的一袋袋食品，交给了陈妹子老公，再三叮嘱陈妹子老公好生照顾老母亲，千万不能让她再度摔跤，并一再告知，将在年底春节期间为她九十岁祝寿，届时一定隆重邀请他们夫妇前往南京做客。

憨厚实诚的陈妹子老公一再承诺，一定好好服侍老妈妈，不辜负期待，让我们务必放心；陈妹子此时跑了过来，连连挥手道："你们快走你们快走，老人要赖着跟你们回南京，去不了就会哭闹的！"我们姐弟俩上了车，与陈妹子夫妇依依惜别，离开了村庄向南京方向驶去。

一路上，我心里五味杂陈，老母亲年轻时手脚麻利、勤快慈祥的模样恍若昨日，感慨这人怎么就说老就老呢？尤其老母亲这短短几年工夫变化怎那么大呢？

"这是自然规律，所有人都不能例外的！"姐姐悠悠地说，"人啊，切莫把尽孝挂在嘴上，要尽孝就眼下，趁健在，人要是没了，做那再隆重的仪式全是演戏给外人看的！咱姐弟都要明白这个理！"

"唉，可老母亲年迈了，却不能与我们几个子女一起居住，还是会感到又孤独又困苦的，那我们子女是否失孝呢？"我喃喃道。

"目前你我都忙着生意，哪能分身？"姐姐又叹息道，"也许是自古忠孝难两全吧。"

探母 ⑧

○ 作者与母亲摄于 2020 年 4 月 29 日南弘四合院内（作者办公室门口）

"嗯嗯，也许、也许吧……"我应了一句，把目光移到车窗外，望着不断撒落路边的树叶，知晓时至深秋，冬天来临不远了，我陡然想起欧阳修《采桑子》中一段："老去光阴速可惊。鬓华虽改心无改，试把金觥，旧曲重听，犹如当年醉里声……"

读诗触情，想起母亲如今寄人篱下，自己却无以能力亲自照料，不禁喟然长叹，泪眼蒙眬……

随着车轮发出"嚓嚓"声音，我仿佛也听到了时间流逝的声音……

心心念念九华行

　　五一前夕，南弘团队坐上"中青旅"大巴，在欢声笑语中"开拔"安徽九华山胜地。

　　车窗外，一片姹紫嫣红、翠绿欲滴，春色撩人。云霭氤氲的天气虽然令人有些压抑，然并无阳晒却使众多美女欣喜不已，此行不用打阳伞了。

　　大巴很快离开南弘焊网厂，不一会儿的工夫车子上了高速。此时，头戴鸭舌帽，戴着黑边近视镜的导游小钟向大家友好地招呼，在他绘声绘色的介绍中，车厢传来一阵欢呼，原来张燕滨、陶庆忠、高文栓和周总四位不知从哪找来一个大纸箱，不顾车子

○ 心心念念九华行

○ 南弘团队"开拔"九华山

摇晃颠簸他们就在这个破纸箱上打起了掼蛋……

○ 克服摆晃打掼蛋

四个多小时车程，终于到了池州，小钟安排大家在池州九州天池景区门口下车，然后在土菜馆集体用餐……

吃完午餐，我们便迫不及待地要求导游小钟带我们去云雾缠绕、重峦叠嶂的九华天池景区。

三天行程，意犹未尽，下次南弘人"开拔"啥地方呢……

○ 小憩一下

○ 平时的烦忧一扫而光

○ 坐船观景

○ "会议"开至栈道

○ 跋山涉水看景也累

○幽静，往往洗涤心灵积尘

○ 洗涤心间尘埃

○ 感受自然，与世隔绝　　　　　　　　○ 征服顶峰

○ 离开世俗，试问，隐居幽静的九华吗？

心心念念九华行 ◈

憨 人 邹 雷

　　初见邹雷，是在两年前一个秋高气爽的中午时分，警营女作家、文友启东老乡蓝花布（徐春燕）办的一场聚会上。

　　蓝花布既是个明察秋毫的警官，又是心思缜密的女作家，她告诉我，邹雷不仅是市委宣传部干部、市机关作家协会主席，也是一级大作家，关键是人品好，非常实诚谦和，是个值得相交的文友，建议我好好结识下。

○ 邹雷近照

蓝花布和我正在唠嗑感叹"神人"邹雷时，门口传来急碎的脚步声。"哦，他们到了！"蓝花布把办公室门一开，随即走进三位笑呵呵的男士，为首一位长得憨憨墩墩，一米七五个头，国字脸，浓眉大眼，五十开外年纪。"来来，我来给你们互相介绍下，"蓝花布指着为首那中年男子道，"这位就是邹雷主席，大作家！"又指后面二位笑容可掬的男士说道，"这位是叶飞，机关作协秘书长；这一位是朱国峰，市检察院的，我们的同行，也是个作家！"

　　"幸会、幸会！"我们相互点头致意。

　　"春燕老师过奖了，这位就是你电话里说的文剑先生吧？"邹雷笑吟吟地看着蓝花布。

　　"对对，他就是我跟你电话里说的印华印总，既是企业家，也是作家文剑。"蓝花布又道，"我推荐文剑加盟我们本次征稿评委会，邹主席您看可以吗？"

　　"欢迎、欢迎！"邹雷伸出手来与我握了握，口中赞道，"企业做得这么好，文章写得那么棒，二者相得益彰，不容易啊！"

　　"惭愧惭愧，跟您相比还差十万八千里呢！"我连忙谦逊地摆摆手。

　　"你俩年龄相仿，都各有千秋！"蓝花布跷指笑道，"还有一点，你们都精力旺盛，都不简单！"

　　"邹主席是我偶像，在文圈里，我只是个打酱油的！"我自嘲道。

　　"文剑先生客气客气，"邹雷转脸问蓝花布，"中午安排吗？"

　　"快十二点了，咱先吃饭去，在马路斜对面不远处，边吃边聊怎样？"蓝花布征询大家意见，我们都称好，蓝花布便带我们来到长白街一个小餐馆，点了几个菜，边吃边聊了起来……

文人研讨会大多是务虚的，轮番发言的人很多，有的吹得天花乱坠，有的啰里啰唆讲个半天，不知所云，会议开得冗长又沉闷，我听得昏昏欲睡。会议进入授牌环节，邹雷以市机关作协主席名义向我授予理事会员证书，我从邹雷手中接过红彤彤的证书顿时如虔诚的信徒，感到无比神圣。授牌完毕后我以处理公务急事为由向邹雷主席请了假，匆匆离开会场返回公司。

《易经·系辞》云："方以类聚，物以群分。"几十年来，我不信世上有神鬼之说，但人的机缘巧合我是坚信不疑的，邹雷和我机缘就是不期而遇。

一天在我中央路的办公室，哈尔滨的好友吴洪岩约定造访我，他年纪不大、却是个出版界"大咖"。他问我是否可帮忙与南京作协领导牵个头，说可以最便捷便宜地提供作家集体出书的平台，有效解决好书"出版难"的问题，但需要与当地作协领导面对面商榷。我立马想起邹雷，便立马拿起手机与邹雷通了话，邹雷听我汇报后连呼"好事好事"，并表示立即赶来。不到四十分钟，邹雷便匆匆到了，我泡了壶绿茶，吴洪岩跟邹雷有相见恨晚之意，三人热烈地攀谈起来，尤以吴洪岩最为健谈。谈着谈着，不知不觉夜幕降临，我拿出一瓶"南弘一酱"酒，说一起下楼喝酒去，邹吴两人一拍即合，尝尝我的"南弘一酱"。我们来到楼下有个叫"邻湖人家"的土菜馆，点了几个南京特色的土菜，找了个靠玻璃大窗的卡座，入座后我开了酒，斟了三小壶，三人便举杯同

○ 诚惶诚恐接受邹雷授予的证书　胡延／摄

饮。酒过三巡，比较起来邹雷的酒力比我和吴洪岩似乎更胜一筹，见他脸色不变，谈笑自若，不断夸"这酒不错"。

席间，邹雷接到他夫人电话，问是否需要驾车接他，我建议他把夫人喊来吃饭，一方面接人，另方面过来打局掼蛋，没想到一提打牌，他夫人竟毫不犹豫说"马上来、马上来，但不吃饭！"

三人又连干三杯，酒足饭饱，我结付了账，三人出了门不远处便巧遇邹雷夫人。

"来来，给你介绍下我两个兄弟，"邹雷拖着夫人的手，像个大男孩憨憨道，"这位是远道而来的哈尔滨吴兄弟，而这位是跟你念叨的印华兄弟……"

"哦哦，你就是文剑吧，邹雷多次跟我提到过你呢。"雍容大方、戴着眼镜的邹夫人与我握了下手，令我受宠若惊，经邹雷介绍，得知他夫人是某大学教授兼校领导。邹雷告诉我，他每撰一部作品，都首先由他夫人评头论足，而后两人一起进一步润色，因此夫人是他第一读者兼责任编辑。观此夫妇爱意浓浓的举止及温情脉脉的话语，使我暗暗对他们平添钦佩、羡慕和无尽的遐想。

　　来到我中央路办公室，四人脱了外套准备打掼蛋。吴洪岩对江苏的掼蛋不甚熟悉，经我们一番教导，便掌握套路，很快进入角色，我对吴洪岩，邹雷对夫人，四人全神贯注、热火朝天掼了

〇 左一作者文剑，右一邹雷，中间为吴洪岩

起来，邹雷偶尔出错了牌，夫人嗔怪几句，邹雷只是憨憨一笑，看得出他们生活中配合默契，非常互敬互爱。

　　过了些时日，我在手机上无意间看到习近平总书记视察我家乡南通并参观张謇生平展陈的新闻。张謇这个历史人物，这时候是不是我们文学创作重大题材的方向呢？

　　琢磨再三，我拿电话拨通了正在无锡"省巡视组"集训的邹雷，

他听了我的想法后大
为褒奖，并相约二日
后专程前赴南通，与
当地政府领导进行沟
通会商。二日后，我
和邹雷在张謇家乡南
通海门聚会，中共海
门区委宣传部季部长
热情接待我们，对我

○ 两人在海门张謇纪念馆　胡延／摄

们的善举表示衷心感谢和由衷欣赏，根据双方商谈，专著项目进
一步落实中。

　　通过这二年来的了解，我发现也许受他夫人长期的文化熏陶，
邹雷既是个清高的文人，又是个彻头彻尾的"死心眼"，据说有
个老板曾愿意巨资愿买他的"定向写作"，可这个"死心眼"却
一口拒绝，他一句"宁可玉碎，不为瓦全"丢给这个老板，逗得
人家老板又是尴尬又是直翻眼珠子，他告诉老板，他只写正面正
能量的题材。

　　I surrender.

　　俺服了你——"憨人"邹雷！

撰于 2021 年 2 月，海门常乐镇

乱逛澳门（上）

　　老弟张畅多次约我随江苏省旗袍协会去澳门参加中国第二届旗袍文化节，起初我并未积极响应，原因有二，一是这个女人玩的玩意儿，我一个大老爷们跟在女人裙子后面追逐，岂不有失男子大丈夫的风度！二是我工作那么忙，又值新冠病毒猖獗之时，澳门不知是何情况，家人又不赞成乱跑，思来想去还是老老实实为好，待在南京是为上策！

　　然老弟张畅一再动员，说我作品在江苏省外影响不大，一则出去散个心，二则说不准有意外收获，让我好好考虑。我忽然想起前段时间几个兄弟帮我暗暗做了许多事，我承诺好好答谢一番，

○ 澳门，印象中的"赌城" 胡延/摄

是否利用这澳门活动同邀前往，做个了结？遂将想法告知妻子，没想到妻子开恩，破天荒同意！这下令我喜出望外，拿起手机向老弟张畅干干脆脆地报请四个名额，决定出行澳门！

张畅很给力，立马回复"没问题"。

张畅是南京某文化发展公司的老总，此番旗袍盛会他是主办方之一，他知我既是钢铁老板又是个学者作家，更重要的，是他兄弟铁哥们，见我如此"撑面子"，自然很开心。

搜索下澳门，这个地区像个"世外桃源"，至今无病毒入侵，故感觉此趟应无后顾之忧，宽慰之下联系众兄弟，相约各自办理"港澳通行证"，按期赴澳！

这个新冠病毒委实害人不浅、令人厌烦至极，掐指算来从去年底到现在（2020年10月）已有十个多月时间，竟然仍与人类纠缠不清，仿佛像个魔鬼附了身，挥之不去，搅得人心惶惶。从珠海到澳门，不仅口罩不能离开嘴巴，还须不断接受每个关口的检查人员的体温测量，同时须出示手机的"粤省事"中绿色的健康码，反反复复、不胜其烦，可怜我不擅此道，把手机捣来捣去，耽误多少黄金工夫，搞得满脑袋浑浑浊浊，暗暗咒骂那鬼病毒，情急之下求助同行兄弟及导游帮忙。

黄昏时分，我赶到了禄口机场。在候机大厅，见到先期到达的推着黄色行李包的成金坤、戴着太阳帽一身休闲装的张燕滨、一脸轻松微笑的周潘件周总、步履迅捷的余永捷秘书长、恬静慈善的胡太太，以及张畅老弟一干团队成员等等。离登机时间九点半尚早，在周总提议下，我和余秘书长、胡嫂及他四人找到麦当劳就餐处打起了掼蛋。

下了飞机，出了珠海金湾机场已是深夜十一点出头，透过灯火阑珊却瞧见外面细雨绵绵，我和一班兄弟满脑踌躇。此时领队的老弟张畅过来告知，

全体游客入宿珠海酒店，重申到澳门之前全体游客须在次日一早共同乘大巴前往珠海某医院做核酸检测，若无此环节及检测结果，休想跨入澳门半步。无奈，大家也本无抗拒之意，个个如幼稚园无头脑的孩童，任一个姓黄的女性导游摆布，走进珠海一个叫半岛的酒店。

　　到了半岛酒店，左等右候了约一个钟头，一脸沮丧的小黄导跑过来告知，由于事先对所有团队游客没做好交代，造成单个自行混乱地订房，所有房间竟然一订而空，已没我和另三个弟兄的房间！但已联系好古里古怪的名称叫"伙工殿"的宾馆，虽然相

○ 夜幕下的珠海金湾机场

隔十几公里远，但住宿条件似乎更为"豪华"，我们见那瘦弱的小黄导如此诚恳，大伙都心一软并一口应承，转宿"伙工殿"呗。

下榻"伙工殿"，已是深更二点。成总却兴趣盎然，一再怂恿我找个地方夜宵，我此时肚子咕咚咕咚似乎也饿了些，便用手机查了下"大众点评"，了解到不远处有通宵的"海底捞"火锅城，转而征求隔壁入宿的周总并燕滨二位同往，谁知这两位懒洋洋地称瞌睡虫上来了，一口拒绝邀请。无奈，我随成总怏怏地下楼，冒着细雨打车前往"海底捞"。

好家伙，一到"海底捞"却见里面热火朝天，那么晚了，里面人声鼎沸，食客络绎不绝，我困倦之意顿时消遁无影无踪。

殷勤的服务员把我和成总引进一个小卡座。弟兄俩入座后点了一大拨菜品和火锅底料，要了四瓶啤酒，边吃边侃起大山来。

我和成总是发小，有着四十多年的交情，彼此十分了解对方性情，两人自然话题多多，推杯换盏中不知不觉已近凌晨四点，成总依然眉飞色舞，唠唠叨叨刹不住。我劝道："赶紧收住，回宾馆补个觉，不然天快亮了，那导游要求一早前往医院做核酸，没这个去不了澳门的！"成总也听劝，结了餐账后便与我下楼，打车返回了宾馆。

回到宾馆草草洗了把澡，完了一瞧手机，此时已是四点半，离出太阳估计也就两个钟头，遂急急关灯入眠。

正沉浸梦乡，却被"咚咚咚"敲门声惊醒，依稀听到张总的声音："快起床，楼下大巴车就等你们俩啦！"

一听此言，睡意全无，我和成总只得伸腰起床，匆匆洗漱后下了楼，见楼下熙熙攘攘，大厅里挤满女性，身着花花绿绿的衣服，七嘴八舌地寒暄着，我一瞧便知，那是全国各地汇聚于此参加澳门旗袍节的旗袍表演队的走秀演员。

我和成总在宾馆食堂取了些馒头鸡蛋，边吃边恍恍惚惚随大部队上了门口的大巴车，上车后蓦然发现除一位中年男导游和我们四个爷们，剩下的都是吱吱喳喳的妇女，我们识相地坐在最后一排位子上，落座后车子很快发动，不知东南西北、颠颠簸簸地朝前驶去。

约莫四十分钟后，大巴在一处叫作珠海慢性病防治医院的地方门口停了下来，我跟随人流下车后，透过窗口惊恐地发现：医院房间里面晃动着几个戴着面罩、全身裹着严密的防护服的医护人员，怵怵地望着我们。

核酸检测耳朵里倒是听了不少次，就是从来没体验过，听说整得人难过，心里又好奇又紧张。

正在踌躇间，男导游把我们四个爷们引到另外一个虚掩的门内，见屋内一个女医生突然和蔼地让我们排在她面前，我看到这女医生手上持着亮闪的器具，心里有点发毛。张燕滨玩过散打拳术，胆子比一般人要大，又是我助理，我便让他站在最前边，我畏畏缩缩躲在他身后观察，那女医生让他在她身边坐下，用根一尺长的细细镊子插入了他鼻腔，张燕滨"喔喔"叫了一声，女医生喝了声："好了，走吧！"只见他揉了揉鼻子，拭了拭泪水，我见了惶惶地问："这……这痛苦吗？"张燕滨咳了声似是而非地摇一摇头走了，令我一头雾水。

"来呀！"女医生朝我指道。

我几乎胆战心惊地挪到女医生面前坐了下来，照着燕滨的样子仰着头等待女医生"手术"，眼睛瞟了女医生举起那根瘆人的镊子瞄准我的鼻腔插了过来，我心头一惊立即闭上眼睛，感觉镊头在鼻腔内轻轻一搅，"好了，一个大男人怎么怕痛？！"女医生揶揄道。

我感觉鼻腔内一阵发酸，眼睛里情不自禁盈湿了，站起身捂住鼻子便出了门，听到后面几个人在窃笑，惭愧之意油然而生。

男导游说核酸检测要十二个小时才能出结果，须拿到检测报告并且必须结果是阴性的，才能过关赴澳门，假如整个团队其中有一个被检测是阳性的，那此趟澳门行不仅全部泡汤，我们二三百号人也得全部赶赴"世外桃源"，进行至少十四天的隔离。

想想这悲催结果有点不寒而栗，不禁长叹一声：去个澳门咋那么费劲？但愿千万别闹出个"阳性"人物来！

○ 所谓"娱乐场"，其实就是赌场　胡延／摄

乱逛澳门（下）

晚间时，核酸结果终于出来了，男导游说，明晨六点半用早餐，七点准时乘大巴"开拔"澳门！

赌城澳门，我们来了。

从珠海拱北口岸到澳门，排队通关需要半个多小时，真正进入澳门地界仅需十分钟不到。出关后，我们四个大老爷们跟着一群靓丽的阿姨姐姐们上了大巴，坐定后传来半生不熟的女性普通

○ 走近澳门　胡延／摄

话，我们抬头一看，发现突然换了个半老徐娘的女导游，只见她站在副驾驶室处手持话筒，双手比画着讲解澳门。

"……澳门这个地方只有32多平方公里，人口67万，内地哪个县城都比澳门大许多，澳门甚至不如一个乡镇大。"

那女导游还善意提醒我们，到了澳门，男的千万别恋上"楚楚动人美女徒"，女的千万不能钟情"风流倜傥帅哥徒"，这些都是"要你家财索你命"的主子，有句话叫"十赌九输两手空，赔妻败家一世穷"，因此到了赌场只观看、莫参与。

在澳门，不能不提今年五月去世、富甲一方的赌王何鸿燊，我们第一站就是何鸿燊生前一再关心的澳门新濠影汇大厦。

新濠影汇坐落于澳门路氹地，毗邻连接横琴岛的莲花桥口岸，新濠影汇为一以电影为主题的综合娱乐、购物，及博彩度假村项目。我们一下车就被眼前金灿灿的飞檐走壁建筑物所震撼，这个庞大的产业正是为澳门赌王何鸿燊之子、澳门新濠博亚娱乐有限公司联席主席何猷龙所掌控。该大厦群竣工于2015年1月12日，业已成为拥有亚洲最高摩天轮的澳门新地标。

何猷龙，系澳门赌王何鸿燊与其二太蓝琼缨之子，毕业于加拿大多伦多大学商科学院。2006年3月16日起接任新濠国际主席兼行政总裁，其亦为香港、澳门，及内地多家私营公司的董事会及委员会成员。2014年，何猷龙凭借34亿美元身家首次登上2014福布斯香港富豪榜第12位。2019年福布斯全球亿万富豪榜排名第1008位，财富值23亿美元。现任全国工商联副主席，新濠集团主席兼行政总裁等。

○ 富丽堂皇的澳门赌场　胡延／摄

　　我们在大厦前摆了个 pose（姿势），一起合了个影，而后直入大厅时又被保安截住，我们知趣地戴上口罩，出示手机上的澳康码，并接受保安——录像后进入大厦赌场。

　　进入大厦内，置身于金碧辉煌、恢宏奢豪的宫殿之中，高空华丽拱穹下泻垂巨大而昂贵的水晶灯，一个拱穹一盏瀑布样的水晶灯，纵深不可数，墙壁罗马柱臂撑的精致的金盘灯，不断闪烁折射的灯光弧线，令我一阵阵地眩晕。低头看去，地面铺砌镶嵌的七色云彩花岗岩如一幅幅的画卷，绵绵不绝映入眼帘，奢华极致令人咋舌不已。曾经光临过这里的余永捷秘书长指着前方门五彩灯光闪烁的"娱乐场"道："这就是赌场，进去瞧瞧！"出于好奇，我们迈进了"娱乐场"。

　　偌大的赌场分了若干个区域，有最低级起赌几百元的，有起赌几万元的，有起赌几十万直至上百万的，余秘书长告知我们，从一楼大厅开始，楼层越高，赌注越大，而且"招待级别"会随之增高。我们看见偌大的赌场大厅却鲜见赌客，其又告知，往年这个大厅人头攒动、热闹非凡，而如今可能受新冠病毒影响，来玩的人剧烈减少了。

余永捷秘书长又推了下我胳膊，笑着怂恿我："到澳门这赌场不玩一把岂不是白来一趟，哪怕押个三五百，输了当作捐款，男人不尝试这个那个，怎晓得酸甜苦辣什么味？玩过以证明来过，但只玩一把，决不可贪恋赢钱，要是输了便甩把走人……"在余秘书长一再动员下，我私下与另三位兄弟一合计后，都一拍即合，找到大厅商务结账中心用事先准备的澳币兑换筹码，我花了一千澳币兑换五枚筹码，大家拿到这花花绿绿的筹码，兴高采烈物色赌桌，见一个慈眉善目的大姐对我们招手，便走到她的赌桌，我们左看右瞧不懂咋玩，大姐耐心教导，余秘书长又在一旁解释，大家终于弄懂一点，我也似懂非懂仿效周总在大字上押了两个牌注（一个牌注相当二百元澳币），那大姐双手一扬，按了桌旁一个筒铃，叮当一响筒铃里几个骰子跳跃起来，随着铃声停止骰子也停了，那大姐瞅着骰子念道："数小于押注数，收了！"大家沮丧叹了一声，那大姐便将牌注筹码

○ 南京来的赌客

全收了去。余秘书长建议下面押小字数，我毫不犹豫地将剩下三块筹码押注在小字数，那大姐依上次模样按动铃声，骰子一停，大家侧头望那骰子，那大姐毫无表情道："骰子数小于押注数，收了！"言罢将押注的筹码全收了去，前前后后没超过十秒钟，一千澳币悉数输光，我连咋回事都未弄清楚，筹码没了！

输了也好，少了心痒与想头，可以拍拍屁股走人了！

筹码没了，周总哥哥问我续不续。我果断说"不续！"我心想，如果续了一百万，估计也就几分钟没了，即便端上个上千万，也就砸了"水泡泡"而已，玩个心跳后家也没了，还可能搭上我一条老命，以及靠我生存的家小！想起那女导游的话，恋上这"博彩"，离家破人亡不远了，脑海里突然萌生一种对眼前奢华赌场的极度

○ 澳门的妈祖　胡延／摄

鄙视，幻觉这一盏盏赌桌如同一只只张开血盆大口吃人的虎豹，感到有些瑟瑟发怵，更感到极其瘆人！

我转悠至门口，看见周总他们嘻嘻哈哈从里面走了出来，周总称他赢了一千二，张总说赢了五百，我说既赢了，为何不加大赌注多赢些，他们连忙摆摆手道，不可不可，更大赌注一定会裹了进去，见好就收为明智！我跷大拇指笑道，不贪为好，贪婪必惨！

○ 赌场一瞥

出了赌场，我们几个跑到一处宽大的休息区，见缝插针打起了掼蛋。

晌午时分，我们跟随女导游来到澳门氹仔街吃简餐，一碗十分难吃的快餐，竟收六十八澳元。那口若悬河的女导游缠着成总说着荤话，虽然吃不好，倒是耳朵享了福，这两个超级活宝逗得大家不住捂着肚子笑。钱掏了不少，但就是吃不好，成总跟我说晚上找地方开小灶去，好好吃顿澳门大餐。

下午两点返回新濠大厦，女导游参加了老弟张畅发起的苏澳旗袍文化高峰论坛，来自全国各地的旗袍佳丽汇聚一堂，她们中有年届古稀之年的气质老太太，有风韵犹存的富家阔太，也有青春勃发的妙龄美女，更有壮族、苗族，及傣族等少数民族的团队，个个身着一袭色彩斑斓、摄人魂魄的旗袍，给本就珠光宝气的殿堂更增色彩，令人眼花缭乱，如旋身于天堂仙女裙摆之间。

令人称道的是，余秘书长夫人"七月来雪"（网名）也在旗袍走秀表演之列，她浓妆艳抹、一身曼妙旗袍款款走来，乍一看以为遇上个走失的"贞娘"，看到她猛地想起古诗词："鸥鹭鸳鸯作一池，须知羽翼不相宜""月上柳梢头，人约黄昏后""但愿暂成人缱绻，不妨常任月朦胧"。

○ 文剑先生出场 胡延／摄

我应活动组委会张畅之邀，以一名作家的身份也上台就女人旗袍结合文学创作信口开河了一番（事先演讲稿突然不见了），我临时想了下，讲道："看到旗袍女人那亭亭玉立、婀娜多姿的身影，尤其是旗袍下身开了道衩，那若隐若现的腿部，那无穷魅力足令无数男人心猿意马、想入非非……"这话一出招来一阵嬉笑声和掌声……

论坛结束，我应组委会要求向澳门南光集团图书馆等单位代表赠送我的《潜伏商圈》图书。接着，我们观看了全国各旗袍队精心准备的美轮美奂的旗袍走秀表演。

晚上我们下榻在濠璟酒店。

澳门濠璟酒店耸立于西望洋山麓，俯视西湾与澳凼大桥全景，澳门濠璟酒店虽然没有新潮的装潢，但静谧的环境和幽雅的情调非常适合旅客入住。酒店客房设计独特，富浓厚的欧洲色彩，房内宽敞舒适，设备一应俱全。海景套房更附有精致露台，濠江景貌尽收眼帘。

晚餐后，余永捷秘书长、张燕滨、周潘件和我放弃澳门夜游，在宾馆房间内又打起掼蛋。

次日早晨，我和发小成总由于睡觉过了头，与"大部队"分离，起床后两人一合计，决定索性徒步逛澳门，两人匆匆洗漱完了，吃了些早餐便出了酒店大门，朝街上漫无目的地乱逛，由于不熟悉路线，走了不少冤枉路，走着走着发现街道店面与出发时竟然一模一样，原来我们绕了个大圈，不小心又返回原地，我俩突然想，来到澳门，就不能不领略闻名于世的葡京赌场，后来问了几个当地人，称葡京赌场是在不远处的市中心，我们便朝市中心方向逛去。

葡京（Grand Lisboa）是位于澳门葡京路的一间赌场酒店，酒店正门向着嘉乐庇总督大桥（旧澳凼大桥），由澳门旅游娱乐有限公司所持有及营运。酒店设赌场及角子机娱乐场，由澳门博彩股份有限公司所营运。新葡京娱乐场于 2007 年 2 月 11 日落成，并由何厚铧主持开幕启用仪式。而新葡京酒店于 2008 年落成，是在澳门打造的首间七星级酒店。新葡京所处的区域附近开设有不少赌场或角子机娱乐场，如永利澳门，旁边则与葡京酒店相邻，并设有天桥连接葡京及金碧两所娱乐场。

澳门赌王、澳门博彩股份有限公司已故董事长何鸿燊先生以巨资五十亿元兴建，以金碧辉煌为卖点的巨蛋形新葡京赌场，由于美国、澳大利亚等国的公司相继进入澳门赌业，赌王何鸿燊意在用新葡京夺回被外国竞争对手抢占的市场份额。

望着眼前突兀金铸、霸气十足的新葡京大厦和"鸟笼子"式的旧葡京酒店，我和成总叹为观止，惊叹这世界上竟然还有这样的异类建筑物，简直无法想象！

另一个使我印象深刻的是澳门的干净，连日在澳门步行，发现这里空气超清，街上无积尘，即便在施工现场也无扬尘现象，急驰闪过的出租车也是干干净净的。

为了进一步了解澳门，我们决定乘车探望著名的风情区——路环岛。

路环位于澳门岛最南端，在澳门氹仔岛之南约 2 公里，由一条填海修筑的路氹连贯公路相连。岛西面是珠海市的大横琴岛，相距最窄处不到 300 米。岛上丘陵起伏，地势为全澳最高，平地极少。路环岛发展比较缓慢，过去与纸醉金迷的澳门半岛和氹仔岛风格完全不一样，这里是一个特别的小渔村。路环一面沉溺在旧日的优雅里不愿醒来，美得含蓄内敛；一面又不吝给那些上了年头的老

○ 霸气十足的"新葡京"

房子涂抹上最热烈浓郁的色彩。这里用尽了澳门99%的色彩，是独属于澳门的童话小镇。

我俩围着路环岛漫无目的用脚丈量踱步，用心揣摩这干净而井然有序的澳门城貌，辄觉

○ 望着对岸，心潮澎湃　胡延／摄

有神灵保佑着澳门。

在路环岛街上散步时，发现许多居民的屋檐台阶旁设有敬供的小型菩萨，此外路环南北各有一座寺庙，其中之一是南端的天后古庙。

路环天后古庙建于民国马路的一座小山上，是路环区最大的一座庙宇，根据1981年《重修天后庙志》记载："本庙创建于康熙十六年（1677年）"，所以许多人认为天后古庙始建于1677年。不过，这种推断有可商榷之处。妈祖在清康熙二十三年（1684年）首次被加封为"护国庇民昭灵显应仁慈天后"。据此可以初步断定，称作"天后"的妈祖庙始建于1684年以后的清朝。所以，路环的天后古庙应该创建于1684年以后。寺庙分别在乾隆十八年（1753年）、道光二十二年（1842年）和同治元年（1862年）重修。1960年和1984年，政府和居民再次集资大修。

○ 三圣宫真容　胡延/摄

天后古庙为三开间硬山建筑。正殿供奉天后，康公和洪圣分列左右。左配殿以关帝为主神，财帛星君和社稷大王相伴；右配殿以财帛星君为主神，鲁班先师和华陀先师相伴。

北侧有一座三圣宫，我们慕名前往。

三圣宫又称金花庙，早于同治四年（1865年）已建成。庙宇建筑规模较小，只有一进深，从门外对联可以得知路环旧称盐湾以及曾经产盐的历史。昔日，路环有"盐灶""盐灶湾"及"回澜"等别称。三圣宫供奉金花娘娘、观音娘娘，及华光大师。二百多年前，渔民搬金花娘娘神像到路环兴建庙宇，三圣宫因而建成。相传金花娘娘有送子之神力，同时保佑小孩健康成长，因此吸引善信来参拜。2002年，该庙受风雨吹袭后重修，庙内挂有一座具历史价值的珍贵铜牌古钟，是镇庙之宝。沿三圣宫位处的船人街步行，可看到澳门仅存的棚屋，以木材及铁皮搭建而成，富有渔村特色。

路环岛还有妈祖庙，由于暮色降临，华灯初上，此时拜访妈祖已经来不及了，夜幕下的路环岛非常安详而美丽，夜色阑珊，给内湾港口披上神秘的面纱，岸边不时擦肩而过一对对呢喃情人，望着时光下亲暖的背影，我又是羡慕又是暖心，情调那么浪漫、情形那么撩人。我与成总合议，就近找个酒店，先解决肚子吃饭问题，于是两人逛了一圈，找到一个非常优雅，靠天后古庙的排档，在服务员引领下，找了个面朝港湾的卡座位置坐下，成总点了些葡式海餐，要了两小瓶"小茅台"，服务员很快端上香喷喷的炒菜，两人对酌起来⋯⋯

好时光总感到太过匆匆，我随大团队终于返程，"澳门之旅"也暂画上句号。澳门城市管理精致秩序之"奥秘"真是令人辗转反侧，更令人感到意味深长，博大精深！

再见，澳门！

撰于 2020 年夏，珠海"伙工殿酒店"

○ 澳门街头

拂开尘封的记忆

——造访柬埔寨札记

（一）心已飞翔

年轻的时候，我有个非常荒唐的梦想，幻想身上长出一对大大的翅膀，可以一飞冲天，爱飞哪里就飞哪，世界各地任我游，无拘无束，这才是逍遥人生！

我倾慕洒脱走天下的旅行名家徐霞客，真想有朝一日像他一样，实现财富自由后可以随心所欲周游世界。对我这个整天埋头忙于处理无穷无尽事务的人来说，想出个国门，哪怕跑个景区看看，都是一种奢望。

机会说来就来！有一天快下班时突然接到市企业家协会秘书长余永捷的来电，称应柬埔寨官方及有关驻柬会员企业邀请，协会拟定于十月国庆节后组织部分企业家前往柬国进行为期五日的考察和旅游，指名道姓让我届时一同前往，故我得提前抓紧

办下出国手续。余秘书长还强调他曾在多年前两次到过柬埔寨，这次依然决定参加赴柬，可想而知柬埔寨魅力有多大！我听后暗自里惊讶了一阵，心里又盘算：赴柬埔寨一则路程不算远，二则时间不算长，也凑巧这段时间比较宽松些。余秘书长还告诉我，柬埔寨确是迷人的国家，拥有着辉煌华美的历史古迹、自然美好的山水风景，特别是柬埔寨这个古老的国家还藏着许多不为人知的秘境，会让人如痴如醉，值得一去！若是失去这次赴柬机会，将是一大遗憾！余秘书长这话又让我平添几分赴柬的冲动！呵呵，我满心欢喜、爽爽快快地答应了余秘书长：去，一定去！

我从网上了解到，柬埔寨古称高棉，位于亚洲东南部的中南半岛南部。东部和东南部同越南接壤，北部与老挝相邻，西部和西北部与泰国毗邻，西南濒临泰国湾。湄公河是境内最大的河，中部平原约占领土总面积的一半。柬埔寨面积约181035平方公里，

拂开尘封的记忆

人口约 1600 万，有 20 多个民族，其中高棉族占 80％。佛教为国教。柬埔寨官方语言是柬埔寨语，法语和英语使用也较为广泛。柬埔寨的货币是瑞尔，也称"柬币"。

　　也有去过柬埔寨的朋友告诉我，柬埔寨虽然不算发达但不封闭，旅游设施虽然较差，但服务态度友好。大多数人对柬埔寨的印象，来自于世界七大奇景之一的吴哥窟。

　　柬埔寨看似落后的景象之中，存留着波尔布特红色高棉政权时代所遗留下来的建筑，同时保留着法国殖民地的法式风味。正是这样充满着强烈对比的人文风情，以及柬埔寨特有的风土景致，再加上吴哥窟这样无与伦比的历史遗迹，参观完后一定会给人留下视觉与心理上的巨大震撼。

　　赴柬之日终于到了。

　　到柬埔寨需要从上海浦东机场乘机前往。依照余秘书长通知，

○ 胡延／摄

本次赴柬人员需在八号晚间6时前赶到上海浦东国际机场集合。我是当日下午2点许从南京乘动车赶到上海浦东的，赶到浦东机场5：30，一出站台便与余秘书长手机联系，不出十分钟我找到了赴柬"大部队"，见到了嘻嘻哈哈、正忙着招呼的"队长"余永捷秘书长、温文尔雅又笑容可掬的会员部部长李晓健，以及潘剑、周起彻等一拨熟悉的面孔。

晚上9点，我随大部队登上东方航空班机，约十分钟后飞机稳稳升上黑漆漆的夜空，向柬埔寨方向飞去。

从窗口凝望着繁星点点的夜空，仿佛此时已与不堪纷扰的凡世间和解，想到这几天有了短暂的宁静，我心里不由得一阵雀跃和莫名的激动，脱口道："呵呵，柬埔寨，我来了！"

（二）走近柬埔寨

大约四个半小时航程，飞机徐徐降落在柬埔寨金边国际机场。

到达金边国际机场已经是午夜二点了，一出飞机舱口，就感觉灼灼热浪扑面而来。坐在飞机舱里有恒温空调真感觉不到，柬埔寨地面有近三十度高温，气温反差很大，我和其他旅客纷纷脱去厚厚的衣服，只留件薄T恤。

下了飞机，余秘书长便召集我们告诫说，柬埔寨出入境当地关口工作人员对待异国旅客非常腐败，但也懂得"礼仪"，进关时不仅检查护照，还索要"小费"，小费一般三四万柬币，也就相当十来元人民币，能给美金更是求之不得！当然，你要是拒绝，

拂开尘封的记忆 ⑧

他也不会强行索贿，还是会放行，只是"检查动作"会刻意放慢，可能会影响到下一步计划。余秘书长戏谑称："我们难得来柬埔寨一次，能给就给吧。"

我听了余秘书长的话自然心领神会，遂自觉把包里事先准备的五万柬币攥在手里，我拖着行李箱向前挪动。

到了关口时，见身着制服的官员笑吟吟地盯着我，我连忙手抓着护照和一沓柬币主动高高举起，官员接过我递交的护照和一沓柬币，对我怪模怪样笑了一下，挤了个眼色，用生硬的汉语说了声："宁民币（人民币）？"看了下护照便交还了我，伸手示意我快走，于是我便掉头离开了。

出了航站楼，见一位中年男子冲着人群反复高喊："南京队，这边来！"余秘书长告诉我们，这位是负责此行的"全陪"，是南京鸿雁旅行文化公司的严总，只见他中等个，国字脸，戴着鸭舌帽，左手举着三角旗，右手挥舞着，言行举止都体现他的姓"严"字，初见模样很严谨。

在他指挥下，我们出了机场随即上了大巴，不到半小时后，大巴开进了一所度假酒店，我和潘剑分到同一间房，得到门钥匙后潘剑一脸坏笑说："咱爷们也算同居了！"

深更半夜，别无所求，匆匆洗漱入眠。

次日一早，我和潘剑在睡梦中被咚咚的敲门声吵醒，我起床开门一看是绅士般的严总。严总满脸歉意又彬彬有礼说，由于行程紧，需要得到我们的配合，众人抓紧起床用餐后，得赶路参观。我忙不迭回答"好好"，于是喊了潘剑，两人急急完成洗漱用餐，

○ 胡延／摄

一前一后走出酒店大厅。

　　出了下榻的酒店，清鲜空气扑面而来，顿觉呼吸道上下通透。我仰头一望，是碧蓝天空，还惊喜地发现离酒店不远处，便是一望无垠、茫茫湛蓝的大海，白白的沙滩上早有三三两两休闲的人，还有三五个人在沿着海边的林荫道上晨跑，我还发现海里有一对情侣在游泳，你追我赶着，看着那清波漾漾的海水，我忽然也有跳下划游的欲望，眺望那对情侣欢快畅游，心里默默羡慕着……沿着这漂亮的海岸线，漫不经心地散着步，那该多惬意。酒店西侧是面朝大海的，不仅有露天浴场，还搭有帐篷，帐篷里面有座椅有餐桌，人们在帐篷里悠然自得地喝着咖啡，身穿白色服饰的服务员则忙着给客人们端递食品……

严总一脸微笑地走过来告诉我，这里紧靠暹罗湾，这片海叫西哈努克海。我们现在位置是金边的南端，金边是柬埔寨王国的首都，也是最大的城市，为柬埔寨政治、经济、文化、交通、贸易、宗教中心，它是一座极具神秘感的城市，许多故事、传说非常有趣，值得我们好好地去探究。

"走吧，我们得开路啦！"在严总引领下，柬埔寨旅行的第一站序幕拉开，首先浏览既具文化气息，又具现代风情的首都金边，而后前往西哈努克西港中柬开发区，参观南京大地建设集团开发的沿海岸风光带，这是一整天的行程。

（三）皇宫富甲天下

一路上，严总向我们介绍道——

"我们现在位置是金边市，位于四臂湾西岸，四臂湾是上下湄公河、洞里萨河和巴沙河汇合处，这四条河流在这里汇聚成一片宽广的水面，大家想象下，是否像四支巨大的手臂伸向远方？"

"来到金边，你才能真正了解柬埔寨的悠久历史、精美建筑和风土人情，才能走进柬埔寨古老的文化中，与时空对话……"

此时，烈烈的太阳从洞里萨河边的高楼缝隙折射出缕缕光芒，非常壮观。

严总告诉我们，眼前的一幢幢周围高楼拔地而起，它们多数是中国援建的，特别是西哈努克港，中柬签订了港口发展规划，要把西哈努克港建成印度洋重要港口之一。

西哈努克大道，金边一条最宽阔的大道。大道一侧贯穿着金边独立广场，又名莫迪卡广场，位于市中心离金边皇宫不远，从皇宫步行可到达。

在严总带领下，我们走进了富丽堂皇的金边皇宫，他负责一一讲解。

金边皇宫坐落在湄公河、洞里萨河、巴沙河交汇形成的四臂湾内，因此也称"四臂湾大皇宫"，是诺罗敦国王于1866—1870年建造，是柬埔寨历届国王居住的地方。金边皇宫单从颜色来看，就足以吸人眼球，惹人注目！

其殿身涂以黄、白两色，与周边其他建筑形成了巨大反差，黄色代表佛教，白色则是代表婆罗门教。

金碧辉煌的金顶白墙更是给人一种神圣不可侵犯的威严感！代表了柬埔寨王室的尊贵，还富有浓郁的宗教色彩。

"一边是穷困潦倒，一边是奢豪极侈？！"我不由得感叹一声，余秘书长点头赞同。

不论是平台还是副廊，不论是边角上的亭子还是造型独特的顶子，都无不相得益彰互相映衬，体现出难以超越的和谐气息及艺术造诣；宫殿里面，各种浮雕栩栩如生，极其形象动人，皇宫之内的加冕厅更是特别，鎏金的屋顶在阳光的照耀下显得光彩照人，熠熠生辉。

我发现，富丽堂皇的加冕宫大厅内设有国王宝座，宝座镶着黄金、钻石，雕镂极其精巧，处处彰显匠心精神。严总讲解说，这是历任国王进行加冕的地方，每任国王一生只能坐一次。

拂开尘封的记忆 ⑧

　　离开主宫出了门，抬头可以看到屋顶上高高的尖塔和翘起的屋脊，这是一组金色屋顶、黄墙环绕的建筑，包括曾查雅殿、金殿、银殿、舞乐殿、宝物殿等大小宫殿二十余座，回廊上是仿吴哥寺的浮雕，曾查雅殿雕梁画栋，琉璃瓦顶，同左侧金光闪烁的波列莫罗科特佛塔相呼应，尤其壮观！

　　走进次宫，金殿内有宝物殿，专门陈列珍宝，在王宫的所有建筑中，银宫最为华丽，又称玉佛寺，地面用 4700 多块镂花银砖

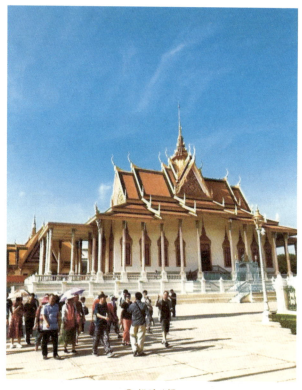

○ 胡延／摄

铺就，大殿内供奉着高约 60 厘米，由整块翡翠雕成的佛像，晶莹剔透，是柬埔寨的国宝，这里是历代国王礼佛的圣地。

我从柬埔寨王宫沧桑的伟大历史痕迹中，默默地想象这里昔日的辉煌灿烂和多灾多难，对柬埔寨人来说，神圣的金边皇宫不仅是权力的中心，也是人民的信仰基地！

（四）感受柬边之魁

离开令人震撼的金边皇宫，已快至中午，严总又带领我们驱车来到暹罗湾，靠在海边的一个十分静谧的丛林里。绕过幽幽的林子，便一眼发现里面是偌大的施工现场，有几台挖掘机和几辆装卸工程车，长长的地梁上已扎有钢筋，一座山坡削了一大半，高低不平的道路铺上沙石，工地空无一人，时至中午，想必工人们吃饭去了。过了工地，不远处，发现两棵树中间拉了一个横幅，写着"热烈欢迎南京市二会领导莅临指导！"落款为"南京大地建设柬埔寨项目部"（注："南京市二会"为南京市企业联合会和南京市企业家协会），三位男士和一位女士朝我们笑逐颜开快速走来。

"请问哪位是余秘书长？"为首一位三十出头的眼镜男，文质彬彬地问道。

"我就是。"余永捷秘书长答道。

"我们受于董事长委托，在此恭候多时了！"眼镜男自我介绍说，"我是公司驻柬埔寨项目经理，姓戴，就叫我戴眼镜吧。"

拂开尘封的记忆

"呵呵，是戴着眼镜的，"余秘书长见眼镜男有些滑稽，忍不住笑了笑道，"走，来这儿就听你的了！"

戴眼镜带着我们进入他们的装修别致的五层办公楼，进了二楼一间宽大的会议室，大家坐定后，几个工作人员连忙为大家端上沏好的茶，戴眼镜随即做了简要的项目建设介绍，又一一回答了我们的提问。

"快中午一点了，想必大家都饿了，"戴眼镜看了看腕表，歉疚道，"我们在后面的院子内准备了便餐，只是条件简陋些，请各位领导多多包涵，先去用餐吧。"

"好好，"余秘书长手一挥，道，"我们先去用餐！"

大家跟着戴眼镜下了楼，走出办公楼来到其后院，看见用绿色帆布搭建的宽大餐厅，厅内周围摆放一坛坛造型各异的盆景，地面铺的是非常干净的绿色地毯，环境布置着实用心，四个大圆桌已摆满食物，香味扑鼻，把我们这群人饥肠辘辘的胃口一下子吊得高高的。大家入座后客套一番，开始用餐。

下午三时许，我们又继续前往西哈努克港（下文简称西港），继续深入探访。

到了繁华西港商业区，一个开着"突突车"的小青年从我们身边呼啸而过，"突突车"的后面写着："we are the world"。拍照翻译：我们的世界。（我更愿意翻译成：世界是我们的。）忽然觉得好触动，世界是属于我们大家的，不分地域，不分民族。在金边街头让人印象最深刻的是：世界顶级豪车和"突突车"相伴。这就是金边的日常：奢华与贫穷交织，毫无违和之感。

榴梿街其实只是在西哈努克大道上靠近莫尼旺的一小段路，集中了大概有超过 10 家的卖榴梿的小摊贩。

这条街上的所有榴梿都明码标价，童叟无欺。

兰卡寺则是金边历史悠久的五大寺庙之一，位于独立纪念碑西南，从寺庙的入口处，可以看到壮观的大殿。每周一、二、四开放，人们可以免费禅修静坐冥想。

西港的广场不算大，但规划齐整，独立广场附近坐落着许多柬埔寨高官的豪华别墅，其中就有首相洪森官邸。

沿着柬埔寨四号公路，我们驱车来到位于金边西南 240 公里的西哈努克港。迷人的西港位于南海岸线，是柬埔寨最大的海港，也是柬埔寨第二大城市，目前是全柬唯一一个经济特区。西港建于 1950 年，为鼓励投资，1998 年立为免税港。战乱时期西哈努克港曾改名为磅逊港，20 世纪 90 年代又恢复了西哈努克港的名字。 近年，随着当地经济的发展，其原本具有的得天独厚的自然景观得到了外界的认可，欧美和中国背包客的先行者络绎不绝地赶到这里，被这里的沙滩、海浪深深吸引。作为一个新兴岛屿旅游热点，其风光、沙滩不亚于马尔代夫、帕劳。又因其消费不高，已逐渐成为许多休闲度假者的首选。西港目前正处在大开发阶段，百业待兴，具有很多商业机会。在四号公路旁立着的柬埔寨经济特区宣传栏，上面的中文说明西哈努克港经济特区是由中柬企业在柬埔寨西哈努克省共同开发建设的经贸合作区，是"一带一路"上的标志性项目，旨在为企业搭建"投资东盟，辐射世界"的投资贸易平台，实现共赢发展。进入西哈努克港经济特区的某一路口。严总介绍说一座连接海岛的大桥是由俄罗斯人承建的。但是，该工程目前处于停工状态，据说承包商是个骗子而"跑路了"。我们驱车至西港已是黄昏时刻，急切地来到西港有名的海滩——奥彻迭海滩。傍晚的奥彻迭海滩在夕阳的照射下变成了金黄色。奥彻迭海滩是柬埔寨西哈努克市附近的一个海滩，深受广大市民及游客的喜爱。海滩周围有各种各样特色的酒吧、餐馆。人们可以在这里游泳，玩沙滩排球，玩累了还可以来点饮料和美食，难得的是海滩非常干净整洁。

○ 胡延／摄

我们从西港转移至湄公河畔，两三个小时一直徜徉在风光秀丽的银滩上，这里空气清新，微风习习，令人心旷神怡。

黄昏不知不觉来临，远处传来细细的、有节奏的海涛声，晚霞给大地万物镀上了金色，此时的金边景致更显得摄人心魄，似乎这里的人与物都小醉微醺，格外美丽。严总把我们带到金边最浪漫的银滩海边一处叫 FCC 哥米的音乐酒吧吃当地海鲜烧烤，喝当地的"吴哥啤酒"（ANGKOR）。

村上春树曾经说过："如果一个城市没有愿意开小酒馆的人，那这个城市无论多有钱，都只是一个内心空虚的城市。"

FCC坐落在湄公河畔，集西式餐厅、酒吧和酒店为一体。据说，FCC最初是金边的外国记者聚会喝酒的地方，已有20多年的历史，是一个很有故事的酒吧。

这个酒吧的好处在于视野开阔，可以360度地看到湄公河的景色，坐在摇椅上可以静静地看着夕阳落下，俯视着楼下熙熙攘攘的人群，傍晚的微风吹拂着，随着天色渐暗，路灯一个接一个地亮起，再加上一杯美美的鸡尾酒，一天的疲惫和压力就渐渐散去了，非常惬意！

此时响起重金属的碰撞声，里面的摇滚歌手超级酷，尤其是女歌手唱起摇滚来，有着别样的美，音乐声很大，余秘书长只得举着酒杯站起身高声喊："柬埔寨之行快乐，干杯！"我们纷纷端杯起立，齐声高喊"干杯！"便齐刷刷干下了吴哥啤酒。

"喝吴哥，逛吴哥，不去吴哥等于白来柬埔寨！提示下，明上午七点半在酒店大堂集合，准时前往暹粒吴哥，请各位领导明天要起早啦！"严总未忘自己的使命，大声提示道……

（五）神秘吴哥窟

"不去吴哥等于白来柬埔寨！"这话不仅严总认同，凡去柬埔寨游玩的人，不上暹粒吴哥是绝对的错误！

　　著名的吴哥窟就在暹粒。去吴哥城前，严总先带我们拜会了美丽的巴戎寺，这座寺庙非常美，主要体现在建筑以及雕刻工艺之上。在这座寺庙里总共有49座宝塔。这49座宝塔上面雕刻着神王的面相，而且每一个面相都是微笑着的，而这也是人们称这里是"高棉的微笑"的原因。

　　日日月月，岁岁年年，暹粒河畔"高棉的微笑"，任晨风拂面，夕阳辉映，已然凝固成永恒的静穆。

　　据说很多游客来柬埔寨吴哥窟，都缘于看了台湾学者蒋勋编著的《吴哥之美》。该书从一条生命源源不绝的大河谈起，引领读者阅读观看吴哥遗迹与吴哥王朝的艺术之美。

　　我陡然羡慕起蒋勋，多想能像他一样，独自一人背上台微单相机，在古老的佛殿和苍凉的废墟间慢慢地行走，慢慢地记录，慢慢地揣摩和体味，再把这些感悟从容不迫地写下来，传递给更多的人。

　　吴哥之美令人沉醉。初到暹粒的游人，大都感到惊喜或震撼。这种感觉来自哪里？我揣度，可能是来自视野里那种干干净净的独特景观：辽阔的沃野上，错落有致地耸峙着一组组棕褐色遗址，遗址之间的环境单一，都是平坦的草原和茂密的森林，棕褐与碧绿两色相间，漂亮得像构成主义画风的作品。一个接一个景点看过来，几乎见不到金边郊区那些乱糟糟的平顶贫民窟。

　　其实，稍加思考便可明白，在社会等级森严的古高棉，民用住宅均是草木结庐，只有寺庙王宫的修筑，才能使用昂贵的石材。这些砂岩石料，是从百里之外的远山开采，用一队队大象长途驮运来的。500 年岁月流逝，风吹雨淋间草木槽朽，大片大片简陋的民居，早已化作泥土，消失得无影无踪，连地表上的痕迹都没留下，唯有这些砖石垒筑的神祇住宅与皇族宫殿，至今仍耸立在广袤的原野之间，经受住了时间之流的冲刷。

○ 胡延／摄

当然，吴哥窟遗存在世间的也仅是废墟了。吴哥遗迹，也是处处都有巨石基座，但基座之上木结构的宅邸建筑，早已经在摧枯拉朽的热带暴雨中消失殆尽。遥想当年，这些皇室宫殿和佛家祠院也都是原木屋脊、金银窗棂，上覆铅瓦，处处可见挎刀戒备的武士、娉娉婷婷的侍女、梵唱诵经的僧侣，该是怎样生动鲜活的一幅幅画面？

之后我们又去了巴肯山，巴肯山是吴哥窟这里最高的一个景点，在巴肯山上也有着一个古老的寺庙巴肯寺。巴肯寺一共有七层，修建得非常有特色，下面的六层共有一百零八个塔。这里还是一个欣赏日落的好地方。暹粒还有一个非常著名的夜市叫63M夜市，其实就是一个露天市场，由服装店、日用品店、水果摊、烧烤店等组成，说是店其实就是在路边拉开一条毯子，一家人或者亲朋好友坐在一起吃东西玩耍之类的，这里的饮食偏生冷，很多人不太习惯。这个地方经济虽然落后，但两天下来感觉这里的治安环境还不错！

在暹粒，大家都是奔着吴哥窟来的，吴哥分为大吴哥和小吴哥，都是寺庙，想想都是高棉人的智慧结晶。

围着大小吴哥窟绕了一大圈，几乎耗用了一整天，目睹这里古老的建筑古迹，感觉一点不比中国的万里长城、西安兵马俑等浩大工程差到哪里，心里不外乎两个字：震撼！其次就是：神秘！

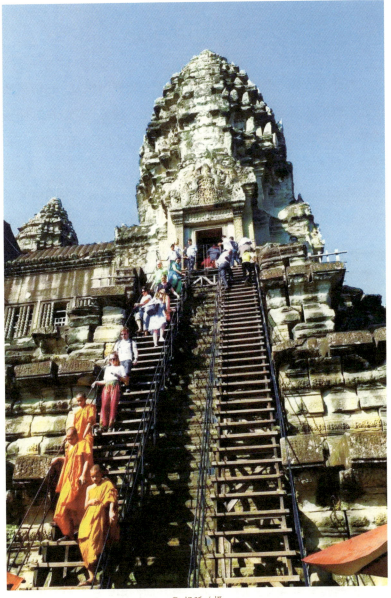

拂开尘封的记忆 ⊗

（六）惊怵的巴瑶族

地球上，有一个原生态海岛，它天生就充满魔力，它精美绝伦、不属于凡间，它远离喧嚣、纤尘不染、独处一隅，在这仙境般的人间天堂里，生活着一群巴瑶族人，他们过着极其原始的生活，这是一个漂在天堂与地狱之间的民族。

第三日，依照安排，我们将驱车前往一百多公里外的柬埔寨与越南边境，探访那里祖祖辈辈长年生活居住在水上的民族，这里的居民靠打鱼为生，这里的居民没有自己的国籍，终年生活在水上不能上岸，这个民族就是巴瑶族。

○ 胡延／摄

巴瑶族的诞生在历史上有很多的说法，第一种是说巴瑶族的祖先是之前周边一个王国的将军，当时他奉命解救一位公主，可是最后失败而归觉得无脸面对国民和国王，所以就和族人长久地在这里居住了下来。还有一种说法就是巴瑶族的祖先是当地有名的一个海盗，当时周边的几个王国为了惩罚他，让他和他的后代永远都不允许上岸，一辈子都只能在海上。

巴瑶族生活在水里显然十分艰辛，他们用木头在水上搭建房子，房间都很潮湿。这些还是条件很好的巴瑶族家庭了，另一些贫穷的人还盖不起房子，只能睡在渔船上。人们所有的衣食住行都是在水上进行的，还有很多诊所和学校也是建立在水上的，孩子上学的时候都划船去学校上课。生活在海上，这里人们都是吃海鲜的。对于他们来说大米和面食都是非常奢侈的食物，还有很多孩子因为营养跟不上都很瘦小。其

○ 胡延／摄

实就算巴瑶族人们上了岸，他们还是没有自己的身份，也许对他们来说留在水上是最好的选择。

　　看到我们的到来，两个女孩划着小木船箭似的靠了过来，一个年龄六七岁的女孩熟练地站在船头举着竹篓，操着完全不听懂的部落语言，但其乞讨的手势大家都能看懂，就大概"求求你们给些施舍，谢谢"的意思吧，我们看得可怜，更担心这些孩子不小心就掉入这深不可测的海里。严总却告诉我们，别小看这么小的孩子，他们长年生活在水里，水就是他们第二个家！

　　看着小木船里两个瘦小稚嫩孩子可怜兮兮又充满期待的眼神，我联想起家中同样年龄的小闺女，怜悯之心油然而生，赶忙把口袋里仅有的十多万柬币和三百元的零用钱用手帕包好，朝她们扔了过去。不料，一阵急风恰恰吹来，钱包竟然偏了方向，落入水中！

○ 胡延／摄

"哎哟！"我惊叫一声，旁边的朋友们也跟着哄喊了一句。

话音未落，乞讨的女孩"扑通"跳下了水，迅速游向水中的钱包，一把抓住钱包返回小木船，另一个女孩抓住水中的女孩的手，将其拽了上船。我目瞪口呆，向她们伸出大拇指，后面的伙伴们则纷纷鼓起掌，两个女孩不顾小木船摇摇晃晃，起身朝我深深地鞠了一躬……

即便过了几年，想起巴瑶族人的生活环境我心里依然不寒而栗，与我们国人的生存环境差太多了，心里揪紧成一团……

（七）内心独白

终于返程了，我匆匆采购些柬埔寨当地的特产杧果干等，跟随着团队急急赶到金边国际机场，不到一个小时将登机升空，返回阔别已久的温馨家中。此时此刻我不禁在想，赴柬五日这走马观花式探访是不可能全面了解柬埔寨的经济层面及人们生活生存状态的，也说明不了政治与经济的互存规律。但我隐隐感觉到柬埔寨有成千上万的人仍在贫困线上苦苦挣扎，而令我百思不得其解的是，这些人们朴实的脸上却透露出那么多幸福感，他们的原动力源自何处？这世界上有多少人为其家庭生存铤而走险，如何彻底缩小贫富差距？我们知道，历朝历代灭绝人性的战争都是因生产资料分配严重失衡而引起的，请问何人何时能扭转乾坤？平衡好芸芸众生的规律在哪儿呢？？？

撰于 2020 年苏州周庄

张仙和他的养老院

　　住在古城秦山市一处高档小区的张仙最近突然做了两件傻事令其亲友大跌眼镜，其妻更是跟在他屁股后面数落不断，但寻思他火暴脾气不好惹也只好在旁边叹气。哪两件傻事？一件是，这呆子把刚买不久的奔驰 S600 贱卖了，换了三辆"救护车"；另一件则是把那经营多年且生意红火的钢材贸易公司停办，向公众宣布改办一爿精品养老院，取名"寿比南山养老院"，且拿出多年积赚的两千万元全部砸在承包的郊区濒临倒闭的某公办福利院上。对这间一万多平米的养老院进行装修及购置足有五百个床位的老人用的设备，经过半年的紧张筹备，张仙宣布他的寿比南山养老院将于国庆节那天开业。

　　用张仙的大奔轿车"置换"的三辆救护车作为配套设施专门接送养老院的老人。

　　一时间，亲朋好友舆论一片哗然：搞这养老院赚钱吗？这年头去做慈善，张仙这家伙脑袋一定进水了。

　　在养老院开业前夕，张仙突然以其养老院名义又在报纸上连续刊登一则令人咋舌的广告：

　　"为迎接伟大祖国七十华诞，只要是一九四九年十月一日出生且身体健康的本市老人，只要向本院报名核实，免费提供歌诗达豪华邮轮韩国五日游，另免费享有入住本院三个月的'体验期'。此外，征求四十九名七十岁以上老人，免费入住本院一个月，名额满员截止……"

这则广告一刊出，立即引起轩然大波，众人疑问，这张仙真的是来做"慈善事业"的？还是博人眼球，图个扬名四海？

"免费？当然是免费！征集免费入住的四十九名老人是为纪念一九四九年新中国成立，我们商人能够自由行商赚钱，不就是伟大共产党给的平台吗？国泰民才安！"张仙如是说。

张仙已五十四岁，长得浓眉大眼，雄遒硕健，一米八的个子，腔音浑厚，虽说江南人氏，但浑身上下却散发北方豪放骁悍以及敢作敢为的禀性。

张仙在业内是个小有名气的钢贸人，企业也是利税大户，还加入省市工商联"光彩慈善事业"多年，去年被光荣地推选为市人大代表。

张仙经历丰富，尤其贪恋杯中物。

张仙嗜酒，一斤白酒以他的量可谓"三指一螺"，轻松拿下。几乎没有一个不畏惧与他对饮的，他喝酒举杯入肚是一眨眼的工夫，半壶下肚，面色依旧，侃侃而谈、豪情万丈。天哪，这哪是在饮白酒，简直是在饮白水！

与张仙对饮，就得听他神侃，侃到吃，从土菜粗渣到山珍海味，从地摊小吃到饕餮盛宴，从北疆烤羊到南国米线，听得出，他不仅浪迹江湖，更是一位彻头彻尾、逛遍神州的"吃货"。

再吹"住"，张仙称他不仅住过窑洞，还与猫狗牛驴同居一室，桥涵之下也曾是他的住所，"地做炕、天做被，星星伴我睡"。也曾入堂五星级酒店，端坐沙发床，口抿威士忌，耳飘萨克斯，跷着二郎腿……言语之间，尽是得意。

谈到"行"，张仙时而眉头紧蹙，时而慷慨激昂。他说他可能是世上"座驾"最多的人。曾驯服三匹野马、五头大黑牛、三只大角羊、一头野猪和一头犀牛，座驾拥有过驴、马、野猪、犀牛、山羊、大象、拖拉机、脚踏车、摩托车、电瓶车、轿子、大篷车、滑板车、大货车、面包车、三轮车、越野车、小轿车……曾几何时，也是风光无限。

"征求"广告发布后，张仙的寿比南山养老院一下子沸腾了，整个二百多平方米的接待大厅被来访的老人和家属挤得水泄不通，工作人员忙都忙不过来。

人群中一个尖嘴猴腮的男子一直质疑活动一定有"猫腻"。张仙及工作人员解释得口干舌燥，这位男子的质疑声反而越来越大，张仙不禁勃然大怒，撸起袖子就要揍那男子，拳还没挥出，只见那男子哇了一声就地躺下，两眼紧闭，嘴唇抽搐，不省人事，旁边一个妇女猛地扑在那男子身上哭喊道："老板打人啦，我的天哪，我那老公有严重的恐惧焦虑症，他会吓死的呀，哇呀……怎么办啊，老公啊，你醒醒呀……"

"这还得了，店刚开张，老板就要动人打人，报警报警！"旁边一个光头男人歪着嘴巴大声嚷嚷道。

"老板打人？他妈这年头有钱胆就大，呸！搞什么假慈善，一定要报警！"另一个戴酒瓶底眼镜的小老头抱着胳膊不屑一顾地啐道。

"胡说，我们老板根本没打他，老板从不打人，是他自己倒下的！"人堆里挤出个身穿工作服的女生愤愤地说道。

"是的，我亲眼所见，老板没打他，不能诬陷，我可以证明！"一位戴眼镜、知识分子打扮的中年男子打抱不平。

"你他妈的护什么护！"光头男子冲着眼镜男厉声道，"老板有钱就可欺凌打人，就可目无王法？！"

"是的哦，哪个有钱的来路是干净的，我看那老板如此狂，不得了了，哼！"旁边一秃顶老头翻了一下白眼道。

"叫你惹，就你没事找事的！咱们走，你也不看看这阵势？走走，回家！"一位妇女拖着眼镜男便拼命往外挤。

"这都……是什么人呀，我……我这是吓唬吓唬他，他、他就顺势倒地，才开业就遇到霉人霉事，真是晦气！"张仙无可奈何地摇摇头，丧气道。

"张总，不要理这种人，把他撵出去算了！"一个叫郑峰的小伙子上前便将那躺在地上的瘦家伙拖坐起来，气吁吁道，"喂，搞什么搞，装什么装，这里不是医院，起来！"

"你……你不能动手打人，他都这个样子了，快不行了啊！"那瘦子的老婆哭道，"要打，你就冲我来打！哇，老公你要坚持啊，自有警察会公道处理的，呜呜……"

"警车来了，警察来了，让警察处理！"有人高喊。

"让开让开！"随即人群让开一条路，两个全身武装的警察威风凛凛地走了过来，其中一个年纪大的警官目光炯炯，声音威严而低沉："地上躺的什么人？打人的人在哪？"

"是他……他……"妇女抹了把眼泪，带着哭腔指着张仙。

"胡说八道，我啥……"张仙气青了脸申辩道。

"他不仅打人，还在报纸上登假广告，说什么免费提供老人豪华游轮韩国游，免费入住养老院，天下哪有这等好事？分明搞诈骗！还狡辩！"光头男人又愤愤嚷道，"拿我们当瞎子、聋子、傻子，哼！"

"啥？你胡扯！"张仙瞪着大眼，气得捏紧拳头。

"警官你看看，他又想打人！"光头男人和一个瘦老头同声喊道。

"你们休得胡说，我们张老板从来不打人的！"养老院工作人员委屈申冤道。

"都别说了，跟我们到所里解释！"年纪轻的警察一边呵斥一边不由分说地往外推着张仙。

"你，还有你，还有地上躺的，都马上到闸东派出所！"年纪大的警察反背着手，拧紧眉头对大家训话道，"国庆大典在即，你们养老院不安分守己干正业，也不看看这是什么时候？还做乱七八糟的事，真不像话，谁敢要乱事，公安机关决不放过！瞎搞！另外，大家也不要轻信报纸广告，天下没有免费的午餐，你们没有看到公安机关发布的防骗提示吗？你们要看好自己钱袋子，看好自己的养老钱，有些不法商家、黑心老板就利用你们爱占小便宜的心理，实施有计划的诈骗，什么免费旅游、免费入住养老院、免费送这送那，全是鬼话，知道吗？大家都回去吧！"言罢，大摇大摆往门外警车走去。

听了警察的话，有的人连连点头称："对对，我说嘛，广告假的，你就不信，这广告打的是埋伏，是个骗局！"有的摇摇头叹息道："这

张仙和他的养老院 ⑧

年头，一些人心都是黑的，骗子成堆，实在太乱了，不像话！""唉！今儿白跑一趟，差点上当，快回家喽！"……

警车走了，人群散了，养老院大厅留下三个年轻服务员。一个愣愣地蹲下，双手抱头；一个耷拉着脑袋，用脚尖画着什么；一个仰望天花板，一言不发。地下是乱七八糟的纸张，大厅静悄悄的，空气有些凝固……

闸东派出所审讯室里，两个警察开始盘问张仙。

"姓名？"

"张仙！"

"什么张？什么仙？"

"弓长张，神仙的仙。"

"性别？"

"男！"

"年龄？哪年生的？"

"一九六六年八月十七号。"

"我问的是年龄，不是某年某月！"

"你不是问哪年生的吗？"

"你态度放好点！懂不懂？！"

"态度哪里不好？"

"就你回答态度不对！"

"你们明明拿了我身份证了，还问那么多废话，我可不是无事佬，你们摆的是哪门谱？"

"张仙，请你摆正态度，这里是派出所，可不是你的养老院，可以随性随意，我可警告你，必须有问必答！"

"好吧，请问吧。"

"这样吧，那在你店里躺在地上男子现在医院治疗，你先付两千元，后面看那人伤情如何，你做好赔钱准备吧，问你同意不同意？"

"我可没打人，是他自己倒地的，不信你们请医院鉴定！"

"没到这时候，我们会查清楚的，问你到底拿不拿钱？！"

"好吧，我先垫付吧。"

"那这个态度还不错！"

"好！请问什么职业？"

"公司经理！"

"政治面貌？"

"中共党员，市人大代表。"

"你……你说什么？市人大代表？"

"是的！"

警察老宋真的很讲信用，没过第三天就跑到寿比南山养老院找到张仙，真的为张仙及其助手们出谋划策、积极张罗，就在国庆节的假日里，寿比南山养老院真的来了成群结队的老头老太，养老院又重新迎来热闹的场面……

"我说嘛，那张老板一看就是正儿八经的实业家，怎么会骗人呢？"一个中年妇女伸出大拇指道。

"那个光头就喜欢空穴来风，看到风就是雨，冤枉张老板，人家警察都把家里老人都送来养老院，怎会有假呢？"一个瘦老头歪着头道。

"早知道张老板一心为老人，用心办寿比南山养老院，我们一定不拆他的台了，有点对不住他哇！"一对夫妇感叹道。

…………

张仙目睹此情此景，心中五味杂陈，翻江倒海，他不由得一阵呵呵地苦笑起来，用手一抹却是一把泪水。

撰于辛丑 2021 年农历三月初七，南京幸福颐养院

追 茶 记

（上）"茶精"潘诚

久闻大红袍，久仰武夷山。

大红袍岩茶，浓郁清香，芳馨醉人，系中国十大名茶之一；武夷山美景，旖旎浩瀚，赏心悦目，天下闻名。

数不清的文人墨客为武夷山及其岩茶写下无数的诗文，我对宋代诗人范仲淹的《斗茶歌》印象最深："年年春自东南来，建溪先暖冰微开。溪边奇茗冠天下，武夷仙人从古栽。"

半月前的一天，我在南京大地集团"迪拜厅"的朋友聚会上，

○ 茶之仙所——武夷山　胡延／摄

应在武夷山开办商务酒店的潘诚邀约，约了三个兄弟携家带眷，一行共八人乘上高铁直奔武夷山。我与同行打趣道，此趟出行时间是 13 点 14 分，寓意"一生一世"在一起，首次到神往已久、洪福齐天的武夷山，这可是搭上老天授意的班车，大家好生珍惜！兄长周潘件则感慨回应道："是的是的，都是天意啊！"

南京至武夷山需四个多小时车程，一路上透过车窗，看见满天乌云，苍穹低垂，空中不时雨点飘飘洒洒，时急时缓，断断停停。车窗外延绵不绝又形状各异的农舍、绿地、湖泊、工厂、山塔……寻思此次难得出行，到了武夷山要是碰上这雨天，那这趟游行可要泡了汤。

下午 5:23 列车到达武夷山车站。我们一出检票通道口，便看见前方人群堆里挤出的戴着眼镜、身材魁梧的潘诚和他另一朋友，他挥舞双手朝我示意，见面一番相互介绍寒暄后，潘诚又给我介绍专程来接的朋友刘老板，名叫刘校青。大家簇拥着便走出车站，出了门惊喜发现武夷山上空虽然层层乌云，地上也湿漉漉，举目望去，远处山脉、幢幢矮楼一览无余，但却没下雨的迹象，我侥幸开心说："太好了，老天看在我们如此虔诚、远道而来分上，开恩放晴了！"朋友们听了也连连称好，可这话还没到三分钟，天空中开始稀稀落落飘洒雨点来，又相隔一分钟许，稀里哗啦地下起大雨来，潘诚叫来了两辆车，我与几个兄弟迅速钻进潘诚的商务车，家眷们则坐上后面刘老板的车，潘诚驾车朝他的酒店——位于武夷山大王峰景区的汉唐·条形码酒店驶去。

一路上，大雨滂沱，暴雨肆虐在这座美丽的茶城。车子雨刮片急剧挥舞，眼前溅起白花花的一片，透过车窗依稀看到雨中那逶迤的武夷山脉、夔魍咄咄逼人，那并不像黄山高耸入云、悬壁险峭，延绵不绝的山顶上，在暴雨冲击下居然还环罩着层层叠叠的云霭，令人滋生遐想的神秘。

半个时辰后，潘诚把车直接开至地下车库，我们如释重负地下了车。

下了地库，但见偌大的标准地库几乎都是空位，我想起南京车辆成灾无位可停的烦恼羡慕道："这么好这么大车库怎么没车停放？"潘诚则答："武夷山人少车自然也少，空旷不好吗？"我听后感叹祖国太大，供需真是严重不均衡。车库有专通酒店的电梯，潘诚领着我们上了电梯，二楼便是他的汉唐·条形码酒店。

一出电梯，便看见一座用石雕制成的"婆婆门"，门后垂挂着一帘用黑头别针镶嵌成莲花图案的毡巾，并用竖匾装帧，十分精

追茶记 ⑧

美。潘诚介绍"婆婆门",只要客人跨入此门,吉祥如意、健康长寿、功名利禄……从此拥有,我们受不住如此引诱,纷纷依次跨入此门。

　　而后,走进酒店大厅,酒店大厅算不上阔敞宏大、豪华气派,但映入眼帘的是它的小家碧玉、精湛美妙又舒适宜人之风范,犹如一个清爽楚楚、待字闺中的姑娘一般,非常落落大方,温馨亮丽。大厅中间一套考究的布包工艺沙发,茶几上摆放一盆栩栩如生的迎客松造型,后壁满架排列形状各异的茶具以及精美的茶品。大厅有电脑、有吧台、有品茶休息区,两端有一副书法对联赫然在目:"一筹莫展何以品味人生,气定神闲静待春风徐来"。主人对颜色搭配、布局布置匠心独运,妙不可言,见了顿觉倦怠感全无。

○ 潘诚古色古香、优雅的汉唐条形码酒店

夜幕降临，此时的大王峰景区华灯初上，一派祥和景象。潘诚告知我，武夷山不像南京，人少车也不多，故晚上十分静谧，我感觉似乎到了异国他乡；潘诚又告知我，武夷山是昆虫的王国、植物的世界、岩茶的天下，来武夷山，就要与昆虫交友，就要深吸氧，就要尝当地地道的野生岩茶。

○ "婆婆门"源自武夷山下梅古村，当地大户人家为海选媳妇儿审量身材及品质而设用，通过此门意味着从此荣华富贵、寿福利禄，一生拥有

在酒店安置行囊后，潘诚在附近一饭店设宴招待大家。

潘诚，是已过不惑之年的憨直汉子，地道的南京人，三年前他在武夷山创办这个独特的汉唐·条形码酒店，在当地业界已声名鹊起。

酒足饭饱后，回到店里潘诚拿出他珍藏已久的上佳野生大红

○ 夜幕下的武夷山景区安详舒适　胡延／摄

袍，跟我们聊起茶道：福建民间泡茶敬客颇有讲究，一道水二道茶，三道四道是精华，五杯六杯余香绕，七杯八杯真心交。敬客要敬小半杯，斟足满杯为不敬。茗茶时，轻抿一口，用舌头不断卷搅而不是立刻饮下，此时满腔郁香，回味悠长，足以安享。饮茶者方懂人生之甘苦，方显男人之历练，更显人间之沧桑，既解乏滋颜，又益于延寿。浓郁的芳香，既激发灵感，抒发胸臆，又提神醒脑，而非简单的喝水解渴而已……

　　潘诚告知我，在武夷当地若不会茶道，不知茶规，是无法融入当地民间商界的，影响仕途、婚姻嫁娶。在商界交易谈判中，如不善茶道、不懂茶规可能会砸了生意，甚至毁了名声。男方上门相亲，不懂茶道茶规的，可能毁了姻缘，断送幸福……足见茶道在当地民间的重要性，茶道已成当地经济、政治、交往中不可或缺的元素。见他言谈举止、对茶文化的理解，感觉他就是个"茶精"，已经深深渗透、交融于武夷"茶缘"之中。

（下）憧"景"追"茶"

天公并不作美，次日早晨起来仰头一望，厚厚乌云依然笼罩大地，仍稀里哗啦下着雨，大家心里凉了一大截。洗漱完毕下楼在店里食堂草草吃过早餐后，我与朋友黄总商定毅然决然出行上山，心想千里赶赴难道就为躺床睡觉？岂不辜负武夷山一番美景？加上潘诚劝说小雨并无大碍，武夷山的雨景更美，并告知已计划安排导游小袁在一楼大厅久等各位。于是乎，我们决定上"天游峰"，潘诚一听立马让服务员弄来一批让我们不无稀罕的"斗笠"雨伞（这种雨伞戴在头上，伞下有两根拉筋套在胳膊上，不怕风吹雨打，可以挡风遮雨，又不影响前行），每人分到一件，我们兴高采烈地试戴了一下，都自我感觉真的倍爽。潘诚见我们准备妥当，即喊他的当地朋友刘校青驾车前来，两部车一前一后把我们送到武夷山景区。进入景区后，

○ 潘诚，在武夷山商界长袖善舞　胡延／摄

追茶记 ⑧

此时雨越下越大了，大家早有思想准备，戴上"斗笠"后个个像无畏勇士，在导游小袁的带领下雄赳赳、气昂昂地向天游山峰进发。

雨天的缘故，上山游客并不多见，加上导游小袁我们就九个人的小团队，景区虽然没了往日游客潮涌的拥挤，但登峰攀岩还是得小心翼翼，我们蹒跚地拾级而上；雨点打得"斗笠"啪嗒啪嗒直响，攀登到一座小山峰中间，雨点似乎又急又猛，由于"斗笠"只护上半身，下半身及鞋子全部淋个通透。

○ 迤逦山水，登高望远　胡延／摄

可到了主峰的天游峰的山脚下，到了一处有漂亮的瀑布，也有可避雨的凹洞口的地方时，同行的王耀突然告知导游小袁因肚子不舒服不能再上山了，望着悬崖峭壁的"天游峰"，黄羽也直摇头，说是有"恐高症"，也不上了，听这二位朋友如此沮丧，怎么劝说也是赖着不上，小袁说，

○ 潘诚酒店一隅　胡延／摄

天游峰可是个主要景点呀，不去太遗憾，他们依然固执己见，就是不上！没办法，我只随南弘周总及鼎钢印总三个人组成"勇士队"，毅然朝"天游峰"攀登。

其实"天游峰"并不算高，也就海拔400多米的高度，与曾去过的海拔1860米黄山莲花峰相比，简直小巫见大巫。曾能征服黄山莲花峰、庐山五老峰那样的大山，眼前天游峰是个区区小儿科而已，上！

爬行至近四百米时，往下一看，哇！因眼前奇特壮美的景致震撼不已：透过绕腾的烟波浩渺，只见群峰连亘气如虹，山脉叠嶂而雄伟，有的奇石兀立，有的壁如刀削，有的嶙峋苍翠，隐隐约约发现山下，湖泊环峰，披绿葱葱，在云谲波诡中赫见那窄长的云梯附身于悬崖陡峭之中，蜿蜒不绝，巍峨澎湃，险象环生，看得颤抖汗身、心惊胆战，又神驰过瘾。而扫视山的谷底，隐隐约约发现是一条呈七字形的蔚蓝色清波呈现眼帘，嘿！好一幅山水胜卷。只见水环山转，柔和潋滟，巍峨壮丽，仿佛徜徉于云端，置身于仙境，飘飘荡荡，沉醉遐思不已。

心想，山下几个"胆小鬼"，来了武夷山不看这景致，亏大了，不付劳顿何以尽享乎？！

爬山涉水当然颇

○九曲景区　胡延／摄

追茶记 ⑧

○印象大红袍·竹竿矩阵　胡延／摄

感体力困乏，尽赏如此壮美的崇山峻岭，虽疲累而不憾！

晚上，潘诚又带我们观赏张艺谋执导的"印象大红袍"，据说堪称世界第一宏大的山水实景大型演出，360度旋转观众大舞台，是打破"白日登山赏景，九泛舟漂流"范畴的压轴大戏，更是一台饕餮视听盛宴，我们久慕盛名，当然欣然前往。

夜幕下，"印象大红袍"依托大王峰、玉女峰山水实景为背景，在多彩而强烈的灯光效果下，采用电影"蒙太奇"表现手法，把观众带到繁忙的"茶馆"，数百名演员形成矩阵的"采茶场"、竹竿变阵……忽而笙歌低吟，忽而击鼓呐喊，忽而翩翩起舞，随着演员们的呐喊声，雄伟的大王峰被瞬间照亮，余音袅袅，震撼人心！如梦似幻、气势恢宏、壮丽唯美，七十多分钟的演出弘扬武夷山的"茶文化"，令人产生对武夷山大红袍茶更深层次的追索与神往。

欣赏"印象大红袍"后，潘诚把我们带到不远的朋友刘校青老板店里，刘校青是个当地人，更是位茶道专家，他拿出上佳肉桂茶品，为我们展现他娴熟的洗茶、煮茶、沏茶功道，不一会儿，把一杯杯小壶茶送到我们面前，聊起大红袍茶史。

我照此慢品细茗，顿生诗兴，用手机现场编辑一个打油诗《追茶》，发至朋友微信群：

眼馋心痒为哪般？

只因武夷大红袍。

潘诚一番吊胃话，

赴汤蹈火来报到。

才赏艺谋大戏台，

又赶友店把茶泡。

舌尖轻尝金肉桂，

堪比酒醉乐此宵。

○ 费了那么多劲，跑到大红袍公园，啥都没有，就看这六棵长在山坡上的超级"大红袍"树矣…… 胡延／摄

追茶记 ❖

· 153 ·

○ 翩翩起舞　胡延／摄

○ 一群美丽的"撑艄公"　胡延／摄

潘诚阅诗后，大声地朗诵起来，大家听后鼓掌叫好！

第三日一早，导游小袁带我们拜会大红袍"鼻祖"，位于大王峰的"大红袍公园"，称不去"大红袍"等于白来武夷山，又道"不去终身遗憾，去了遗憾终身！"听此言，到底去还是不去？大家异口同声道："去！"

遂搭车前往……

这真是："千里奔波图得啥，只因追茶圆夙梦。今得潘诚留三宿，赏景慢茗醉春风！"

撰于 2020 年农历五月，厦门集美大学校园

数数父亲那些事

——写在清明节前夕

（ 一 ）

掐指算来，父亲离世已有二十三个年头了，虽现在只是偶有提及，但每每想起父亲来，他的高大深沉、刚柔并济和他的音容笑貌仍记忆犹新，他时而骂骂咧咧，时而和颜悦色，时而幽默风趣……种种表情令我历历在目、拂之不去！

父亲生于一九三二年，卒于一九九七年冬，殁于二度脑中风。

我在家中排老二，上有姐姐下有弟弟，与父母生活在苏东沿海的一个偏僻的小村子里，打记事起，我们一家先住的是矮矮的三间瓦房，后翻建了两次，到上世纪（二十世纪）八十年代初，我们家搬进了二层小楼。在那个时期，我家乡方圆几十公里看不到什么楼，我家在当地如"鹤立鸡群"，破天荒地建造了二层楼房（由于当时房顶用的是楼板铺盖的平顶，雨天经常渗漏，母亲称之为"漏房"），父亲被村里豪称"万元户"，且一度被视作"危险分子"。这二层楼房建成了，可向往的幸福日子却碎得"一地鸡毛"！乡里乡亲对不安分的父亲满眼是嫉妒、狐疑和敬仰，弄得母亲提心吊胆、整日焦灼唠叨，担心父亲"哪天出事"，日子过得一点都不踏实！父母性格迥然相反——一个是谨小慎微，循规蹈矩，勤快节俭，而语言极为丰富；一个则是个不守规矩，不苟言笑，粗暴刚烈，又有点胆大妄为。

父亲在当地有名的渔船修造厂担任铸造车间主任，该车间承担各种渔船所需的铁锚、方钉、铁钩等下海捕捞工具制作任务，在那个黑色金属资源极度匮乏的时代，父亲掌控一方的紧俏资源自然吃香喝辣，操渔船老大几乎排着队敬奉父亲，故而在那个物质贫瘠年代，我家在当地算是最富裕的，母亲也慷慨大度，时常看到她用竹篮装些父亲带回来的过剩鱼虾送些左邻右舍，邻里关系也因此特别好，从未发生脸红脖子粗吵架现象。在当地百姓眼中，父亲是个"高富帅"，即造船厂级别最高的七级技工，拿着固定"高薪"（每月 57 元），故而没有一个不对他恭恭敬敬，就连我小学的同学和老师都对我仰慕不已。父亲这人喜欢得到人的追捧，尤其夏天他穿着白色透明的衬衫，将一沓厚厚的钱叠好放在上方口袋，蹬着上海永久牌自行车走亲访友，亲戚看了隐隐约约鼓鼓的钱，不禁对"炫富"的父亲顶礼膜拜，如同猴子见了老虎一般毕恭毕敬。

父亲在那时既算"有钱人"，又是个"穷魄人"，更是容易受伤害的人，这与他江湖义气、乐施好善，及显富摆阔那种张扬性格不无关系。

"男人有钱就变坏"，这似乎是亘古以来颠扑不破的规律。至今对父亲最深的印象，就是"吃喝嫖赌"，样样登峰造极！

前二者也罢了，后二者招来母亲强烈抵制。在我幼小时，母亲不断指责怨怪、砸物哭泣，父亲则怒发冲冠、动手打母亲是隔三岔五且惊天动地的，我们姐弟仨则哭作一团，这令我不寒而栗、不堪回首的一幕幕，一直伴随我长大成人，以至于我后来远赴合肥上了大学，逃避式地离开家乡。

(二)

一九九二年春，我受报社领导委派调至南京，在位于中山北路 212 号（三牌楼）的大院内当了段《经济时报》江苏记者站副站长，早已留职停薪、赋闲在家的父亲闻讯跟随我一起来到南京。父亲虽然没啥文化，但由于他为人豪爽，是江湖上出了名的义士，被人称作"铁大哥"，故在老家人脉非常广泛。父亲找到我说，只要能在南京办到电器销售的执照，他能拿到家乡国营启东电器厂南京独家经营代理权，可获首批价值五万元的各种低压电器铺垫货物，他让我协助为他办个经营执照。我一听此言怦然心动，又暗暗窃喜想：这可是一条致富门道啊，我在报社工作经常要跑南京有关政府部门，办个执照应不是件难事，于是我一口应承他。

办执照首先得有注册地址和营业场所，我通过朋友在中华门城堡附近租了个二十来平方米且比较便宜的店门，又通过市工商局宣教处一姓卢的处长找到秦淮区工商分局注册登记科贾科长，那时注册私营企业手续很难，即便注册成功，后面开展业务也举步维艰，南京城里那时尚属计划经济为主。贾科长友好提示我，为后面好做生意，得找个国有企业或集体性质挂靠，哪怕每年上交些管理费也值得的。我把贾科长此话转达给父亲，父亲说这好办，他立即启程返回启东，两天后他眉开眼笑地折回南京，开心地举着一个文件夹连呼"搞定了搞定了"，我打开文件夹一看，是国营启东电器厂一个关于开设南京经营部的红头文件，批准父亲为该经营部负责人。我阅后对父亲如此厉害的人脉和办事能力佩服得五体投地，跷着大拇指连夸"厉害厉害"，我拿着这些文件找到贾科长，过了七天便接到贾科长电话，要我前往市工商局大厅领取营业执照。

一张崭新而神圣的营业执照终于到手了，我凝视着上面"全民所有制"的字样和红彤彤的南京市工商行政管理局大红印章，不禁喜出望外，如同拿到大学录取通知书一般心情喜悦，奔跑找寻父亲，父亲一见营业执照自然也笑逐颜开，嚷嚷要请我晚上到夫子庙开开荤，父子俩好好庆贺下。

接下来，我跑到雨花台找来了两个装修工人，准备把租赁的中华门城堡店门装修一番，父亲跑东奔西购买装修材料，前后花了六千多元，用了近两个月把破破烂烂的店面装修一新。

数数父亲那些事 ⑧

店面装修后，我与父亲买了两节玻璃柜台，父亲随后让启东电器厂运来了大量的电器产品，父子俩精心布置了一番，选定了吉祥的开业日子，父亲还特邀启东电器厂龚厂长前来捧场，在劈劈啪啪鞭炮声中，龚厂长手捧发言稿，极其郑重地祝贺并宣布驻南京经营部隆重开业。

父亲的电器门店正式开张了，我也该正常上班了。

一个多月后的下午，我正在单位辑稿时突然接到父亲急急打来的电话，他说有特大事情让我立即赶回他的门店，我听后火急火燎又忐忑不安地向他的门店赶去，我下了的士老远看到父亲在门店门口迎候着我。

见了父亲并未看到他焦虑的表情，而是看到他一改往日的沉闷，恰如顽童般雀跃的喜悦神情，这令我十分诧愕。

父亲拉住我的手，喜滋滋地把我拖到店内后台木制长椅上，还破天荒地为我泡了一杯茶，这使我更加莫名其妙，我盯着父亲眉飞色舞的脸忍不住问道："哎哎，你倒快说呀，到底遇到啥喜事啦？"

"天上掉馅饼啦，我们要发财啦！"父亲乐呵呵地拍了下我的肩膀朗朗说道，我屏声敛气听他娓娓道来。

父亲告诉我，就在三天前门店来了一位来自湖北武汉某无纺布厂的叫袁世海的销售厂长，称有近三十万米的无纺布产品滞留在南京港四号码头，想委托一个讲诚信的门店老板担当独家代理销售，这姓袁厂的长闲来无事在中华门城堡古迹转悠，无意转悠到父亲的门店，左看右瞧，感觉父亲为人十分实诚可靠，又感到十分投缘，便把囤积的无纺布产品来由及委销重任托付父亲，并拿出产品样品及价目书，然后取出一份红彤彤的委销书郑重其事地在上面签上姓名，告知父亲获得该厂独家代理权的，将在本价目基础上享受有40％的返扣，随后又如同首长给将军授牌一样，将委销书并其名片交给了父亲。完后，叮嘱父亲不论何时，只要接到订单立即与其联系，可以随时发货。父亲依"袁厂长"要求，将产品样品及价目表放置在柜台显眼处，"袁厂长"在离开前还对父亲神秘兮兮说，只要放在柜台显眼处一定会有客户相中，一旦有客户相中产品父亲将一定会大发其财。

父亲继续告诉我，三天后有一位官衔不小的军官来他门店讨杯开水，无意中发现柜台有展示的无纺布产品，不禁大喜过望，军官告诉父亲，他身份是沈阳军区后勤保障部的大校正师级，叫曹荣生曹大校，此番来南京一则寻购军需用品，二则趁这宝贵机会想游览下六朝古都南京名胜，不想在中华门城堡发现需要采购的无纺布产品，真的是踏破铁鞋无觅处，得来全不费功夫啊，军官还掏出军官证给父亲看了看，张口就说急需二十四万米，父亲拿出产品价目表，军官连连点头称"没问题没问题"，转而又想了会，悄悄教导父亲"此价格可以改下，在这基础上再加30％，返扣我15％，另15％留给你算税金"，完了军官掏出一千元现钞给父亲称"这是信誉金"，说他先赶紧返沈阳军区计财部申请支票，让父亲赶紧备足货源，他三天后带士兵驾五辆军用卡车前来带款提货，言罢告辞而去。

"儿子啊，这可是咱祖上烧高香了，财神爷眷顾咱家啊！这

数数父亲那些事 ⑧

笔生意账我算了下，得净赚二百五十万哪！我们要发财了啊！现在我们先凑到六十万就成，我已向船厂徐厂长凑借到五十万了，加上账上五万，尚缺五万就看儿子你了！"父亲用手比画了下，笑得眼睛眯成一条缝，我自小到大，从未看见父亲如此开心和激动过。

"真有如此的巧合？"我细细琢磨后喃喃道，"是否其中有诈？"

"怎么可能？！"父亲脸色一变，抖抖一沓钱道，"那军官证件我看得清清楚楚，确是沈阳军区司令部的钢印，再说，他还丢下这一千元，骗子会舍得甩钱？还有，他图返扣的15％，这回扣算算也有六十多万，这事咋犯得着骗人？"

"我总感觉其中有蹊跷……"

"你这孩子不懂！"未等我说完，父亲手一摊，说道，"你不要瞎琢磨了，喊你来就是想法凑钱，我已经与湖北那无纺布厂姓袁的厂长联系上了，南京港4号码头货我也看了，一切都没问题！账上钱不够，你可替我赶紧凑借五万，可多付些利息都行！"

"要不，"我想了下对父亲说，"马上联系那军官，我们要是对下家未落实好，先花巨款把货买下了，一旦那军官不要这批货，这么多无纺布搁在手上，你想想这后果多么严重！"我又补充道，"我们经不起打击啊！"

"儿子你别跟我扯了，这些年来你读这些烂书把头脑灌迂了哎，这年头读大学有个屁用？你老子单位几个大学生还不是在老子手下干干没出息的统计活，我过的桥比你走的路还多，生意上的事还用你来教育我？！"父亲虎着脸，手一挥道，"别跟我啰里八唆，赶紧给我想办法凑钱去，我晓得儿子你有路子，今天晚天务必弄五万来，这生意做成了，奖你二十万！"

"嗯嗯，"父亲决定的事就是八头牛也拉不回，我太了解他了，我再不敢回嘴回舌，也只好唯唯诺诺应承凑钱。我出了父亲门店，背后传来父亲的声音："六点前务必弄到五万，我相信儿子你，晚上过来吃饭哦！"

（　三　）

出了门店，我想起我同事姚楚说起他家里很有钱，便赶回单位跟他一说，这老兄很给面子，爽爽快快借给我五万元，我又跟他跑到银行取了五万现金。

当晚六点不到，我拎着一个装钱的黑包出现在父亲店门口，朝正在拖地的父亲扬了扬，父亲一见眉开眼笑，连连夸奖，指着里面早已摆着的一小桌菜要我陪他喝一杯酒，我正陪父亲喝着酒，那湖北"袁厂长"突然给父亲打来电话，说可以发货了，称有四五家都抢着要货，但主要看父亲人品好，让父亲赶紧筹备货款，"袁厂长"让父亲千万不要错失发财机会，父亲嗯嗯客套了一番挂上电话。

过了两个小时意外地接到"沈阳军区曹大校"打来的电话，"曹大校"热情洋溢地对父亲说，该军区后勤保障部掌管财务的少将近日在常州军分区开会，且已带上会计随时可开具付款支票，要父亲次日一早赶至常州军分区与少将见面，考虑部队政治影响，只能独自前往，军官再三叮嘱，初次见面一定要把返扣钱和见面礼带上，这样事情才会顺利。父亲连连应声"好好"便挂上电话。

"你看你看，我说这事没错吧！"父亲满心欢喜，笑得像个顽童。

"货没发，让先去拿货款？"我听了不无疑惑。

"傻瓜，这是老天对我们的恩赐，懂吗？！"父亲拿出笔纸和计算器让我帮他算算账，慢条斯理说道，"24万米，每米18元，乘以130％？"我随即一算，告诉父亲："总货款为561.6万，"又忍不住笑道，"乖乖，那军区没收到货，先付这么大数额货款，他们不怕我们拿了钱不发货啊？！"父亲则沉吟一下反问道："谁敢捉部队的纰漏？再说人家看我一个实诚老头，也相信我呢。"又掰着手指默算道，"这笔买卖假如做成，去了返扣的60万外，要赚到252万，就算再扣除一些其他盘缠杂支费用，到手起码有240万。"我心想父亲这性格，如不让他跑这趟肯定不会死心。便怂恿他跑去常州，但决不能带那么多钱，我坚持让他先带些盘缠，如果真的不是骗局，打个电话我可以随时带款乘车赶常州，半天就能到了，万一发现情况不妙，也就避免损失。

父亲听我的话觉得有理，同意了我的建议。

次日，父亲只带了两千多元现金和两盒雨花清明茶搭乘火车赶往常州。

从父亲出发一直到晚上七点多，此时晚饭已过，竟然未有他任何音信。

我和我同事姚楚守在单位电话旁万分焦虑，呆呆望着窗外树影婆娑，耳畔传来瘆人的乌鸦咕哇咕哇叫声，心头不祥之感油然而生，我看看手表对姚楚拍案而道："若时针转至七点半再无父亲电话，我将准时向南京和常州公安机关报案！"正在如坐针毡时，突然电话丁零零响了，我一把抓住电话筒，只听见传来父亲极为虚弱的声音："请找……找印华……"

"我就是你儿子，爹，你在哪儿呀？"我迫不及待问道。

"我……我……我在武进县遥观街一……一个公……公共电话亭这，我……我……"父亲断断续续说话，泣不成声。

"是武进遥观街吗？你在那位置别动，我马上报警，我马上赶来！"我长这么大可从来没见父亲哭泣过，心想父亲可能遭受不可承受的打击或奇耻大辱了，顿时怒火中烧。

挂了父亲的电话后，我立即向常州武进县公安局及武进县遥观派出所报了案，在得到遥观派出所出警的消息后，我立刻带着同事姚楚直奔火车站，费尽了周折，到了午夜两点半才赶到武进县遥观派出所。

在遥观派出所，一名警察带我们在一间办公室见到了失魂落魄又疲惫不堪的父亲。

父亲见了我长吁短叹，连称"气死了气死了"，在我追问下，父亲用衣袖拭了拭干涸的眼睛，吞吞吐吐地跟我原原本本道来。

原来，他依"曹大校"要求出了常州火车站，转乘出租车直接前往位于常州的军分区大门口，在军分区大门口父亲见到早就等候多时满脸堆笑的"曹大校"，"曹大校"把父亲带到一个偏僻的烟酒小店，盯着父亲问道："手上拎的是钱吗？"父亲摇一摇头，答："这是南京雨花茶，带给你和上面领导。""曹大校"

接过父亲的茶叶皱眉道："光茶叶咋行？先把返回的钱交了，鲍将军把561万支票已准备好了，你可别说没带钱喽！"父亲则坚持按我交代的话，说道："这请放心，收到支票货款到账立刻返还60万，可加付5万，更可请你跟随到南京取款。""曹大校"听后立马翻脸，连说"这不可能这不可能！我已跟鲍将军说好的事，军中无戏言，军人向来说到做到，跟你们老百姓不一样！"父亲只是不断无奈摊手解释，"曹大校"见父亲泼水不进，便让父亲身边有多少钱都拿出来，父亲只从内衣口袋掏出两千元给了"曹大校"，"曹大校"接过钱及两盒茶叶唉声叹气地朝军区大院走去。父亲在原地等了两个半小时却不见"曹大校"踪影，渐渐心生疑窦，遂跑到军分区大院问了两个哨兵"有无沈阳军区的曹大校、鲍少将的人？"哨兵听后直摇头，为核实此事，一哨兵还向领导反复征询，得到"根本没此事"的消息，父亲听后感觉果然是个骗局，向哨兵打听常州火车站位置后掉头朝那方向步行走去，当他步行至一个拐弯偏僻处，有三个手持木棍的大汉围上他，其中一个父亲非常面熟，一眼认出是湖北的"袁厂长"，"袁厂长"不由分说恶狠狠朝父亲劈头盖脸便是一棍，另两个汉子也上前抽打父亲，口中不断骂父亲"打死你，你这个骗子！"父亲猝不及防摔倒在地，围观的群众听说父亲是个"骗子"，纷纷鄙视朝他身上吐痰，"袁厂长"在父亲身上蹬了几脚，在他口袋里掏了仅剩的二百多元，骂骂咧咧地一起扬长而去。

父亲被殴打后，艰难爬起身一瘸一拐漫无目的朝前挪步。途中遇到一个路过的小货车司机，父亲央求他送自己到附近公安局报案，说被坏人打劫了，那司机说他只到遥观镇，就把他带到遥观派出所，父亲想想同意便爬上小货车后厢，好心司机把父亲送到武进县遥观派出所，父亲到了遥观派出所便找值班警察反映遭遇，不想值班民警称"案发地不在遥观范围，不能受理立案"，让父亲到案发地派出所去报案，父亲无奈出了派出所，四处找公共电话亭打电话给我。

我听了父亲十分懊悔的陈述，对那伙凶恶的骗子恨得咬牙切齿，立即带着父亲上车直奔有管辖权的武进县公安局刑警大队报案，到了县公安局刑警大队好不容易找到姓易的领导，一番求爷爷告奶奶后，对方终于同意立案并做了详细的笔录。

案是立了，我们父子和姚楚也返回南京了，可这案也不了了之。一周、一个月、两个月、三个月……我三番五次、五次三番致电向武进公安了解破案进展，回答是：由于我们提供的线索不详，该犯罪团伙系全国流动作案，居无定所，无法捉拿，等待消息，云云。

事隔多年，此案仍杳无音讯，每每有人提起父亲"无纺布"案，父亲总是满脸羞愧，双手直晃道："难堪难堪，我儿子说得对，天上不会掉馅饼！再不糊涂妄想发财，再不糊涂蛋了！"

我倏然想起一句："棠棣隆亲，頍弁鉴情。缅邈岁月，缱绻平生！"——这真形容我与父亲当下的真实情感。

（ 四 ）

父亲贪酒嗜赌是出名的，家乡时兴玩一种黑白相间、窄窄的长牌，我和小伙伴们称之为"鬼牌"，其实这"鬼牌"与现在的麻将玩法如出一辙。小时候看到父亲与他的狐朋狗友整宿接着整宿地玩，玩得昏天黑地，我依稀记得，父亲经常把他赌友们请到家里客堂里来聚餐赌牌，酒足饭饱后他们便开始围坐一起，嘴上叼着烟，一边抓着长牌，一边叽里咕噜哼唱着怪怪的鬼调子，这调子有点像寺庙里和尚念经，又像道士驱鬼咒语，时而抑扬顿挫，时而高亢激昂，有时午夜深睡中被这鬼调子一个激灵地吵醒，透过烟雾缭绕，朦胧感觉他们个个像青面獠牙的妖怪，吓得浑身瑟瑟发抖，好在父亲抽烟会猛地发出咳嗽声，把我从梦境里唤醒，这一醒来后半夜再也无法入眠，父亲看我在床上翻来滚去睡不着，便把他的两本宝贝书送到我跟前，说："晓得你要看这个，不许弄坏哦。"我一见这厚厚两本泛黄的书，顿时眼睛一亮，如获至宝地翻看起来，一册是竖排的《三国志》，另一册是《三侠五义》。

父亲文化不高，也不知他隔三岔五地从哪弄出一册古典书籍，揣着书津津有味看着。在他不备时我偷偷看他的书，但每次偷看必被父亲阻止，他越阻止越激发我的窥视欲，久而久之，我惊奇发现，我太迷恋这些古典小说了，从断文识字的小学四五年级起至初中毕业，我不仅偷看父亲的古典文学，还时常步行至十公里外的吕四镇上新华书店蹲在拐角看免费书，有时从早上开门一直看到书店打烊，看着想着，有一天我惊奇发现，我胸中文墨涌动，我会创作文学作品了，且天马行空，陶醉其中。

我把自己关在家里，写了一沓又一沓，小说、散文、诗歌等体裁无所不写，尝试向各种杂志社投稿，十有八九都石沉大海，折算起来平均百分之一概率得到刊用，每当我的方格钢笔爬字陡然变成刊物发表的铅字时，我便犹如"范进中举"般疯乐，收到邮局寄来的两元、五元不等的稿费单时，一连数日会沉浸幸福之中，欣喜若狂，四处炫耀。

然而，我这种自以为是的文学创作在父亲看来，是一种不务正业、浪费时间的愚拙行为！

一日晚上，我正躲在床榻后面潜心搞创作，忽然感觉父亲"从天而降"，他勃然大怒，薅草式地撸起我摞在方桌上的厚厚书稿，大步奔到厨房灶台后侧塞入正在燃烧的火膛里，数月的辛劳顿时付之一炬。

父亲指责我"不思挣钱，贪图享受"，警告我立刻悬崖勒马，跟随他创业"扒分"，如再让他看到一次，他不仅要将所有书稿焚烧了，还要砍掉我一只手指头！

天哪，这是什么父亲？！这是我一生极为愤懑、极为难忘的情景，为此我与父亲"不共戴天"，暗自发誓决心远离毫无人性、残忍可恶的父亲！

在姐姐和母亲的帮助支持下，次年夏天我终于如愿以偿考入安徽大学江淮学院。我背起行囊噙着热泪直奔合肥，庆幸自己终于远离"魔鬼"父亲了。

然而，几年下来我深深体会到，靠笔头"耕耘"注定贫寒清寡，而商海打拼说不准会"财源滚滚"！

于是在二十世纪九十年代初期，我辞去报社记者工作毅然"下海"，当起了钢贸商，短短三年的时间不仅替父亲偿还了八万余元的债务，还购买了一辆价值三十余万的最新款"红旗"轿车，要知道在那个年代，能花三十余万购买私家车的人是凤毛麟角的。

我也由一介"寒酸书生"摇身一变为穿金戴银的"企业老板"，我在钢贸圈内长袖善舞，赚得盆满钵满！

正在此时，我偶然接到一直默默喜欢我的老家渔船修造厂徐法轩老厂长的来电，他说"你父亲脑溢血中风，正在医院抢救，应立即返回，兴许尚能见上一面！"我嘱托徐厂长，不惜一切代价抢救父亲，徐厂长听明白我的意思，一边"好好"应诺，一边暗暗夸奖。

闻此霹雳噩耗，我到银行取了十万现金，带上司机卢勇风驰电掣驾车奔向老家吕四镇人民医院。

医生硬是从阎罗王手中把父亲的命夺了回来，性命暂且保住了，但父亲语言不甚清晰，手脚也不灵光了，尤其是左脚基本报废，落下严重后遗症，只能靠拐杖行走。

在医院连守两天两夜、一脸憔悴的徐厂长告诉我，父亲是在赌桌上发生中风的，这中风可能与父亲连续三天三夜打牌有关，幸亏这些牌友想起徐厂长在医院有关系并及时告诉他，徐厂长得悉后立刻拨打"120"电话，将父亲送到医院。应该说，父亲的命是徐厂长给捡回来的。

父亲出院后，依然对赌博乐此不疲，时常邀人过来陪他打牌。

更要命的是，父亲在中风康复期间居然还偷偷饮酒。

果然不出半年，不知节制的父亲再度中风，这一次纵然徐厂长再使劲，医生的医术再高明也回天乏术，父亲在昏沉沉中被阎

○ 作者文剑先生

王给牵走了，享年六十三岁。

我望着如熟睡一般的父亲的遗体，百感交集，五味杂陈，心里苦痛但泪水却淌不出来。母亲却是哭得撕心裂肺，几欲昏倒。我抹了一把泪水蓦然意识到，母亲对父亲原来是深深依恋的啊，平时我怎么一点儿察觉不到？父亲在世时母亲与他总是针尖对麦芒，争吵不断，如今父亲撒手人寰了，母亲忽然意识到以前同她吵架说话的老伴儿没了，怎能不伤心难过。

虽然我少年时代也痛恨父亲，甚至私下咒骂他，发誓与他断绝父子关系，直至后来远离家门也没想与父亲缓和关系，但我在初为人父后，莫名地对父亲由憎恨渐渐变为同情，由同情又渐渐演变成理解。他虽然脾气暴戾，爱颐指气使，但因为他的所作所为，一切都是为我好，为这个家无时无刻不在努力、在操心，父亲忙碌身影和喜怒哀乐表情犹如电影一幕幕在脑海里呈现，他倒过煤、木材，贩过水产，办过橡胶厂、玻璃钢厂等等，他造福一方，曾带领多少乡里乡亲奔向小康，而他甘愿挨饥受寒，品尽千辛万苦，受尽白眼嘲讽。而现在，一切的一切仿佛一缕青烟消失殆尽！

父亲如今终于到了西方极乐世界，可以颐养天年了。

子欲养而亲不待！父亲在世时，物资匮乏，哪有如今的灯红酒绿、物阜民丰，手机网络、高铁地铁、豪门盛宴……要啥没啥，也没看到他有一群可爱伶俐的子孙。父亲一生是清苦的，可以说一生倥偬半世伶俜。

褴衣山中人，短发披襟领。

寸心雄万夫，片语重九鼎。

谨拟此文，纪念我的父亲——印殿昌（又称印双富），遥祝他九泉之下安息，保佑我子孙一如南山柏松，衍衍葳蕤！

撰于 2021 农历四月，吕四大酒店

拜 访 吕 四

（一）心系故乡

　　受省苏商发展促进会小吴一再荐邀，我欣然同意参加由启东市委、市政府主办的第八届苏商论坛大会。

　　我是地道的启东吕四人，对家乡自然是心心念念，此次苏商大会将聚集来自全国各地四百多名企业家精英、省地市重要官员，规格规模盛况空前。由于胡老师当天另有安排，加上考虑次日好友老大哥——原省民政厅张副厅长一行相约来启会面，我想提前抵启，也好做好安排接待，于是匆匆告别妻子，便独自一人驾车赶

○ 海岸合影，左五为本文作者　胡延／摄

赴启东吕四渔港。

（二）曾经的"修船工"

　　海港吕四是生我养我的地方，当年离开吕四时我仅是十七八岁的毛脚小伙，如今已是两鬓斑白、年五十又五的小老头。三十八年了，这三十八年的光景和经历让我不胜唏嘘，汇成一句话："光阴似箭，人生梦幻啊！"

　　在我记忆里，二十世纪七八十年代的启东吕四还是个弄堂小镇，吕四镇往北约三四公里的渔港叫"大洋港"，向东约五六公里叫"茅家港"，都临靠苍茫的黄海，整个方圆二十余平方公里统称吕四地区，也叫"吕四渔港"。特别是吕四镇北侧的大洋港，一条也就五六米宽的马路用石沙铺就而成，车辆驶过会卷起满天灰尘，道路的东侧是内港（也叫"避风港"），内港长约有二公里，宽约百米，驻扎满满当当来自不同地方的木制渔船，风帆桅杆错落有致，号子声、隆隆的机器声汇成一片，甚是壮观。一到炎热的夏天，整个港口充斥刺鼻的鱼腥味，马路两侧有三三两两的海鲜商贩地摊，摆上几个大鱼筐，边上站着晒得黝黑黝黑的男女鱼贩子，他们并不避让车辆驰后卷起的浓浓灰尘，操着当地方言，用嘶哑的嗓门循环往复、此起彼伏地吼着："刚上岸的新鲜带鱼、尖壳子鱼、对虾卖哦！"

在我十三岁时（初一），利用暑假、寒假的机会曾在大洋港造船厂当过修船学徒工（当地话称"廉筑"），主要做的是对渔船舱体夹缝的缝合，这可是非常严谨、容不得一丝一毫马虎的活，假如在修缝时存有偷工减料，以侥幸心理完成工程交付，渔船一旦下海远航，夹缝缝合处可能会被气压挤破而渗水，从而缝破船沉，导致全船人员命丧大海且无法营救的严重后果，因此我在干活时常被师傅劈头盖脸训斥，甚而挨竹尺敲头的警告。遭受训斥也罢了，最让人沮丧的是，辛辛苦苦用半天时间、工工整整修成漂漂亮亮的三条一米五长的正反缝，被前来的监工师抄起凿子三下五除二给掘个底朝天，还被骂说能做做，不能做滚蛋。我愣了半天后，埋头痛哭，这半天的工钱不仅泡汤，光下面修整还得需要半天，也就意味着一天的工酬都拜拜。更惨的是，由于我修的三条缝不合格，我的师父同样受罚，也扣他一天工钱，他一天的工钱抵我

拜访吕四

三倍之多，往后至少一周时间都要受他加倍训斥，甚至可能会挨揍，我就提心吊胆地跟在师父后面从头学起，不敢多言一句，更不敢提出"辞职不干"的话，否则前面干了一个月活的工钱全部没收，回去还得吃父亲严拷家训。

就这样，一干就是三年，其中酸甜苦辣，所历所感，不再赘述。

当年，我几乎跑遍吕四渔港的每个角落。脑海里闪现三个词：海滩、渔船、渔民；另外三个词即是：海鲜、腥味、渔网。

（三）走进海港

在启东寅阳恒大的会议中心参加苏商大会期间，我得知胡延老师夫妇已经抵达吕四，又获悉张厅一行很快到来，我无心参会，匆匆驾车返回了吕四渔港，入驻了维也纳酒店。

发小成金坤是从事基建材料供应的老板，也是吕四当地非常活跃的知名人物，我们到达吕四时的"后勤"工作几乎由他包办的，这让我省了不少心。

晌午时分，"秋老虎"渐渐显现它的狰狞面目，温度噌噌上升，蔚蓝天空甚是好看，但不敢正视，只是汗珠沁露。

刺眼阳光下的吕四渔港街头，依然熙熙攘攘、车水马龙，一派繁荣昌盛景象。原来尘埃飞扬的石沙路、幢幢破旧的矮棚房、装备落后且安全系数低的木渔船……早已被宽敞整洁的水泥路面、高楼大厦、装备精良且安全系数极高的钢制大轮所代替，虽然空气中仍弥满淡淡的鱼腥味，却不似以前那样难闻无比。老同学在旁却笑称："欢迎你们光临吕四渔港，虽然闻起来有些鱼腥味，但这里的空气来自于海洋绝对清新，这里还是国家命名的长寿之乡，你们常来，方能延年益寿！"

为了招待好远方客人，老同学成金坤老板让他侄子早早准备好刚上岸的梭子蟹、鹰嘴大带鱼、野生对虾等等十几种新鲜海鲜，送到东郊酒店交厨师加工，由于张厅及好友张畅夫妇一行遭遇堵车，中午一顿饕餮海宴便由胡延老师及夫人、杨荣生老师、我同学成总及其儿子侄子加我提前享用。下午三时许，张厅一行终于姗姗到了，我主张他们抓紧时间入住维也纳酒店，将行李丢房间后赶紧看海去。年过花甲的张厅毫无老态倦意，倒像个血气方刚的小年轻，率先应和我的建议，十分钟后大家随着成老板儿子成彬彬的车引，穿过吕四街道、大洋港、大码头，不消十分钟便驶上观海大堤路面，浩瀚无垠的大海顿时映入眼帘，大家将车停靠一边，纷纷下了车。

下了车，海风拂拂，放眼远眺，海浪滔滔，几只海鸥时而翱翔高空，时而俯冲浪尖寻啄鱼儿。"突突突"声隐隐传来，只见几艘渔船先后排成一字形，向深海处破浪航行，蔚为壮观！

"哇！这就是黄海，这么大啊？"戴着墨镜的娇娇女士发出惊讶的感叹，随着又颇为失落道，"这海水怎么浑浑的，不如三亚、青岛那边蓝蓝的海好看。"

"黄海嘛，顾名思义就是黄之海，"我有些护短，又解释道，"虽然这海不够蓝，但这海水对鱼类及海洋生物有保护和滋养功能，所以吕四海鲜的品质比任何地方要好不止一点点，你们品尝比较

拜访吕四 ⑧

就知道啦！"

娇娇女士噢了一声，望着岸下那激涌起伏的海浪若有所思。

"喂喂，大家朝那方向！"随着张厅叫唤，我们朝他指引方向望去，在百米远处有一座白白的巨大人形雕像，我恍然大悟道："哦，这是吕洞宾神像，走！"我们又纷纷上车朝雕像驶去。

车靠神像旁停下，下车一看此雕像足有三十米高，用汉白玉雕琢而成，神师吕洞宾目光炯炯，一手执握羽毛扇，一只手下垂伸出二个指头，显得铿锵有力，威严不可侵犯。

"这是吕洞宾神像，"我主动向大家介绍道，"这是当地政府为纪念神师吕洞宾和拉动旅游经济而投资兴建的大型雕像，你们看，后面一幢幢迎海而建、具有明清风格的建筑，都是地方政府为拉动海鲜交易配套的工程。"

"哇，这里好漂亮哎！"大家交口惊叹，纷纷举起手机拍摄留影，额头发稀的许将军看来是个专业级的摄影，跑前跑后，为大家耐心而认真地拍摄不停。

"来，大家来合个影！"张厅一声招呼，大家纷纷站在海岸上排成一队响应拍摄，尽管夕阳刺眼，但我还是强睁眼睛，扭曲着脸让成彬彬连拍数张，照片发至群里放大一看，没几个笑得自然好看的，照片比本人还要丑了三分。

玩海后，太阳渐渐落山了，夕阳将港湾、渔船，及我们照映得红彤彤的。我们一行依照成金坤要求，鱼贯进入一个叫"葛家大院"的餐厅就餐，按南京规矩叫"饭前不掼蛋，等于白吃饭"，因此在未上菜之前，分了两桌打起了"掼蛋"扑克，打得正起劲时，喷香扑鼻的海鲜大菜上桌了，大家实在无法抗拒这诱惑，"休局开饭吧？"张厅话音未落，众人纷纷甩下扑克牌，起身挪向餐桌，客人们先是客套了一番，然后依照我的排位落座。服务人员举着我事先准备的"幸福美酱"酒瓶，逐个斟酒，一场热热闹闹的海鲜分享大宴又开拉开了序幕。

这个叫"999"的大厅面积近40平方米，中间摆放的旋转大桌可容二十人用餐，有电视、卡拉OK音响等。席间，成老板为给客人助兴，用带有吕四方言的嗓音唱起张学友的《祝福》，他边画着手势边动情地唱道："…伤离别，离别虽然在眼前，说再见，再见不会太遥远，若有缘，有缘期待在明天，你我相逢在灿烂的季节……"唱毕赢得满堂叫好。许将军也兴致盎然，给大家献上一首降央卓玛的《再唱山歌给党听》，许将军用他沧桑的嗓音边舞边唱："再唱山歌给党听，我把歌儿献给您……五十六民族同唱一支歌，阿拉耶，山歌给党听哟……"许将军妙不可言的曲音未落，就引起掌声阵阵。娇娇原是南京前线歌舞团的演奏家，具有专业歌手天赋，虽然她年近花甲，但天然嘹亮的唱腔功力丝毫不输于二三十岁的姑娘的嗓门，她连唱二曲：《枉凝眉》和《我爱你塞北的雪》，到底是专业歌手，前曲唱得委婉温情、如泣如诉，后一曲却高亢嘹亮。一曲终了，余音绕梁，令人陶醉不已，获得满堂喝彩……

天下没有不散之筵席。我们出了葛家大院，此时已皓月当空，我建议酒足饭饱，步行回下榻的宾馆，路程也就二里地远，权当健身。张厅、许将军等欣然同意，乘着月色，我们沿着吕北公路

拜访吕四

边闲聊边往南行走，途经一渔业加工厂灯火阑珊处，见许多工人正在忙碌着分拣鱼类进行包装，我们饶有兴趣凑上参观一阵，然后嘻嘻哈哈地又朝酒店方向走去。

（四）吕四古镇的传说

古镇吕四，相传八仙之一吕洞宾曾跨鹤四至其地，缘是有吕四之名，又别称鹤城。

明嘉靖《通州志》卷一的记载，是笔者见到过的吕四古镇传说的最早方志记录："吕仙游迹。相传吕洞宾经游吕四场得名以此。"

明万历《通州志》卷五，记载得较嘉靖《通州志》详细，除记叙吕四放鹤田之外，还记载了两位邑人所写与放鹤田有关的诗。志载："放鹤田在县东吕四场境，相传吕洞宾四游于此，故以名场，放鹤田即其游处也，邑人盛俨诗：洞宾几顿羲和驭，云翼飘摇恋海天，九鼎液添瀛谷水，三山旌拂玉城烟。吴宗元诗：自古神仙不可求，谁将小传记东游，只今惟有千年鹤，为问当年曾见否。"

生于明末的顾道含，清初客如皋冒辟疆处，曾为《巢民先生题玉山君所临薛稷十一鹤图》题："白狼东去百廿里，蓼角沙洲名海嘴，上有仙草人不识，鹤产仙雏哺于此，绿脚龟纹表殊异，相以图经集诸美，四十年来地运移，海角坍没波涛里，衔草不复见群鹿，鹤乎归飞蓬莱矣。"并在所题诗下特注："蓼角嘴入海，亘南北三四百里，江海气交，亦地脉结根处，上有仙草人不识，有鹿群以数百来游，浮海来去，角坍没，鹿不复至，而鹤亦种绝。"

由此特注大致可知，明及以前，蓼角嘴仙草、大角鹿、白鹤的美丽动人传说，亦可做仅存掌故来读。

清代大诗人周亮工在《书影》中就有关于吕四白鹤的记叙："鹤生他处足皆黑，在南通州吕四场所产皆绿，相传纯阳四至其地，故场名吕四，鹤为黄鹤遗种云。"另一位南通诗人李琪，在创作于道光初年的《竹枝词百首》中，对吕四的传说及白鹤的描绘，可谓更有趣味："海上飞来回道人，海滨放鹤出风尘，绿胫丹顶知何处，芝草无言犹自春。"

可见，吕四的白鹤，风貌优雅，姿态茸秀，除丹顶外，胫、嘴、足皆为绿色，其余全白。另足有龟纹，鸣声高亢响亮，清越好听，深为文人雅士喜爱，就连宋代的仁宗皇帝，也曾派吕夷简四次到吕四采鹤备贡，并辟有"放鹤池"。显见吕四白鹤独特而高雅……愿这美丽的传说，伴随着古镇的兴盛，而名扬五湖四海。

（五）后续

次日午饭后，张厅及张畅夫妇一行急着返宁，我与胡延老师等送行后，依照事先的部署，便前往吕四港镇政府，拜会了镇人大主席杨莹莹和镇宣传部部长丁雪琴二位女士，就撰写《吕四》一事做了深入的交流……

○ 左一胡延老师，右一为张厅，中间为文剑先生　胡延／摄

○ 大洋港内港湾一瞥　胡延／摄

○ 吕四港新码头　胡延／摄

○ 美丽的洞宾公园　胡延／摄

○ 洞宾楼　胡延／摄

○ 洞宾公园内　胡延／摄

○ 夜幕下的吕四镇一角　胡延／摄

拜访吕四 ⊗

醉汉趣记"伍不倒"

　　"伍不倒",顾名思义,就是从来喝酒就倒不了,圈内人都知悉他的"一二三四五六",即一两二两别谈酒,三两四两莫开口,五两六两少碰面,一斤二斤刚刚够!"伍不倒"真名叫伍斌,行伍出身,一米七零左右个头,不胖不瘦,头发乌黑,五官端正,说起话来,不仅眼睛眨巴眨巴,眉头还不断跳动,

○ 胡延／摄

一谈往事就滔滔不绝，神采飞扬。作家贾平凹说过，衡量一个人的健康与否、脑袋思维和行事风格，就要看他的"眼睛、步履、说话"这三要素。有道是"眼睛是心灵的窗口"，而"伍不倒"一进门那副眸子骨碌碌扫个不停，步履风风火火，嗓门大，语速快，活脱脱一个身体棒、头脑活、性子急的家伙。

我与"伍不倒"相识已久，神交快有十四年，深知此君是个不折不扣的"酒翁"，与他认识那么多年，从来没见到他对酒质酒牌以及香型度数挑三拣四，只要是酒，基本上来者不拒，依他夫人的话，酒是他的"命根子"，没老婆可以，没酒可不行，要是断了他的酒，等于断了他的命，一天没酒，"伍不倒"便病恹恹的，丢了魂似的萎靡了。

按俗里讲，就是个"酒鬼"！

初识"伍不倒"时，他的身份是横空街道招商引资办主任，也正巧我企业打算找地方投资建厂，所谓"妾有心来郎有意"，与"伍不倒"一见如故，投资项目一拍即合，在他热情张罗下，我企业在该街道投资建造钢筋焊网项目顺风顺水，没过多久便举办开工奠基庆典仪式了。

记得在 2010 年早春的一个上午，"伍不倒"打电话喊我当晚到他单位喝酒，去不去呢？我心里打起了鼓，要是借故不去，"伍不倒"嘴上不说，心里一定不悦。去吧，我一个二两酒便搞成"猪肝脸"的人，哪是他的对手？正在闹心时，我突然想起我一个铁哥们，叫秦明，外号"秦世皇"，又叫"好一壶"，此君转业前是空军飞行员，更是一斤不倒的酒翁！对，把他喊上，与"伍不倒"

对酌肯定棋逢对手，他俩才叫"门当户对"。想到此，我忐忑不安给秦明拨通电话，哪知秦明一听喝酒这等好事，竟然一口应承，我喜出望外，那天下班正时正点，我驾车赶到秦哥哥单位大门口，等到秦明下班，我俩便乐滋乐滋地直奔江北"伍不倒"的单位。

我俩一到"伍不倒"单位，刚下车就闻到诱人垂涎的烹烧美味，老远就听到"伍不倒"的大嗓门："啰唆什么啰唆，快过来，晚上喝多了得送我回家！"又听他喊道，"好像他们来了，不跟你讲了，你快来哦！"

"跟谁大声小喊啊？"我一进门便对"伍不倒"笑着招呼。

"哦哦，跟你嫂子讲话呢，""伍不倒"放下手机呵呵直乐，又歪着头哑哑嘴道，"哼哼，小样的，她要不来看我怎么治她！"

"啊，是嫂子你还敢治？"我大惊，想想又指着跟我后面的秦哥道："哦，来，我给你先介绍下，这位是城南税务局的秦哥，也叫'好一壶'，跟你一样也曾是军人，更是酒仙一个。"

"早就听印老弟介绍过，久仰久仰！"秦哥拱拱手道。

"好个'好一壶'，幸会幸会！看来今天咱们要喝个翻天覆地了哦！""伍不倒"伸手与他握了握，又指着一桌菜说道，"你们看，我让厨师烧了几个时鲜的江鲜，正好昨天老战友送来一箱小茅台，今天好好享用，快快上桌，斗他个天昏地暗！"

"啊，斗个天昏地暗？"秦哥大惊失色道。

"不至于不至于！"我连忙附在秦哥耳边嘀咕道，"'伍不倒'生性豪爽，也好吹牛，他喝酒其实是徒有虚名，他喝酒的特点是先快后慢，你来个先慢后快，他啊，就玩完了，我估计你不用三个回合，他准败下阵来了，阿晓得啦？！"

"哦哦，明白了！"秦哥拍拍胸口道，"乖乖，刚才他这话吓我一大跳！"

几个街道干部也在，"伍不倒"一一安排入座，席前又逐个做了一番介绍。

服务员啪啦啪啦打开几壶"战神酒"放在桌上，看样子，一场较酒海量的鏖战即将打响！

○ 来的都是酒客　胡延／摄

"伍不倒"亲自动手，不由分说把每人的大茶杯抢来放在一起，而后将酒逐杯斟满，我想阻挡却被他有力的胳膊拦了下，嘴上唬道："给我坐下，来这里听我做主！"

"我驾车，不能喝。"我怯儒道。

"有代驾，你就是住海南岛，也会把你安全送到，怕啥？！""伍不倒"抖抖眉头，毫不妥协。

"嫂子，你……"我瞅瞅到场的伍夫人高某，只见伍夫人轻轻叹了一口气，无奈地摇一摇头。

"你嫂子敢拦，老子让她整歇去，男子汉大丈夫可不是大豆腐！""伍不倒"咂咂嘴，起身端起满满一杯俨然一副山寨之王样，环顾左右指着杯中物豪情万丈，"来，酒是粮食精，越喝越年轻，我带个头，喝酒！"

"先吃点菜，再……"未等夫人阻拦，那"伍不倒"却将一大杯酒咕咚喝个底朝天，见他叹了口气，用手抹抹嘴，亮了亮杯底道："大家斟小杯，第一杯干！"

"好酒量！"大家面面相觑，纷纷斟起小杯。

"以伍哥为榜样，我也干了。"秦哥平静地咕咚一声，竟然仰脸将大杯也一口饮下，完了秦哥效仿"伍不倒"亮亮杯底，滴酒没有。

"好！"大家大声喝彩，鼓起掌来。

"看，咱当兵的人，可不是个熊样！""伍不倒"咚咚给秦哥斟满杯，又给自个儿添满，顺手又给秦哥夹了块红烧鱼，指指旁边几位低头闷笑的同事，不无揶揄道："瞧瞧你们，端起酒杯来抖抖颤颤的，好像端了颗炸弹，会死人吗？哪像男人，不就是个酒吗，看看我们当兵的，好好向'好一壶'学到点，干酒知人品，干工作更要看酒品！来，好一壶你先吃点菜，看你这么爽快，我第二杯等你！"

"你……"伍夫人有点沉不住气，却被"伍不倒"瞪了一眼，她只得又无奈摇摇头，叹了一声。

"品酒是乐趣，好酒是要慢慢品的嘛，"我禁不住感慨道，"如果把酒当矿泉水猛喝，就失去品尝优质酒的意义了，再好的酒也感觉不到了哎！"

"你这细品慢饮都把我急死了，这哪行！""伍不倒"眉头一横道，"现在都什么时代了，还慢悠悠来？怪不得你企业项目像十月怀孕，到现在还生不来子丑寅卯来！"

"这……这与喝酒有关系吗？"我哭笑不得，直摇头。

"怎么没有？这叫效率！"旁边一个叫黑皮的像是"伍不倒"助手，插嘴道，"像我虽然饮酒不行，但有多少量便干多少，我向伍主任报到才不到半年，我牵头的橡塑厂项目虽然不大，短短三个月就上马投产了，对不？伍哥！"

"对对，有贡献！你牵头的橡塑厂确实是够快的！""伍不倒"顺手给黑皮斟满小杯，大声赞道，"不过，你小子别老是说不行不行，男人不能说不行，女人不能说随便，阿懂啊？是男子汉就干掉！"

黑皮眉头一皱，还是将酒干了，完了还哇了声，吐了口粗气。

"现在流行顺口溜，"秦哥笑眯眯道，"叫作，能喝三两干四两，这样的干部要欣赏，能喝三两干六两，这样的干部要培养，能喝六两干一斤，这样的干部很放心，能喝一斤干六两，对不起人民对不起党！我说黑皮呀，你还是要多多努力啊？"说着，反客为主地给黑皮斟满一杯，又道，"拿这个敬下你领导伍哥，看你的啦！"

黑皮一看满满大杯酒，顿时蔫了，央求道："秦哥能否帮忙代劳，黑皮给您下跪三拜了！"言罢想下跪三拜，却被秦哥拉住，"伍不倒"则在一旁哼哼冷笑。

"看来你不要伍哥提携了，好吧，我来帮你代劳了！"秦哥拿起黑皮酒杯正要往嘴里倒，却被"伍不倒"一把按住。

"秦总这不行！""伍不倒"把黑皮酒杯紧紧按住，对黑皮训道，"人家'好一壶'秦总初来乍到，就让客人代酒，这像话吗？黑皮把酒喝了，别给老子丢人现眼的！"

"好好。"黑皮唯唯诺诺应道，脸色早已苍白，双手抖抖颤颤地抱着酒杯说了句"敬伍哥酒了！"便仰头喝下，眉头皱成一团竟然将口"哇"地又吐了出来，洒湿一身，哇哇大叫晃着倒八字步往外逃去，引得大家哈哈大笑。

"你们瞧瞧，这小子这点酒量还想在咱口子上混？唉，丢脸哪！""伍不倒"嘲笑一声，又端起酒杯，对秦哥道，"想当年咱当兵八大怪知晓吗？"

"转业那么多年了，你还记得？"秦哥诧异道。

"怎么记不得，你们要不要听我说来？""伍不倒"道。

"要要！"大家哄道。

"那大家干下这杯，我就说！""伍不倒"用古怪表情看着大家。

"好好！"大家纷纷举起了杯，与"伍不倒"一饮而尽。

"好！听我说来，""伍不倒"擦了擦嘴上的口水，摇头晃脑道，"当年部队流行一段顺口溜，叫作裤筒肥得像麻袋，没事扎根破腰带，走路还要有人带，吃饭的动作比狗快，穿胶鞋打领带，被子叠成豆腐块，被褥不分里和外，跑马的被子两头盖，洗了帽子吹圆了晒。我说秦兄你当过兵，是不是这个熊样？这八大怪样？"

"对对，是这个熊样！"秦哥佩服有加道，"伍哥记性真好，佩服！来，为伍哥成功转型，我建议大家轮流诚恳敬酒伍哥如何？但有一点，伍哥回酒随意表示。”

“好好，同意，敬伍哥！”大家又纷纷赞道。

“从伍哥左边的我第一个开始，逐个顺着来！”秦哥站起身用大拇指晃了晃，然后画了弧道，大家听后啪啪鼓掌通过。

伍夫人忍无可忍站起身来，对秦哥提出抗议，却被“伍不倒”制止，伍夫人只得坐到一边生着闷气。就这样大家又轮了一圈。

“白的不来了，给他来瓶啤酒代替吧！”“伍不倒”老婆走过来朝他肩膀上捶了一拳，斥责道，“你看你，脸色都喝发青了，还逞能啊？酒多命短哦，我可不愿守寡哦，赶紧先吃口菜！”

“对对对，来瓶啤酒漱漱口！”“伍不倒”手一挥，对门口喊道，“香茹香茹，在我办公室大柜子里搬二箱干啤来！”

“哦好的，”烧菜的老阿姨叫香茹，闻声而来，不一会儿，香茹和一个老头子吭哧吭哧搬来二箱金陵干啤，放在“伍不倒”脚边。

一个服务员迅速打开几瓶啤酒放在桌子上。

“这瓶放在桌上这个位置，”“伍不倒”高声道，“我把摇盘摇转，这啤酒对准谁，谁就把这啤酒一口干掉，谁都不许赖皮，违者加罚一瓶，大家如何？”

“听您的，您是这大王，一切听您做主！”秦哥跟和道。

大家都连连称是。

“好，那大家注意看着！”“伍不倒”将转盘用劲一推，转盘旋转起来，二转下来不偏不倚正好对准他自己停止转动，大家“咯咯咯"笑个不停，起哄起来。

"嗯，这咋回事？"伍大侠一手尴尬地摸摸后脑勺，一手举着那瓶啤酒站起来，豪言壮语道，"'男子汉大豆腐'，不是孬种，一言既出，驷马难追，拎壶冲！"言罢便咕咚咕咚喝个精光。

"这叫立章守诺，领导榜样！"秦哥笑道，"伍哥掌舵，续续呗！"然后顺手将一瓶开启的啤酒放在桌上原位。

"奶奶个熊，这会要再转到我自己，我把酒瓶都吞下去！""伍不倒"咬牙切齿自嘲道，他这次吸取上回的教训，用力稍弱了些将转盘一拔，转盘旋转起来，转盘慢慢停止在秦哥面前，"哇哈！"大家叫了起来。

"祝贺好一壶秦哥当选酒老二！"

"恭喜好一壶秦哥中标！"

"好一壶威武，拎壶冲啊！"

…………

秦哥喜滋滋手捧啤酒瓶如同获得荣誉奖杯一般，欲言又止。

"下面欢迎好一壶做获奖感言，大家欢迎！""伍不倒"手下一位脸上有伤疤、叫作"吴一疤"的喊道。

"呵呵，呵呵呵……"秦哥起身向大家拱拱手，正要开口讲话，门吱的一声突然开了，闯进三个不速之客来。

"哟呵呵，都快两点上班时间了，这里还烟雾缭绕、酒气冲天，很热闹啊！"传来一声不紧不慢而带有威严的声音，进来的是一个戴着金丝眼镜的中年男子，后面跟了二位较年轻些的男子，一个脸色阴沉的大背头高个子，另一个则一介书生模样。只见为首的眼镜男子反背着手，用手拂了拂空气皱着眉头道："好呛人！"

"别……别理这些屌人，好一壶你……你讲，终……终于轮到你了，哈哈！"伍大侠用筷子敲着桌子，惺忪的眼皮已塌了下来，嘴巴也不利索，但笑呵呵地催秦哥继续讲。

"啊啊，是刘书记、贺书记？您……您怎么来了？"吴一疤见了那中年眼镜男和后面的大背头男子结结巴巴道，他一阵哆嗦后跑到"伍不倒"后面捂着他耳朵低声喊："伍主任伍主任，快醒来，区纪委的刘书记和街道的贺书记他们来了！"

"嗯，可……可真的？""伍不倒"听了吴一疤的话打了一个激灵，转过头看去，果然是熟悉的上级领导来访，他手忙脚乱了一阵，嘿嘿地站起身来，情不自禁打了个酒嗝。

"我说老伍啊，我知晓你是个"伍不倒"加酒癫子，昨天还单独找你谈过党员干部八项规定，"大背头指着"伍不倒"鼻子训斥道，"你看看，现在几点了，还在大吃大喝，像什么话？你以为这办公场所是你老伍私人住宅？！"

"他……他们大……大多是企业家，""伍不倒"一下子惊醒不少，急忙申辩道，"主……主要陪……陪……"

"你不要解释了，明天上午到区纪委解释吧！"眼镜男环顾下室内四周，突然与秦哥四目对视，惊道，"你这个好一壶怎跑到这来？"

"嗯嗯，为印总投资项目的事。"秦哥一脸堆笑，谦和答道。

"哦哦，明白了，"眼镜男省悟道，"为企业家做事，地方政府机关人员适当破点例也是情有可原的事，下不为例！"又转过身对大背头道，"少卿，我们还要去拆迁办，抓紧过去吧！"

"嗯嗯。"大背头点点头。

眼镜男友好地与秦哥握握手："老秦，月底老战友活动会上见喽！"

"嗯好嗯好，"秦哥笑了笑，还拍了拍眼镜男肩膀，道，"我提前电话你！"

言罢，眼镜男、大背头带着书生出了门，走了。

"妈呀，吓死我了！""伍不倒"长喘一口气，喃喃道，"今天奇了怪了，他们从来没闯到我这个地盘来过！"

"这叫峰回路转啊，"我也莫名其妙道，"今天幸亏带上秦哥来！"

"我的乖乖，幸亏好一壶秦哥哥！"伍夫人也从噩梦境中醒来，拍拍胸口跟了一句。

"对对对，幸亏好一壶秦哥哥！""伍不倒"大喊一声，"继续，继续喝，来，来个大杯啤酒，压压惊！"

气氛陡然恢复原状，大家全体纷纷起立，举着啤酒杯跟着"伍不倒"一饮而尽，随后便推杯换盏，觥筹交错，好不热闹。

"要……要没秦……秦哥哥，我……我老伍今……今天算死……死定了……""伍不倒"语无伦次，浑身酒气，在其妻、香茹，及看门老头的搀扶下，踉踉跄跄，跌跌撞撞走出餐厅，朝外面一辆车走去……

"嘿嘿嘿，你老弟还……还介绍是'伍不倒'？"秦哥附在我耳边突突笑道，"没几个回合便倒了，没……没我在，他……

他彻底算倒啦！嘿嘿嘿……"

"嗯嗯，我说嘛，"我顺着他也笑道，"他是徒有虚名，你老哥出马，他能不倒吗？"

"下次喊他叫伍两倒，咯咯咯……"秦哥揶揄笑道。

"哎，"我正要搭腔，突然从窗口的灯光下瞟到一辆救护车上跳下二名男护士，男护士随即取出一副担架来，他们有条不紊地把"伍不倒"摆到担架上，又小心翼翼抬上救护车，伍夫人则在护士的推动下，也进入了车内，随着车门关闭，车辆启动后朝黑暗深处缓缓驶去。我见了此情此景，一股怜悯之心油然而生，陡然省悟道："其实啊，像"伍不倒"这样的角色也真不容易啊，做工作很拼，为了招商引资，把自己的命都搭上去了呀，我此前是不是误读了他呢……他此刻去医院打点滴吧？"

"什么？"伍不倒"去医院了？"秦哥惊愕道。

"是的，"我摇摇头，忽然叹道，"外人难以置信、难以理解啊！"

天下没有不散的筵席。

我和秦哥谈起"伍不倒"为人不禁感慨激昂，又多喝了几小杯，也终于喝得酩酊大醉，各自倒在"伍不倒"食堂墙壁边的沙发上昏昏沉沉睡去……

"福星" 蒯天

几日前，与连云港老朋友蒯天微信相约，就在南京找个靠总统府附近的酒店见面聊事；我蓦地想起住在总统府后面的秦阿哥，遂拿起手机托他在附近预订个安静雅致些的酒馆，秦阿哥建议安排在紫金大酒店，那里交通便捷又不失安静，我连连称好，订好后便把时间和地址发信告知蒯天，蒯天回复一个字："好！"

终于又见到蒯天了，老朋友重逢自然乐不可支，边握着他的

○ 胡延／摄

手边细细打量，我打趣道："身体好像又发福了些，脸上也多了几道褶子……真乃福星是也！""托你吉言，但愿如此！"快人快语的蒯天并不介意调侃，只是朗朗一乐。年近六旬的他居然烫了蓬松微卷、有些褐色的头发，说起话嗓门高，手舞足蹈，活脱脱二三十岁的毛头小伙，令人羡慕不已。

认识蒯天整整二十年了，记得在 2002 年一个夏天通过省文联工作的老乡，在南京中山南路我开办的时来运转茶社里结识了来自连云港的蒯天，初见时憨憨厚厚、大大咧咧，又有些虎头虎脑的蒯天在我心中便留下很深印记，他不仅豪爽奔放且头脑灵光。他当时给我塞了张名片，职务是《华夏时报》江苏记者站站长，我一看名片不禁眉开眼笑，连称"大水冲了龙王庙，自己人不认自己人"，我也曾是《经济时报》江苏站副站长，只是当了这新闻媒体圈的"逃兵"，改行从商了。两人天南海北地吹着聊着，发现彼此都喜爱文学创作，蒯天作品不断，这令我喜出望外，因而一见如故，从此交了朋友，虽然各自忙碌，但也偶有联系。

过了一段时期，蒯天带了同样爱好文学的省公安厅宣传处赵老师夫妇到我广州路办公室，说是采访我这个文绉绉的"钢铁侠"。我一口应允。半月后，我收到了蒯天寄来的邮包，打开包裹一看是一扎报纸，我翻开一看，好家伙！只见《华夏时报》用了整整两个版面，赫然用《"儒商"印华》作新闻标题刊登我的"辉煌事迹"，是一篇洋洋洒洒的长篇人物通讯。我既喜悦又惊讶。

记得蒯天一位助手曾在聚会时，感叹他不拘小节，甚而有点傻，往往帮了一些人忙，不仅没拿人家好处，还落不到一句暖心话。

我取笑他助手："既然明知道蒯天这人又傻又呆，你干吗跟随又呆又傻的他呢？"助手听后噎住了。

来而不往非礼也。我在南京招待蒯天、吴老师一行，我到连云港出差时，蒯天同样好酒好菜招待我，不过此君不沾酒，更不沾烟。蒯天是个典型的耿直汉子，说话做事从不拐弯抹角，往往什么复杂的事到他手里便都变简单扼要。蒯天一身兼数职，江苏省传统文化促进会秘书长、江苏省散文学会秘书长、宿迁泽达职业技术学院副院长、连云港树人艺术学校董事长……我曾问他任这么多职务，琐事繁忙之余，还有没有时间和精力搞创作？一贯乐天派的他呵呵一乐，说："在你们睡觉的后半夜时候，我就冷不丁地爬起床，一写就是天大亮。"

"长此以往，岂不拖垮身体？"我关切地问。

蒯天伸出壮实的胳膊说道："咱俩比比腕力你就知道了。"看看他那信心十足的模样，我自知不是他对手，遂知趣地"顾左右而言他"了。

阳春三月，草长莺飞的某天，蒯天携一干弟子再次来到南京，这次他是来主持江苏省散文学会换届大会的，我作为省作协会员，自然也会参加此次大会。会议设在华东饭店，一踏进饭店大厅，见到风度翩翩、西装革履的蒯天正在报到处接待来自全省的同人。蒯天同我打过招呼后，告诉我座位在第一排。找到座位后，我惊奇地发现，我旁边坐了几位大人物，有前江苏省委副书记顾浩，中国报告文学学会副主席姜琍敏老师，江苏省作协副主席、《钟山》杂志总编贾梦玮和省哲学社会院书记何国军。此次会议还有一件让我更为惊奇的事，就是我竟被选为学会副秘书长，我真是受宠若惊。

会后，我找到蒯天告诉他我可能担不起这样的重任，而蒯天则反问我说："难道你怀疑自己不够格吗？别急着谦虚嘛，后面学会里好多工作都看你的啦！"我听后若有所思，忐忑地跟着说"好好"。

蒯天在公务繁忙之余，所撰作品也不计其数，斩获"优秀作品奖"比比皆是。祝愿吾友蒯天先生艺术创作之路越走越远，在文学这片天地间展翅翱翔！

撰于辛丑 2021 年金陵宅中

○ 当年的《华夏时报》刊登赵长国老师关于我的大幅报道

恭谨豁达迷天下

——我与言恭达先生轶事

  我与书坛大家言恭达先生的交往转眼就是十六七年了，平时少有沟通互扰，有事却心心相印。

  要说言先生及其书法作品在书坛内外的社会声望，评论家陈飞曾惊呼为"我国书法界的当代草圣！"此言绝不是夸大之词！可能很多人不太了解书法家，言恭达先生绝对是书法界的一个标志性的人物。他的书法作品以篆书和草书为主。

  言恭达老师给我有点接近于神秘的西方"传教士"的印象，感觉在他身上总藏着取之不尽的"宝藏"，除了他挥斥方遒的书法艺术外，不急不慢的谈吐中，飘逸着他扎实的学识，以及洞察

人生哲学的芬芳，"与君一席话，胜读十年书"，他的儒雅、他的谦卑，以及他的睿智和刚毅足以让我沉醉不已。

私聚时他说，凡是艺术基本相通的，他在专注书法艺术本体"内功"修炼的同时，也要注重"书外之功"，学习传统文化、学习姊妹艺术，并能从中摄取营养，就书法而言，从本质上说是一种内涵丰富的综合艺术。要具备书外功夫，必须同时涉足其他姐妹艺术，知其个中三昧。将不同艺术内容和形式美融入书法艺术，形成多维视野，显现时代风采、时代美感。他从事书法、篆刻创作，亦喜绘国画，喜读文学作品，喜听音乐，它们可加强他的综合美学内涵。

初见言恭达，记得是在 2005 年一个夏天的上午，我与他的办公室只是一街之隔，他在宁海路省文联二楼最里端的办公室，从我易发科技大厦下楼到他那步行只需二三分钟。当时的恭达书法及其名已是名鹊神州，令我如雷贯耳，一次朋友聚会偶然了解到这位"神仙"居然在我"眼皮底下"，距我办公的地方竟然只有半箭之遥，所谓"菩萨心中驻，不如敬炷香"，怀着这样的心情我贸然造访于他。那天他正接待一位来自淮阴市的文联领导，也是个书法名家，恭达先生对我的造访并不诧异，看了一下我出示的名片后像旧友般让我坐在一边交流起来。我端详下恭达先生，只见他梳着有些蓬松又一丝不苟的大背头，穿着蓝格子的衬衫，浓眉大眼大方脸，个头不高但身材壮实，操着苏南口音的普通话，言谈举止显得沉着稳健，比起我常见的要么披头散发，要么光秃留须，要么穿着奇形怪状的服饰的"艺术家"来，恭达先生倒是像个中规中矩，甚而憨头厚实的乡村教师，待人接物十分谦逊，跟他名字很般配：言恭达，语言恭谨、性情豁达，恭达先生与我初见，并无陌生之感，客气一番后随即切入他的书法创作艺术话题，闲聊中我手机响了，公司秘书说有客户让我返回，我无奈地向恭达先生告辞匆匆返回公司。

自造访恭达先生约莫过了两个多月，我创建的大观园酒业公司开业暨我的金陵王子酒即将上市，准备做一次前期的专家品鉴研讨会，已确定在南京饭店紫霞楼召开，我突然想起是否邀请恭达先生列席此会，因为文人与酒历来密不可分，恭达先生此时已是名扬四海的大文人、大书家，他是否愿屈驾赏光？我怀着试试看的心情拨通他的电话，他听了我恳诚而简要的报告后，竟然一口应承，就三个字：来，参加！

那天晴空万里，初秋的金陵城色彩斑斓，生机盎然，我站在南京饭店南门口，恭恭敬敬迎接参加我酒业公司品鉴会的各位专家领导，在人群中一眼瞥见衣着朴素的恭达先生如约而至，除了恭达这位"大咖"，那天应邀参会的有中国白酒泰斗沈怡方会长、省质监局张前局长、省酒类协会刘娟会长、《江苏质量》社长李军先生等等一大批重量级大佬。没算到，恭达先生不仅是个书法大家，还对中国白酒的种类渊源以及江苏人的喜好颇有一番见地，席间还为我即兴泼墨创作一幅"金陵王子、香溢华夏"飘飘洒洒的书法作品。

平心而论，恭达先生真是个憨实人，骨子里既没有官场上的官僚主义，更没有文人那种矜持之风，他一直自诩为一个战战兢兢、

○言恭达在国家行政学院讲课　言恭达／摄

勤勤恳恳的学者，在书法艺术道路上永远是个奋斗的学习者。

一次，我约恭达先生及夫人私聚，我席间虔诚称谓他为"大师"，却招来他连连驳斥，他对"大师"这用词十分反感，恭达先生认为书法艺术浩如烟海，永远学无止境，如果哪位自诩"大师"或"宗师"，只能是夜郎自大，甚而有孤芳自赏之嫌。

此次私聚后，极少再见到恭达先生，我知道他任职于省文联，又任全国政协委员等职位，他凭借妙笔生花、炉火纯青的大草书法技艺已到了登峰造极境界，市面拍卖界商家早就将他列入国内一线书法大家行列，他的书法作品每平方米达到五万元的高额水平，可谓下笔淌金，一字上万。恭达先生从来不介意他的书法作品变成有价商品，而在意人们对他的作品的认可度，他频频往返于京宁两地，除了出席各种会议外，不仅担任清华大学、南京大学等的客座教授，还国内国外巡回演讲授课，举办个人书展，可谓"圈粉"无数，忙得只愁分身乏术。但只要我发信求教于他，他都能事后一一回复，令我不胜感慨：如今已闻名遐迩的大人物，纵然桂冠加身，却始终葆有那份殷殷初心，彻底接地气，并未被灯红酒绿、掌声鲜花炫得飘上天去。与我这位毫不相干的"邻里小人物"依然保持毫无商业性且不设防线的纯真关系。

我时常私底下想，"人以类聚，物以群分"这话确有道理，

○与言恭达夫妇一起，左二作者，左一作者秘书　言恭达／摄

人与人之间是有缘分的，无论同性朋友或情侣结合，所谓"有缘千里来相会，无缘对面不相逢"，如果对方不入眼，性情志趣不合，即便再多次见面一起饭局，也仅仅是个认识，或许陌生的朋友，不会变成知心朋友，而结缘的朋友或情侣，只需两目相对的一刹那，便悄然地变成人生中的朋友或情侣了。

我发现，恭达先生不仅满腹经纶，而且是重情重义、信守承诺的人，更是胸怀人间大爱、报效桑梓的谦谦君子。

我与恭达先生一次私聚时，席间曾无意透露我想出册随心散

喜怒哀乐

○ 言恭达／摄

文集，书名想好了，就取名《喜怒哀乐》，想邀他空时帮题个这书名，他一口应承，而后又知他正在筹划他北京个人书展，忙得恨不得变成三头六臂，我也知趣不再惹烦他，这私聚后也就半月不到，我无意间发现手机微信里收到他发来笔走蛇龙、飘逸潇洒的书名照片，就是"喜怒哀乐"，我喜不自胜回信他说，多时不见想找他聊聊，意思带点吃的上门感谢，他就回复两个字："不必"，又复信说，有空小聚。

在我眼里，恭达先生是一壶陈年老酒，越品越沉醉悠长，他又是一杯浓浓的碧螺春，越呷越神志清旷，他犹如一头躬耕犁地、静静前行的老牛，给我们播出一幅幅妙不可言、斑斓清香的田园墨宝。他的狂草、他的篆书、他的诗文，令他无数个粉丝，包括我在内为之钦佩倾倒、为之顶礼膜拜！

恭达先生，在此祝您体魄如青，雅品迭出，有空常聚哦！

草于 2021 辛丑初冬，金陵宅中

言恭达先生索引

　　清华大学教授。博士研究生导师，国家一级美术师，享受国务院特殊津贴专家。第十一、十二届全国政协委员，第五、六届中国书法家协会副主席，中国国家画院院务委员，全国教育书画协会副主席兼高等书法教育分会会长，南京大学、东南大学兼职教授，东南大学中国书法研究院院长，北京语言大学艺术学院名誉院长，中国文字博物馆、中国青铜器博物院顾问等。

　　作品收入《中国现代美术全集》（书法卷和篆刻卷）等五百多种重要专集。在1987年全国"当代中青年《书苑撷英》评比"中，以最高票被评为全国37位优秀作者之一。作品还被选刻于全国各

○ 言恭达／摄

地一百多处碑林，并被中国国家博物馆、中国美术馆等国内外一百多家博物馆、美术馆、纪念馆，以及中南海、人民大会堂布置与收藏。书学论文多篇参选"全国书学研讨会"，入选《当代中国书法论文选》，获"中国文联文艺评论一等奖"等。出版《抱云堂》等书画专集与《抱云堂艺评》等专著，《当代书法名家》（字帖）及教材，参与合编《中国书法名作鉴赏辞典》《中国国家图书馆碑帖精华》等。

他热衷于社会公益与慈善事业。多年来为四川汶川地震灾区、青海玉树地震灾区、江苏红十字孤儿学校、全国艾滋病防治、江苏省体育发展基金等无偿捐资数百万元，并出资建立南京"言恭达百万慈善基金"、东南大学"言恭达百万教育基金"等。2008年被江苏省人民政府授予"博爱勋章"。2011年被国务院防治艾滋病工作机构授予"爱心形象大使"称号，并当选全国政协"善行天下政协委员慈善公益代表人物"，2011年荣获国家"第六届中华慈善奖——最具爱心行为楷模"。

擷取分享恭达先生部分书法作品。

○ 言恭达 / 摄

闲庭漫步话启东

5月18号，天色虽显氤氲阴沉，呼吸倒也澄清爽净。

我随省苏商促进会三十余名企业老总探访我的故乡，位于江苏最东端的美妙小城市——启东。

我自十七八岁离开故乡启东，年轻时有几年不曾返回，现在"上些年纪"后，几乎每年

○ 美妙的临海之旅　胡延／摄

都回一二趟，自然对家乡的一草一木、一街一巷都感到十分亲切，只是令我感慨的是，家乡确是日新月异，儿时那漫长而贫瘠的乡愁乡味，早就被鳞次栉比的高楼、宽阔的柏油马路和蚂蚁般的轿车，及富庶的快生活取而代之，家乡变化太大太快了。

从南京到启东车程约三个小时，但一路并非顺畅，加上途经休息区小憩半个多小时，真正到达目的地起码需四个多小时。

按事先的预定，"启东市委书记面对面商洽会"在一个准五星级酒店召开。

根据会议组委会布置，启东市本地企业家约三十名，全省各地应邀参加的也有三十余名，加上启东官方、新闻媒体，及陪同的会务人员，规模

○ 八仙过海各显神通　胡延／摄

近百人。按苏商促进会俞秘书长所言，此次会议可用八字概括，"短小精悍、求真务实"。

到了酒店房间半小时后，大家到酒店大厅集合，乘大巴由高市长陪同参观标杆企业及投资环境。

一路上，高市长与我攀谈不停，也不时跟车上几位大企业家交流，指着窗外掠过的企业及项目一一如数家珍般地介绍，看得出他对管辖内的事了如指掌，我经了解，高广军是扬州人，曾当

○ 豪华的威尼斯酒店大厅　胡延／摄　　　　　　　　○ 启东胜景　胡延／摄

过教师、工商局长等，现系启东分管工业及外向型经济的常务副市长。

下午三时四十分，我们考察团依安排又折返回到了驻地，参加正式的"面对面商洽会"。

在悠扬乐曲声中，市委副书记汤雄主持了会议，他向与会人员一一介绍启东方面的主要官员，又介绍省苏商与会的重点企业家。

市委书记王晓斌以浑厚的嗓音发表他热情洋溢的欢迎词……

他说，启东以博大的胸怀、以久别的亲人孜孜以待的情愫欢迎各位企业家来到启东！

他说，现在启东人民以前所未有的激情掀开启东新的篇章，过去的一年中，启东创下几代人不敢想象的"硬牌"：启东"地方国内生产总值"创全南通第一，占全省科技创新各市县第八位，占全国绿色创建各市县第十二位……

他又自豪地说，"启吾东疆、不啻仙乎"，启东是海洋之乡、

闲庭漫步话启东

○ 东方大港——吕四内港一瞥　胡延／摄

教育之乡、五金之乡、生态之乡、长寿之乡、美食之乡……百岁以上老人有148位、九十岁以上有4万余名……同比全国平均高出六个百分点，据最新考证，同比著名的"长寿之乡"如皋平均还高两个百分点，有充分理由说，启东应该是名符其实的"最长寿之乡"！

他说，"人之长寿"得益于"上帝"造化于启东的最新鲜空气，据省环境监测显示，启东的空气为全省最优，空气环境第一名，全国罕见。

"美食之乡，仙之羡乎！"启东既是闻名遐迩的吕祖故乡（启东吕四因吕洞宾四次返乡寻根而得名），更是闻名天下的美食之乡。吕四海鲜诱人垂涎、仙人向往。吕四渔场列入全国六大之内，

○ 矗立在大洋港的吕祖像　胡延／摄

○ 吕祖恩泽四方　胡延／摄

其年海产品捕捞量占全省30%以上，"十三五"期间，市委、市政府将举全市之力，重点打造"吕祖文化"及其产业，城市基础建设，方兴未艾……

○ 南弘董事长印华先生

下午，我与一批著名企业老总作为企业家特邀代表，与市委书记王晓斌等互动交流，提出建议，发表演讲。

我在一番自我介绍后提出，启东具有"得天独厚"及"人无我有"的诸多优势，善于打造沿海发达城市的"桥头堡"和"先行队"完全是"底气十足"，而非"异想天开"……

启东不应专注"精准扶贫"，而应侧重于"精准扶企"，试想，扶助了企业及企业家，等于不仅帮扶无数的"困难户"，也帮扶政府所需的城市基础设施建设，帮扶政府税赋及生产总值的增长……

演讲得到王书记高度评价和与会代表的共鸣。

最后，王书记做了答谢词："热忱欢迎各位企业家平时或节假日里带着家人、朋友，及合作伙伴们来启东，深呼吸、观日出、品海鲜、话友情，这是块最宜居宜立业和投资的肥沃之土！"他说，"启东人民淳朴善良、热情好客，一定会让大家高兴而来，满意而归，一次来后，更想再次。"

晚上，王晓斌书记举行高规格的招待晚宴，推杯换盏，气氛活跃，高潮迭起……

吕四海鲜饕餮，美妙绝伦，天下闻名。

○ 红烧烹调带鱼，鲜美可口　胡延／摄　　　　○ 入口清脆的泥螺　胡延／摄

　　清蒸带鱼，满屋飘香，令人垂涎；梭子蟹鲜美可口，令无数食客，不辞万里，纷至沓来。

　　还有吕四文蛤、银鲳、海参、紫菜、海蜇、鱿鱼、马鲛鱼、海葵、大海螺、黄鱼、大对虾……

　　天然食品，绿色健康；鲜美嫩口，食而难忘。

　　欢迎光顾东疆启东！

○ 以下作品均为　胡延／摄

○ 酒醉青虾

○ 酒醉梭子蟹

○ 文蛤饼，非常香醇

○ 鲜美的吕四大对虾

○ 贝壳类海鲜

○ 清蒸带鱼，满屋溢香

神秘 "警博" 雨中探

继五月"南弘之约"后，我们南京小组又迎来浪漫的"警博之约"。

七月十二号午后，满天乌云，梅雨依旧不停。

早在十日前，与"警博"李雪冰馆长相约，江苏省作协南京组十余名会员作家朋友一同前往位于江北浦口她的"警博"参观交流，约好的事是不能变的，

○ "警博"藏在图书馆五楼　胡延／摄

纵然"下刀子"也得向"警博"行。

我是组织者，自然要有"领导"样，张罗部分老师的接送，周总（南弘焊网公司副总）成为我指派的驾驶员，我则"驮着"文友周志龙、傲蕾匆匆前往。

下午两点半，在淅淅沥沥的雨中驶入"警官学院"，周副总载着满车文友也到了门口。

跟门警室打了招呼，在李雪冰馆长的电话指引下，我们来到了举行"警博之约"的图书馆。

李雪冰，给我的印象总是笑容可掬、谦虚文雅又不失庄严的样子。她不胖不瘦，也许职业使然，和蔼的目光又总是炯炯有神，笑起来脸上两个酒窝赫然显现，不穿制服时更像"邻家大姐"，她潜心撰写的《刑警马车》《乡村映像》等文学作品令广大读者

○ 难得一聚合个影，共逛"警博"豪情生　胡延／摄

○ "警博"之神秘，它的"出土文物"繁多令人瞩目，从中揭示数百年警史的演变历程　胡延／摄

○ 我国古时各民族对指纹的研究利用源远流长，以及文化和遐想　胡延／摄

○ 民国总警督委任状　胡延／摄

神秘【警博】雨中探　⊗

津津乐道，她是个蜚声省内外的警营大作家哩。

我也算是个文坛同行吧，因为她名字的特色，信手拈个藏头小诗："李桃警院栽，雪原广袤地。冰冰化青云，孜孜壮子弟。"

在图书馆大厅我见到久未谋面的黄强、古军、木予、陈亚君等老师，以及后面姗姗来迟的二位，尊敬的韩希明老师、徐春燕老师。

熟人见了面，自然一番客套，非常高兴，依李雪冰馆长要求，我们乘电梯到五楼，一下电梯便看见在"民国警察史博物馆"门口有一位身着警服，戴着金丝眼镜，文质彬彬的中年男子，雪冰馆长介绍他就是有名的警史收藏家何稼男先生，他笑容可掬地与我们一一握手，口中道："欢迎欢迎，欢迎各位老师！"

进入警史博物馆，何馆长如数家珍，娓娓道来……警察的由来、历史、装备服饰、建制立章，从古至今、中外洋土，令我等目不暇接、兴趣盎然……

傍晚时分，外面的梅雨似乎又大了些，由于参观时间很紧，其他会馆已不能参观，热情的李雪冰馆长早已在学院大食堂准备美味佳肴宴请大家，并给大家介绍了她的先生、浦口区公安局刑警大队长韩焕新。

经李馆长介绍，她先生是地道的浦口人，从事刑警工作已经近三十年的老警察，成功破案数不胜数。在吃饭期间，韩大队长又给我们讲起了他的一次险遇：一次他在抓捕疑犯破门而入时，疑犯抓起一个啤酒瓶迎头砸来，他迅捷偏让，酒瓶砸在他腿上开了花，腿上顿时皮开肉绽，肿得有象腿粗……他现在想到还心里发怵，要是反应稍迟、避让不及砸在头上，恐怕早就成了"烈士"，不可能坐在一起吃这个饭啦。

　　"天下没有不散的筵席"。经征雪冰馆长同意，我提议宴会宣告结束，大家响应称好，便都依依不舍离席告辞，值得一提的是，美女木予带来一个能说会道的"精灵鬼"（她八岁的儿子"丸子"），见面不到一个时辰便与小女傲蕾"一见如故"，两人在饭桌上没有"市场"，草草吃了几口菜，闪到一边共同玩起手机游戏，叽叽喳喳讨论不休，玩

○ 警界文品，不知丸子看懂否
胡延／摄

得很投入又很默契。散宴后，丸子一路上与他妈咪滔滔不绝，还跟我吹嘘"经常把他妈咪驳得无言以对，甚至哑口无言！"，足见他"口才"有多棒。当雪冰馆长抱怨天公不作美、雨天逛"警博"很不爽时，丸子则说："雨中漫步好浪漫，让人记得住，没事没事。"我让他说说对"警博"什么印象，他称"太大，看不过来！"

　　散席临别，文友古军老师发出邀请，拟在金秋九月之时节，邀众人前往仪征小聚，雪冰老师提议我组织一次"作品沙龙分赏鉴评会"，以助推创作思源。

　　"警博之约"，已镂刻记忆，更期待以后的每次相约。

○ 默默侧听　胡延／摄

贪上新加坡

在去新加坡之前，也听说许多大老板、明星大腕、投资家都会选择在新加坡买别墅或是大洋房。大家也清楚，新加坡物价昂贵，作为地道布衣的我，也只能"望新兴叹"！

戊戌狗年阳春三月，此刻的南京城仍春寒料峭，羽绒加身。"新加坡自助游五日行，去不去？"周总这话在我耳边好像说 N 遍了，为了动员我，他又见缝插针地跟我吹说新加坡这个国度如何先进、如何高雅，把我胃口吊得高高的、心里痒痒的。人家这般热忱，我思忖再三，决定陪周总赴新加坡，心想今生如不亲历目睹新加坡，也死不瞑目啊！

去之前，我特地从网络上搜信息、做功课，了解新加坡旅行攻略，心情激昂啊！

妻子见了，嘲讽我是"返老还童"！

尽管我做了些旅行攻略，但远远不及兄长周总对新加坡熟门熟路，对他而言去新加坡这座狮城如同走亲戚一样随意，据他说最多时，一个月往返新加坡竟然有八趟之多。

"我的个乖乖！"我听后非常惊讶，决定行囊一背，跟着他走吧！从南京禄口国际机场到新加坡飞行要四五小时，我们搭乘的是东方航空班机，上机时是晚饭后八点四十分，到了新加坡已是午夜一点了。

"印总啊，你有没感觉到温度在上升？我认为你身上羊毛衫该脱掉了！"坐在我一边的周总不知什么时候换上了短袖 T 袖。经他这一说，我愕然连连点头道："哎，你这一说，我倒真觉热了"

飞机终于降落在新加坡樟宜机场，我从椭圆形的小窗口看到外面是黑黝黝的天空，及灯光璀璨的地面，一望无际的地坪上停放不同国籍颜色迥异的飞机。有的机舱开门了，我与周总拖着皮箱徐徐出了飞机，一下舷梯便感觉到一股热浪扑面而来。

我们入住的史丹福瑞士酒店有 40 多年的历史，于"政府大厦"（City Hall）地铁站上盖。这里有两条地铁线交汇，红线可去乌节路逛街，绿线直达樟宜机场，交通无法形容地方便。

酒店周围有多个景点，比如圣安德列大教堂、新加坡国家美术馆、鱼尾狮公园。再远点，走不到 15 分钟是滨海湾艺术中心，屋顶做个金光灿灿的"榴梿顶"，新加坡人称之为"大榴梿"。

"Hi，Welcome！（欢迎光临！）"一到酒店门口，一群身着酒店职业装、笑容可掬的金发碧眼女郎和绅士风度的帅小伙频频向我们招手，其中一位小伙过来帮我拿行李。

"快深夜两点多了，这些酒店的迎宾小姐小哥不睡觉？"我不由惊讶道。

"他们应该有白班夜班的，这是夜班迎宾人员吧。"周总又笑着反问道，"谁能 24 小时不睡觉呢？"

"24 小时迎宾？不可思议。"我又嘀咕一句。

"新加坡的酒店管理全球最棒，尤其体现在服务上！"周总继续道，"人家五星级服务从不打折，包括每个细节，你住几天便会充分体会啦！"

听了周总这话，我对酒店的服务更是无比向往！

办理完入住手续，我和周总拿着房卡乘电梯直上三十七层，

○ 这是哪地景点？这是新加坡樟宜国际机场的候机大厅，没错！

贪上新加坡 ⑧

一出电梯，便见电梯门口站着一位面带微笑、彬彬有礼的女服务员，对着我们微微欠身道："Welcome！"

"Thank you！（谢谢！）"周总礼貌回了句，并将房卡交给了女服务员，女服务员拿了房卡，帮我们拉着行李箱，又优雅地做了"请"的手势，引领我们朝长长的走廊房间走去。

女服务员开启房门，我们一进房间便发现客厅的中央桌上有一盆鲜花和一盘水果，侧目看去里屋是双人大床，中央空调温度估计固定在二十度左右，空气里散发淡淡的郁金香味，让人感觉特别舒服，房间设施十分考究，客厅摆着一套精妙的布艺双人沙发和圆形茶几，靠电视后面是一盏现代感红木写字桌，挑高的精美台灯，黑色的旋转椅，椅子后面则是落地大窗户，服务员摁了下墙壁上的遥控器，那垂挂的布帘徐徐展开，哇，一

○ 史丹福瑞士酒店休息区一角

幅灯光璀璨的美丽夜景顿现眼帘，透过玻璃窗看见鳞次栉比、形状迥异的摩天大楼，每幢大楼都闪烁着不同颜色的霓虹灯，拱在楼宇之间的是一座光芒四射、硕大无比的摩天轮，还有时隐时现的两只巨大海鲸和三只鲨鱼雕塑……如此温馨而优雅的环境，令我喜不自胜。

"瞧，不远处就是滨海湾花园。"女服务员指着海鲸的方向道，

"新加坡的夜景美吧？"

"咦，原来你会汉语？"我听了女服务员非常标准的普通话，不由惊诧问道。

"会啊，我是广东人。"那女服务员微微一笑，又反问道，"你竟然看不出我是中国人？"

"在新加坡工作会英语交流那是必须的！"周总见我有些局促，又笑着打趣道，"怎么样，新加坡这地方景美、人更美，把你电倒了吧？"

"突……突然有点像高原反应。"我恍惚道。

"哈哈哈，我看你被美女电了，"周总咯咯地笑着。

"哪哪，不至于不至于……"我慌乱掩盖下尴尬神色，心里责怪自己到了这个年龄，见了美女竟然还如此不淡定。

"明早餐在四十二楼，从早上七点半至十点，祝你们晚安！"漂亮的女服务员微笑着，做了个请安的动作，拉上门便轻盈地走了。

"不早了，快深夜三点了，"周总看了下表，说，"冲把澡睡觉吧！"

"对对，您先冲澡吧！"其实我毫无睡意，便礼让道。

次日，我一觉醒来却是上午快九点了，我与周总两人匆匆起床洗漱完了，乘电梯上了四十二楼用早餐，透过餐厅的落地玻璃窗，看到波光粼粼的对岸是气势恢宏的滨海湾金沙酒店，像三座高楼撑起一艘航空母舰，威风凛凛地向世人昭示，什么是人间奇迹！大厦的右下角有一朵巨大的、展开五朵花瓣的白莲花，又像只张开五指的手掌，烘托着金沙酒店的雄伟。沿着白莲花移目北望，看到了正在吐喷泉水的白色的鱼尾狮，奇形怪状的大楼建筑物、碧波荡漾的江海、湛蓝湛蓝的天空，构成一幅流动的、色彩斑斓的水彩画，壮哉美哉！

依周总计划，今天要陪他去趟"SGX"（新加坡证券交易所）办理一项美元质押的业务，会见一个在圣淘沙做通信器材生意姓朱的朋友，而后便可大逛新加坡了。

一顿西式早餐完毕后，我们用汉语咨询了帅帅的大堂经理SGX 地址，大堂经理是个万国通，听了我们的陈述，迅速拿起纸和笔画了个方向图交给了周总，并用手做了手势道："从这出发，向南步行十分钟，右拐五分钟便到，正常步行不会超十五分钟。OK！"

我们谢过大堂经理，拿着图依所指大步朝 SGX 走去。

到了 SGX，也许因为我们在上班开门时早到一步，周总凭号进去仅用了十分钟便搞定美元质押的事，笑呵呵地走了出来，对我扬了扬手中的票据单，高声道："行了行了，终于畅游新加坡啦！"

"快，真快！"周总办事之快不可思议，我雀跃道。

"走，这趟来新加坡五天，我要带你逛遍全城！"周总笑道，"第一站圣淘沙，我朋友朱辉驾车很快来接了。"

我俩正在马路边聊天，听到一声喇叭声，见街边停放的一辆本田轿车车窗伸出个戴墨镜的方脸来，该脸主人对着我们招了招手，又立马下了车。

"哈喽！"周总朝驾车人打了招呼，又对我挥了下手，"朱辉，是个广东仔，跟我快十五年的老朋友了，走，我们上车吧。"

○ 从不打烊的史丹福酒店

朱辉十分讲礼仪地开了后排车门，我与周总一头钻进了后排座。一上车，发现副驾驶座坐着一位时髦女郎。朱辉介绍说这个是他新交的女友，越南姑娘。朱辉与周总寒暄一番，便驶上高速公路，朝圣淘沙岛屿急驰而去。

一路上，朱辉眉飞色舞介绍道："圣淘沙岛是新加坡南部岛屿。位于新加坡本岛以南 500 米处，东西长 4000 米，南北宽 1600 米，面积为 3.47 平方千米，是新加坡本岛以外的第三大岛。在圣淘沙岛殖民统治时期为英国海军基地，旧名绝后岛，1972 年改名。现已开发成设备齐全的海上乐园。岛西端的英国碉堡西洛索炮台建于 1880 年。5 世纪的古炮保存于此，内有复杂的地下建筑物城墙和炮座、大炮、臼炮。海洋博物馆陈列有新加坡港历史、航海术的发展过程等资料。圣淘沙这座占地 390 公顷的海岛是度假、旅

○ 如梦似幻的新加坡街头

游和休闲的万花筒。从市区搭乘缆车、轮渡或汽车只需几分钟便可到达。

"踏上这座岛屿，您便能在众多的景点中找到属于自己的一片天空——历史和文化的重现、昼夜不眠的娱乐、郁郁葱葱的环境、修剪齐整的花园、音乐喷泉，还有两个风景优美极富挑战性的 18 洞高尔夫球场。圣淘沙更是一个充满热带风情的旅游休闲胜地。除了阳光沙滩等自然景观。圣淘沙岛还有着丰富多彩的娱乐设施和休闲活动区域。1967 年，英国人将该岛交还给了新成立的新加坡政府。一年之后，新加坡政府决定将该岛开发成国内假日旅游景区。这样，根据公众的建议，该岛被重新命名为圣淘沙，即马来语'宁静'的意思……"

"朱老板来新加坡多少年了？掌握如此彻底啊！"我不禁插话道。

"已经二十一年了，"朱辉道，"十九岁那年随堂叔来新加坡，时间过得真快啊！"

"你这车子看来是日本原装货吧？还很新哎。"周总又问他。

"是的，买了还没一个月呢，"朱辉道，"其实在新加坡这样交通高度发达的国家买车是没有办法的办法！"

"怎么个没有办法的办法？"我好奇地搭一句。

"告诉你吧，"朱辉无奈道，"在新加坡买车可比国内复杂多了，首先得证明你有停车库，没有停车库是不批准买车的，而买一个停车库远远超过一辆轿车的代价。其次，买个车牌号有效期只有十年，过了十年得重新申请新牌号，且每年缴的税费不菲。其三是停车场收费奇高，平均每小时收费达到三至四新币，故一般新加坡人是不会买车的，买车的人不是商人就是大富豪！"

　　"新币对人民币汇率多少？"我显然是个无知者。

　　"这个你还不晓得？"朱辉补充道，"一比五吧，一新元相当五元人民币！"

　　"噢噢。"我尴尬了一阵。

　　"那你老弟一定是大富豪了！"周总笑道。

　　"大富豪个鬼，"朱辉叹了口气，道，"新加坡这个高消费地方，前面挣了，后面花光了，哪有多少积累？买这车一方面出于业务

○ 新特建筑，更是新加坡的特点

考虑，需要经常跑广东；另一方面主要靠它联络人脉。"

"你这本田裸车价多少？在新加坡买个车库多少钱？"我又问道。

"这车买来价格在三万多美金，而停车库和其他费用算算花了近五万美金，"朱辉笑道，"其中车牌号花了一万多美元，你们算算弄到这车的代价吧。"

"新加坡用美金交易的？"我默算下，惊道，"乖乖，就按九万美金来算，弄到这车用了人民币六七十万，裸车价值只占三分之一？"

"对喽，实际车价不到总价的30%！"朱辉答道，又道，"在新加坡法律很严，司机驾车得循规蹈矩，要是犯了交通违章可不得了……哎，皇家一号酒店到了，我请你们吃亚东蚝煎、福鸿肉脞面，是全新加坡最纯的名吃！"

随着朱辉一个高声，车子拐进了一个绿葱荫蔽的院子内，我朝车窗外看去，只见院子有形状各异的树木。

"知道吗，这些树可是新加坡名贵的植物，"周总指着前方沿着园里外围生长的一片翠绿的树林，有几排长得葳蕤茂盛的树，树的中间突兀地冒出一束束艳丽夺目的鲜花，道，"你看，这是新加坡最名贵的市花——叫胡姬花，花的周围是棕榈树和印度移植来的橡胶树。"

"对，周总对新加坡还蛮了解的嘛！"朱辉停下车，边开车门边道，"你们难得来新加坡，今天由我请客喽！"

我跟着下了车，见眼前是一座设计感很强的休闲餐饮店，店面是用红檀木制作的有弧度的凉亭走廊，廊亭上爬满青藤，顶棚上露出并不显眼的立体的红色字——皇家一号餐厅，下面是一行英文。皇家一号距离圣淘沙捷运站步行几分钟，从酒店房间可以看到亚洲大陆最南端的网红吊桥，马六甲海峡舟楫如梭。

我们从走廊进入餐厅，见里面有很多顾客，朱辉对正在服务台算账的中午妇女喊了一声，中年妇女连忙领我们进入间面朝大海沙滩的房间，我一踏进房内便被烟波浩瀚的海景所震撼，朝向大海的是落地大窗，眼前那白皑沙滩、碧海蓝天、椰树帐篷、帆船，及翱翔的海鸥……尽收眼帘，犹如置身梦幻之境。正在惊叹间，一股浓浓的、诱人垂涎的香味飘然而至，服务员端上两盘菜，朱辉随即从包里变魔术式地弄出两瓶威士忌、干白，一边把酒打开一边介绍这两盘菜名叫鸡肉沙爹和亚东蚝煎，都是著名的马来美食。

"真是美景、美酒、美食加美女，朱老弟活得好酷，羡慕啊！"周总从不沾酒，对朱辉递来的一杯威士忌竟然也不拒绝，接过酒杯抿了一口，笑道。

"嗯嗯，新加坡很美，朱总更厉害！"我附和了一句。

席间，朱辉说下午因有急务须驾车赶往广州，故不能陪同饮酒，也不能陪同逛玩，说是后天返新再聚。

"我们自由活动，一切随意，先借花献佛，你饮料代酒，感谢了！"周总举杯敬朱辉，我也紧后举杯敬了朱辉。

一顿饭吃到午后一时许，朱辉带着越南女友与我们依依惜别。送别朱辉后，周总带我一口气逛了环球影城、SEA 海洋馆、克拉

贪上新加坡

码头，及圣淘沙沙滩等多个景点。不知不觉天色渐渐黑了下来，人也累倦极了。

　　"返回酒店，明儿逛乌敏岛，那里我也没去过，据说很棒哦！"周总垂着头晃晃膀子道。

　　"乌敏岛？"我嗯了一声，一天下来虽然疲惫了些，但心里还是对明天的乌敏岛之行充满期待……

　　次日早上七点便被昨晚调好的闹铃声吵醒了，我和周总闻铃即起，草草洗漱完，在酒店吃了丰盛的自助餐后，拿着事先准备的地图、路线图，便匆匆出了门，我俩计划在上午九点前赶到乌敏岛。我们住宿的酒店地下第三层便是地铁，乘地铁可以直接通往丹娜美拉（Tanah Merah）地铁站，然后搭乘新巴2号或29号公共汽车至樟宜村巴士转换站，再在樟宜角渡轮码头，搭乘10~15分钟渡船，渡船费用为单程新币3元，不过要坐满12人，船夫才会开船。

　　乌敏岛（Pulau Ubin）是继圣淘沙之后最受民众欢迎的岛屿了。这是一座拥有丰富历史的小岛，岛的东部是新加坡重要的一个湿地自然保护区：仄爪哇。

　　我和周总一到乌敏岛便各租一辆自行车，一前一后在岛上随意捕捉犀鸟和野猪的身影，海风一阵一阵吹来，感觉浑身湿漉漉的，又特别爽快。

　　我们漫无目的地骑啊骑，发现另一个小岛屿，据当地人说是叫"龟屿"，这座小岛形似乌龟，因此而得名。我俩又围绕这龟屿转悠了一圈，发现岛上布满奇奇怪怪的植物，有的像灵芝，也有些成熟后掉在地上的榴梿，还有热带地方独有的水果树，如红毛丹、杧果、香蕉、芭拉……忽然间还会蹿出一只觅食的山猪，我感觉它们并不害怕人，可能长期和岛上居民和平共处惯了。

○ 绿色花园、槟榔树、鱼尾狮……美景随处可见

　　我们一路骑行，发现有个中文指示牌叫"姐妹岛"（Sisters' Islands），指示牌后面有黑板大小的像用榆木做成的匾，镂刻密密麻麻的中英文对照文字介绍"姐妹岛"的由来。我骑在车上脚搭上一块石头，仔细阅读起来。上面说的是从前只有一座岛屿，一对姐妹为了逃避海盗头目的掳劫与迫害，在此遭海吞噬，随后岛屿便一分为二——它的名字也是因此而得。看着看着，一阵疾风后，头顶上突然乌云密布，大雨倾盆而下，我和周总两人慌乱到处东张西望，发现前方不远处有间小屋，两人不顾一切朝小屋方向骑去，周总和我都弃下自行车冲进小屋躲雨，一进小屋便吓个半死，原来这屋内居然有三头高大的狗，虎视眈眈眄视着我，我顿时两腿瑟瑟发抖，满脸雨水不敢擦，想拔腿逃离却被周总拉住，周总陡然嘿嘿地跟大狗们摇手招呼，而大狗们似乎友好地回望了下，竟然知趣地向里缩退了几步，一声不吭，我悬在嗓门的心立刻松懈下来，感恩地学着周总向大狗们打招呼，我抹了把脸上雨水定神一瞧，两头黄毛大犬和一头黑毛大犬都足有餐桌之高，爪

贪上新加坡 ⑧

子毛茸茸的，只只彪悍结实，倒像匹威风凛凛的雄马！

我不敢出声，心想它们要是发起攻击，我和周总俩一定死得很惨，头脑中枢神经紧绷紧绷的，望着外面大雨如注，感觉度秒如日，魂不守舍地望着周总，而此时的周总似乎也在憋住一股气，却装个泰然自若的样子。

"新加坡的天气真是琢磨不透，大雨说来就来！"周总轻轻冒了一句，感觉他也很紧张，他用吊在嗓门的声音道，"它们也是来避雨的，看来狗也怕淋雨！"

"雨停了，"我见外面大雨又莫名骤停，惶惶不安地望着周总道，"我们赶紧撤？"

"走！"周总又转身嘿嘿对大狗们摇一摇手，笑吟吟道，"谢谢，再见！"

我随即出了屋，冲向外面不到十米远的自行车，扶起便骑上

○ 乌敏岛一角

就逃，边逃边侧头望去，周总此刻骑车跟在我后面，远远看去这三狗一人也跑了出来，两人朝进岛时租车的方向骑去，骑车时心仍在怦怦直跳……

○ 前面就是"姐妹岛"了，周起彻用心地帮我拍了一张

　　跟着周总马不停蹄地游逛新加坡，前后五天的时间仍然感到是在走马观花，特别在第四天逛游小印度、乌节路、牛车水时，虽然置身于缤纷多彩的世界，但想起南京公司一大堆事务需要我处理，心情瞬间变得烦躁不已，恨不得立马飞回南京。周总讥笑我是个"飞不高的麻雀"，我则认真告诉他，我是公司当家人，虽然公司不大，但几十号人及其家属依赖我掌舵的，我抛下事务在新加坡逍遥，于心不安矣！熬到第五日，我和周总终于重返樟宜机场，准备返途了，心情莫名豁然开朗，新加坡的天空仿佛总是这般碧蓝如洗，我喜形于色，不顾周总如何取笑，情不自禁地吹起口哨来。

　　新加坡这个"袖珍国家"给我并很多人士留下极其深刻思考，故立言以做铭记：

印象之一：其环保

　　新加坡国民的环保意识可真不是一般地强烈，政府在这方面，也花费了大量的心思。首先是严苛的法律，令人望而生畏。第一

右侧竖排：贪上新加坡 ⑧

次扔垃圾、随地吐痰、摘花，就要罚款几百至几千新币；第二次，鞭刑；第三次，对不起，政府诚邀您去免费住几天——满天星级大酒店（监狱啦）。所以，走在路上，就算是一厘米、一厘米地丈量，恐怕都搜不出垃圾来。并且，走在路上，绿化带十分多，花朵、树木，品种繁多，感觉就像走在一个天然的植物园。而且天空湛蓝，云彩很有立体感，洁白无瑕。

印象之二：其和谐

新加坡是一个多元民族的国家，主要分为：华人、印尼人、马来西亚人、阿拉伯人等。这样不同肤色，不同民族的人民生活在这片不大的土地上，能如此和谐、团结、融洽，也是非常难得的。而且走在街上，没有看到过有人因民族纠纷而吵架，更不用说大打出手了。大家都能够互相关心、互相照顾，共同热爱自己的国家，热爱这片土地。举几个简单的例子来说：我去买东西，用英语和一些印尼店主或是马来西亚店主说话，他们都会很友好地跟我交谈，还时不时来点小幽默，说上几句不太标准的中文，丝毫没有为我是外国人而欺骗我。

印象之三：其建筑

新加坡不仅高楼大厦鳞次栉比，还有具有民族风情的特色建筑。各种民族汇聚在一起，就产生了很多的特色建筑，在后来的城市改造中，新加坡的总统还专门划分出了几片保留区域，保留了具有民族风格建筑的区域。在这几片区域里，只能装修内部，不能装修外表。这就让新加坡在千篇一律的都市改造中，享有了一份独有的宁静。

在一座房屋里，我们会看见西方建筑物的影子，当中也会有中国建筑的构件，甚至可以同时看到一些马来建筑风格…… 混合、掺杂了很多不同的风格。

印象之四：其风光

新加坡的风光堪称一流，时尚中透露着古朴，美丽中透露着高雅。驳船码头、鱼尾狮公园、新加坡胡姬花植物园、牛车水、

贪上新加坡 ⊗

小印度、圣淘沙、夜间动物园等等。可谓异彩纷呈，每一处景色都有不同的特点。驳船码头是一个让我印象颇深的地方，南岸是古朴美丽的欧式建筑，北岸却是繁华的金融中心，许多世界顶级银行都聚集于此。西岸是一些具有异域情调的餐厅酒吧，东岸则是新加坡的一些酒店。站在岸边，吹着清凉的微风，顶着蒙蒙细雨，眺望风景，俯览船只，畅思古今，是件多么惬意的事情啊。漫步在新加坡河的河岸边、浮桥上，饱览风景，诗情画意尽在不言中。河岸两旁铜质的雕塑，还原着当年驳船码头繁华的胜景！

印象之五：其美食、美女

不说那垂涎欲滴的美食，且说新加坡那端庄典雅的美女，那一颦一笑的酒窝儿……

新加坡，不虚此行！

借此，深谢我的老大哥周起彻先生，没有你的召唤，恐怕无法成行，也许若干年后才能碰上此好运哎！

撰于庚子 2020 年国庆，新加坡金沙酒店

贪上新加坡 ⊗

○ 胡延／摄

警惕"伪作家"横行乡里

　　春节期间，我应约返老家与童时同学相聚，我一老同学神秘兮兮跟我说，他从上海带来一位"世界名咖"、书法"名宿"巨星祝某某，也是老乡，此时正在如厕，一会儿隆重介绍并引见与我结识，并请祝大师现场题书免费赠予我。据同学说，国内大师级书法以平方尺计价，而曹大师的字在国际上则按寸计价，像一幅对开四平方尺的估计价值高达十万元人民币。

○ 胡延 / 摄

听同学如此认真比画，我饶有兴趣想目睹这位大师的风采，见识大师的墨宝。然又寻思，我虽非书法界业内人士，但我对书法情有独钟，也多少知悉些国内的书法名家，但同学所称书法世界名宿曹某，凭我如何搜肠刮肚，独独不知其尊姓大名呢。

仅仅两分钟工夫，大师在专人簇拥陪护下进了房间，只见大师戴着墨镜，居然梳着一条花白辫子，步履蹒跚但也精神矍铄，满面笑容与我们招手示意，依我同学称大师今年已八十有三高龄，乍一看，要比实际岁数年轻得多。

因同学们事先早已准备好笔墨砚台和宣纸，祝大师在随从帮助下脱了外套，抓起毛笔，蘸了蘸墨汁，一笔一挥写了起来，不到一支烟工夫一幅似美术作品又似书法作品的作品完成了……

在当今书法界，众所周知正在盛行啼笑皆非的另类"书法"，有的龙飞凤舞，有的蛇状、棒棍状，有的刻意搞得歪歪倒倒，洒墨一大片……书者有的长发飘飘，有的身穿道士服，有的身着奇装异服……号称"书法大师""国际书法巨圣""龙的传人"等等。

无独有偶，我在朋友聚会交往中时见某某气度不凡号称"大师"，其人掏出名片，赫然印上中国某作家协会名誉主席、某省作家协会理事等等一连串头衔。还有一位也是非常高调，自称省作协会员，事后一查，确有其名。然而据笔者事后发现，这位仁兄从未撰写过什么文学作品，只是独立出了几个或与他人合作的书，这些书籍是什么"中草药研究""中国历代服装""花卉花园"等，合法性值得怀疑，笔者因曾与出版社打过交道，QQ 信箱经常莫名收到一些某"文创公司"、某"出版社"的邀请函，函称只要你缴五千元，或一次性购一二百册书，便可在即将出版的某某书上冠名，看看实在令人无语。

○ 胡延／摄

看得出，这些"作家"与只知埋头耕作、不问窗外商事、有真才实学的作家不一样，他们并非真正的写作者，有的压根儿不懂文学创作，也从未发表属于自己的文学作品，而是喜好写些打油诗，热衷社交结友，尤其是巴结权贵、攀附风雅，十分高调，频频亮相各种场合，名片满天飞，有的利用"名衔"瞒天过海，骗财骗色骗权，混迹于江湖之中……

这真是：

包拯审娘假与真，
一颦一蹙难分清。
亲娘护儿欲断肠，
假娘同样泪纷纷。
一个凡间弱女子，
一个本是妖魔身；
一个苦难修十载，

一个摇身变娘亲。
真的娘亲假不了，
假的娘亲难演真。
包公判令抢儿定，
判官明镜看包拯。
且说包公槌落案，
当头棒喝斩妖精。

　　我们的作家协会在增收会员入门时应加强对其身份及著作的核对，加以甄别，对不具备一定文学素养能力者应予拒之门外，尽量不让文化骗子长驱直入，被所谓"大师"将香喷喷、好端端的文坛的一锅好饭搅成臭烘烘、乱糟糟的，令人倒胃口的"喂猪食"。

一 帘 幽 梦

——从徐新会长生日想起

认识徐新会长，应该是 1993 年一个明媚的早春。我作为一个"文弱书生"刚刚"下海"经商，对市场经济又害怕又新奇：害怕的是，一身"三无"（无资金、无渠道、无经验）岂不是没事找死？新奇的是，党中央一再号召"改革开放"了，第一个"上阵"说不准歪打正着，心想捞出个"金娃娃"也让父辈们刮目相看，哼哼，让你们小觑我！而此时，徐新会长也与我一样都是二十出头的"毛脚女婿"，既胆战心惊又蠢蠢欲动，仿佛吃了豹子胆，年轻就是胆大，一切烦不了，更没考虑什么后果！

依稀记得我结识徐新会长是省农机物资站一位朋友介绍的，

说刚刚来南京的一个叫徐新的来自盐城市物资系统，他手上有钢材资源（当时谁手上有钢材资源，谁就是"大爷"，就是发财机会）。我还记得是在西康路一个地方结识徐新的，见面时见他穿着一件厚厚的棉衣，与我一样虽有激情但也有些腼腆，不善言辞。一头乌发，又亮又蓬，不像现在有些谢顶。我是求买的，他是求卖的，两人话不多，相互简单自我介绍一番便各奔东西。

此后，我与徐新多次往来，成为很好的朋友。

岁月如歌，斯已老矣。

转眼间，我与徐新从"毛脚女婿"变成"岳父大人"，虽已两鬓斑白，"老钢人"心潮澎湃，只待新生代来日"弥补父之缺憾"了……

值此老朋友徐新先生生日之际，谨赋诗一首献与徐君：

徐迟问当下，
新页谱物穰。
先诲新生代，
生留青史传！

作于二〇一九深秋

如此诱人老米酒

　　我自小在江苏东端吕四渔港长大，除了海鲜产品外，印象最深的就是家乡甜滋滋的老米酒（当地人又称"老白酒"），可我一直对那些贪杯嗜酒者，打心底就无一分的好感！

　　我亲眼所见有些酒醉者，砸物打人有

○ 胡延／摄

之，狂笑撒野有之，指桑骂槐、寻衅滋事有之，脱衣奔跑、逢人便抱有之，也有躺倒如一团烂泥，随地呕吐秽物，醺人酒味浓浓袭鼻而来的……

我少儿时对酒避而远之，嗅嗅即惧，何敢品尝？但每每看到父亲或独自品享，或与人举杯畅饮，不知不觉对此物有几分鲜奇，记得上初中时一次放学回家，见家中有酒坛存放的老白酒（为老米酿酒，酒精度数为 10 度左右，江苏启海一带桌上必备之物），突生尝酒奇想，于是打开封盖，用木勺纵深舀了少许，先用舌头舔舔，感觉舌尖麻麻又有丝丝甘甜，进而斗胆饮了一口，瞬间感到舌头有些麻乍乍，又连饮二口，渐渐脸热耳燥起来，遂跑到镜子前一照，好家伙，除了脸颊绯红，连脖子都飘上了红云，这应该是我平生第一次喝酒的经历。

我是土生土长的南通启东人，家乡一带盛产米酒，米酒，又叫酒酿、甜酒，旧时叫"醴"。此物入口甜滋滋，稍带酸溜溜，酒精含量仅 8 ~ 10 度，极易引诱人上当，即一旦饮过头醉了，没几个钟头醒不过来。这老白酒是用糯米酿制的，逢年过节，炖上一壶老白酒，举家觥筹交错、把酒言欢的热闹场景，大家再熟悉不过了。启东米白酒，以其独特的风味、良好的品质和低廉的价格，成了居家小酌、款待亲朋好友的必备物。一碗醇香四溢、热气袅绕的启东米白酒曾经"醉"倒过无数南来北往客。

我一直在想，《水浒传》中武松那厮醉拳打死山中之王老虎，在"三碗不过冈"喝的三大碗肯定就是老白酒，如果是高度白酒就不可能咕咚咕咚一碗喝个底朝天，而老白酒可以做到一饮而尽，喝了老白酒后的状态符合武松打虎无所畏惧的特征，酒力慢慢上，醉醇后劲足，一旦到了朦胧时，眼前出现什么东西都当玩偶，连玉皇大帝都敢顶撞，何况老虎乎？从各个角度判断，武松那时喝

○ 胡延／摄

的就是老米白酒。

　　老米白酒主要原料是江米（糯米），所以也叫江米酒。酒酿在北方一般称它为"米酒"或"甜酒"。老米白酒是用蒸熟的江米拌上酒酵（一种特殊的微生物酵母）发酵而成的一种甜米酒。其酿制工艺简单，口味香甜醇美。酒精含量极低，因此深受人们的喜爱。

　　而在启东民间，素有"十家三酒店"之说，意为说明启东酒店、酒坊之多。由于酿酒比较方便，有的干脆"前店后坊"，前面备些熟菜摆上些桌凳，就是酒店。有首民间歌谣这样唱道："老米酒，笾字火，除了皇帝就数我！"

　　家乡这种老米酒色泽清亮，味道醇甜，质浓而不伤脾胃，经过有关部门化验，该酒含有多种氨基酸和维生素，营养价值丰富，还具有健脾胃，舒筋络，消痛化瘀的功能。配以中草药，还能帮

助祛治风湿，医治瘫痪。据说老米酒已有千年酿造历史。唐朝黄州刺史杜牧留下"借问酒家何处有，牧童遥指杏花村"的诗句，至北宋大诗人苏东坡高歌"酸酒如齑汤，甜酒如蜜汁。三年黄州城，饮酒但饮湿"，历代文人墨客盛赞老米酒。

家乡老米酒，酿者代代相传，饮者千年礼赞，启海人沿袭祖上习俗喜欢自酿自饮，自行其乐。千百年来，祖宗上辈曾以烤箆子火、饮老米酒，视为风调雨顺、国泰民安、生活幸福、其乐无穷的象征。

老米酒色似海棠香如蜜，甘甜可口味醇厚。冬饮祛风去寒，夏饮提神健脑。具有养颜益寿，滋阴补阳，舒筋活血等功效。

勤劳的启海人历来会酿老米酒。相传在明朝正德年间，启海一带闹饥荒，百姓无钱买酒。无酒不成席，怎能取得团圆之乐呢？一天，从河南来了一位须发全白的老人，自称酒翁，传授制曲和制酒的方法，祖宗以此效仿自制。

米酒的制作原料主要是糯米，还有特制酒曲。先用木制蒸笼将糯米蒸熟，盛出打散，并摊散在竹匾里，要均匀。备一碗温热水（20~30度），洒在糯米上，拌匀，使之变疏松，不可挤压。至凉（没有热气），再在上

○ 胡延/摄

如此诱人老米酒 ⊛

面撒上一层酒曲粉，拌匀。再将糯米盛到一个陶制坛里（坛里盛有温热水，不能多），不可加压，密封此坛口，还要用棉絮罩在坛上（保温），装入一箩筐内，如是气温低，须放在火炉边保温。三至四天后，就可开盖，香气扑鼻，糯米变软，尝之有甜味，一坛老米酒就成功了。

一坛米酒做成功了，还需要"搬酒"，意思是要将酒糟滤出，即可得纯酒水的老米酒了（酒糟已分离）。有的人则喜欢喝"壶子酒"，即开坛之时，从坛里取出的原始米酒（没有加水）。壶子酒味道极好，浓度很高，有的能点着火，为米酒中的上品。

如果在做米酒时，加入菊花或桂花，就可得另一种味道的"菊花酒"或"桂花酒"，风味独特，菊花春老米酒以优质糯米为原料，经漂、洗、蒸、凉、拌入特制中草药米曲，密封发酵，糖化后加适量凉开水继续密封半月左右，去渣即成。因一般于九月重阳菊花盛开的季节酿制，故名"菊花春"。菊花春老米酒色清淡，味醇厚，甜中带辣，略有酸味，含氨基酸、葡萄糖等多种营养素，具有祛湿、开胃、通筋理气、壮骨强筋、滋阴养血等功能，对因风湿引起的关节炎、筋骨痛、腰腿痛，有显著疗效，是产妇的滋补剂，亦是老少皆宜之饮料。每逢冬日，人们围坐于火炉旁，煨一壶老米酒，开怀畅饮，谈笑风生，其乐浓浓。

人工酿酒一定晚于陶器的制造，否则便无从酿起。据考证，约在6000年前人工酿酒就开始了。《孔丛子》有言："尧舜千钟。"这说明在尧时，酒已流行于社会。"千钟"二字，则标志着这是初级的果酒。《史记》记载，仪狄造"旨酒"以献大禹，这是以粮酿酒的发端。

自夏之后，经商周，历秦汉，以至于唐宋，皆是以果粮蒸煮，加曲发酵，压榨而后酒出。不少西方人都以为米酒是日本人的创造，但岂知，它实际上是中国人首先酿造的含酒精的饮料。而日本酿造清酒的技术是从中国引进的。早在公元前 1500 年，中国的甲骨文中就提到用酒祭祀之事，公元前 8 世纪，中国古代诗人也曾作诗描绘人喝醉酒的场景。

至迟在公元前 1000 年左右，中国就发明了发酵酿酒的技术，使酿出的酒中酒精浓度比普通啤酒至少高三倍。中国造酒技术之所以优越，在于最早使用曲来酿酒，并且还发现要提高酒中的酒精浓度，只要在发酵过程中不断加进熟的经过浸泡的谷物即可。这是世界第一流的酿酒技术，它酿出了高浓度的酒。

陆放翁在《游山西村》这首诗中提到的腊酒，俗称"米酒"。这是一种以糯米为原料的家酿土酒，色白，稍浑浊，性若黄酒而口味较淡，后力较足。一般是腊月酿制，春节饮用，故称"腊酒"或"春酒"。既然陆放翁老先生如此描述，那说明南宋时代的绍兴农村中，酿制和饮用米酒已是一种普遍的现象。沙地人的饮食习惯传承于绍兴，米酒也不例外。

许多人家过年前都要做一两缸米酒，春节用来招待客人。有的自己动手酿制，有的请人代劳。制作的方法是：先将糯米浸涨，淘干净，用甑桶蒸成干饭后，摊于竹匾之上，用凉水浇淋，使米饭松散而不黏结，然后将酒曲碾碎拌入。酒料入缸前，须用热水温一温缸。入缸后，将酒料表面抹平，并在中心处打一酒窝。

为促使发酵，酒缸须保温，不仅缸口覆草盖，缸壁也要裹上稻草、棉絮、塑料薄膜等。三四天后，视酒渗至酒窝一半，即可放水（必须是冷水），米、水的比例各占一半为宜，故米、水都要过秤。即使想多放一点水，也不能超过一成。放水后一两天，酒料表面会出现花纹细裂，这时就用棍棒搅拌，俗称"开拔"。须隔日搅拌一次，共搅拌三次，分别称"头拔""二拔""三拔"，此后无须再动。一月后，即可开缸饮用。"开拔"时，酒料表面有否细裂，是决定米酒好坏的主要标志。有细裂者酒不甜，味醇厚，为善饮者所称赏；反之，味甜腻，力不足，只能供妇女、小孩尝用。

2007年，崇明老白酒被国家质检总局授予地理产品保护标志的称号。崇明老白酒是一种风味独特的酿制酒，它入口微苦、带酸、略甜，并不像有的酒，苦津津的受人弃，甜滋滋的叫人厌。甜酸苦三者兼有的崇明老白酒，饮后这独特的味道令人喜欢、使人思念。早在1982年出版的《上海特产风味指南》一书中，就被列为上海市的地方名酒。

据传崇明老白酒的酿造历史也有700多年。那么它又是怎样开始，由谁酿造而成的呢？相传崇明还未连成一片时，是一个个分开沙洲。外地来落户的百姓种的都是走脚田。即指居民要到离家很远新套圩围成的地方去种田。由于离家有十多里的路，不可能回家吃中饭。早晨出发时，须带上茶水和中饭，中午时分在田头食用后，再开始下午的劳作。免得来回奔波。这一天，时值初夏，有一位老农带着家里昨天裹好的粽子当点心，来到海堤旁新垦出的土地上耕作。他走到田埂边，就随手把所带的粽子放到一旁的草丛内，以防被日头晒坏。老农动手翻起地来，很快就到了太阳当顶时分。他正准备吃中饭时，突感肚里不适意，胃中似有什么东西在膨胀，因此没了胃口，再也吃不下一点东西，只喝了几口水，在田头休息了一会。好不容易支撑着挨到了傍晚，就又带着动也未动的粽子回家而去。

第二天早晨，那位老农从篮子里拿出昨日带回家的粽子，想放在锅里再煮一番，以免变质。没想到这篮里的粽子散发出一种微微的好闻气味。拨开包裹着粽子的芦叶，用舌头一舔这米粒，竟酸甜可口，味带醇香。这老农百思不解，这是怎么一回事？他带着疑团又来到了昨天走脚田边放粽子的地方，前后左右细细察看了一番。再三思索后想，放粽子的地方长满了辣蓼草，莫不是它所开的花粉撒落在粽子上，发酵后才使粽子变成这样？

老农是个有心人。他细心地刮下四旁辣蓼草枝上的花粉，回到家里，将它撒在煮熟的米饭上，细细拌匀后置放在缸头内。第二天，那缸内的米饭果然成了香味四溢的"酒饭"。几天后，那放置在家的酒饭中溢出了甘醇清冽的水酒。

这就是崇明酿酒的起始。如果到崇明乡间走一走的话，乡下年纪大一点的老人都知道，这田埂边长的辣蓼草俗称酒药草，用它可以制作发酵米酒的酒曲，原先农村里用它来酿酒，挺便当的。

说起崇明老白酒，大家可能都知道，它是一种酿造酒，和黄酒等属一个类型，先前大都由农家自行酿制，因此又称为水酒、土酒、村酒。而白酒是蒸馏型酒，其酒精度远远高于酿造酒。在崇明，一般都把白酒称为烧酒，而把水酒、米酒称为老白酒。为什么把酒精度较低的酿造酒称为老白酒呢，这缘起于明朝万历年

如此诱人老米酒

间的一个故事。

相传有一位王姓的崇明人考中了进士。中举后当然会做官，王进士被朝廷派遣至山东地界做了知县。这位王知县生性爱喝几杯老酒，平常有事没事，总要独自小酌一番。也因为他爱喝酒，他未几就与当地一批读书人交上了朋友。他们常常聚在一起，推杯换盏，谈诗论文。在王知县所交的这些朋友中，有一位姓郭的秀才，他也爱好喝酒，且酒量特别大，每次王知县和他比试喝酒时，总是败下阵来。为此，郭秀才也常常借着酒性讥笑王知县，说是他从崇明地界而来，小地方根本没有什么好酒。哪像他们山东，老高粱酒喝起来令人开怀畅意。王知县为此总在心中思谋，找机会要在喝酒时教训教训这姓郭的。三天过去了，王知县坐着轿子来到郭家造访。进得郭家屋内，见郭秀才正神情憔悴地躺着，好似刚生过一场大病。王知县故作不明原因，问郭秀才为何如此这等模样。郭秀才把手一摇，连说"惭愧惭愧，我不知道大人家乡的水酒还有这样厉害，害我卧床三天，醉得什么也不知道"。王知县不由笑着说："本来今天我还想请你去喝这水酒，谁料到你会这样，看来今天你是喝不成了。"郭秀才悔恨地抱怨自己说了大话，不配再姓这郭。王知县见状安慰他道，当初打赌原本是开玩笑，不用当什么真。"只是这酒……"郭秀才见王知县告辞着要离开时，说了这么一句，"大人，别看它是水酒，其实要比我们这里的白酒厉害得多，我看应该叫它老白酒才是！"

结婚那天，亲朋好友齐聚一堂，婚姻是人生最重之事，这个洞房花烛夜岂有不饮之理，在同学朋友们怂恿下，我再次敞开酒量，肆无忌惮地灌饮这家乡老米酒，热闹完了，众亲好友散去，洞房里只留下妻子和睡成死猪的我，可怜的妻子用冷毛巾反复在我的额头敷了一宿……

此后，我发誓再也不馋老白酒，无奈又逢若干年后宝贝女儿抓周，中年得女狂欢时，我再次端起酒杯，豪情万丈，以老子天下第一的狂妄，连饮三大碗老白酒，可谓"丈夫得意何为纵？抒怀畅饮老白酒；贵贱成败随它去，至死不渝这一口！"

淡淡幽幽的老米白酒，犹如仪态万方、若隐若现的村头"小芳"，其翩翩仙风，魅力无穷，惹得男人们心猿意马，也不知勾引多少痴情的英雄好汉，醉倒在其"石榴裙下"。

撰于辛丑 2021 年夏，通州湾商务中心

品高艺斐然

——记金陵书法院院长赵小平先生

掐指算来，认识小平兄有十五六年了。

初见小平兄，是由浦口区政协朱久康秘书长介绍引见的。记得是个秋高气爽、风和日丽的下午，笑容可掬的朱秘书长带着几个人跨入我江北工厂的办公室，在朱秘书长后面紧跟着一位西装革履的男士，只见他梳着油光锃亮的头发，系着耀眼的猩红领带，领带的下端别着亮灿灿摇晃晃、带着坠莲的黄金领夹，而在他的后面又跟着几位派头十足的美女和先生。见朱秘书长一行人突然造访，我一时愣住了。朱秘书长向我介绍了这几位，其中就有本文的主人翁——南京金陵书法院院长赵小平先生。

（一）"傻帽"书法家

    小平兄显然是"艺""品"皆好的代表。记得2020年春节将至，作为栖霞区政协委员的赵小平应该区某养老院胡院长再三之邀，为该院及老人撰联写福，时至大年前夕，各家都忙着张罗置办年货，妻子劝他少接"闲活"，而他却偏偏不听，带着自备的笔墨和宣纸，驾车直奔这家养老院。

    一跨进养老院大门，就见眉开眼笑的胡院长，以及他身后跟随的两位老板。在他们后面的餐桌上，搁放红白纸张各一沓、一些笔墨，及果盘，赵小平笑着扬扬手中的宣纸笔墨说："我这东西都专配的，你这些不管用真不用买，省点钱买菜！"

赵小平说着便铺开纸张，举笔蘸了蘸墨开始笔走龙蛇，一幅幅遒劲有力的书法作品跃入眼帘，字体挥洒自如、浓淡相宜，笔势恢宏干净利落，不时引起观者一阵阵喝彩声和掌声。两位老板一手握着字条、一手拿着拽钱的信封，争先递交赵小平，赵小平依各人需求一一满足，他又瞟了瞟蠢蠢欲动又羞于启口的服务人员，领会他们心思，也逐个为他们每人作了一幅。

两位老板领了赵小平墨宝喜滋滋地出了门。胡院长用胳膊碰了碰赵小平，说："赵老师您是著名书法艺术家，难得来我这养老院，我院有个八十七岁的老人，老人家有四个儿子，老大是大学教授、老二是在山西做钢铁贸易的著名企业家、老三是某市副市长、老四则是某市慈善总会党支部书记，可这四个儿子却四不管，连个老人在养老院的规费都拖着不缴，拖了快九个月时间，唉！我都吃不消了。怎么样？您是有影响的名人，慰问下这老人可好？哦哦，"胡院长又拍拍脑袋说，"还有一个瘫痪在床的老人，儿子、媳妇一年前送来时丢下一万块，此后连个影子都没来，我们打无数次电话找他们都是关机，老人吃喝拉撒带看病费用全归养老院管了，我想想这些人良心都给狗吃了，我知道您既是艺术家又是政协委员，是帮困难群体的老好人，咱去看看这些可怜的老人？"

"这些龟孙儿真不像话！"赵小平听了胡院长一席话愤愤不平道，"行行，你带路，我跟你去看看这些可怜的老人呗！"

胡院长带着赵小平跑到黑沉沉走廊，拉开昏暗的宿舍门，一

股霉味加刺鼻的老人味朝赵小平
扑面袭来，赵小平不习惯趔趄几
步，他定神一看，见昏暗中一位
老人一边发出无助的呻吟声，一
边死命撑着想抬头四处张望。他
立即想到这老人很像自己小时候，
看到临终前床上外公的样子，他情
不自禁上前用手小心翼翼托着老
人的后脑勺，老人混浊的眼睛顿时
亮了亮，沁出两行扑簌簌的泪水，
嘴上发出含糊不清的喃喃声，赵小

平看得出，老人把他当成自己儿子了。他心一酸，两眼也情不自
禁淌出泪水，他悄悄地用衣袖拭了拭。

"胡院长，"赵小平侧目问道，"这老人家欠费多少？"

"九个月，每个月 3600 元，一共 32400 元，"胡院长想了
下算道，又皱眉叹道，"唉，我只能养这老人到月底，手头空了，
连服务员工资和吃饭钱都没着落，哪里再顾上这老人呢？唉！"

"胡院长，"赵小平满脸严肃，一字一顿道，"这老人费用我付，
再加一年，你要照顾好他！"

"您这……这话真的？您……您莫非跟我吹吧？"胡院长语
无伦次，惊讶地瞅着赵小平。

"谁跟你吹？我是认真的！"赵小平语言铿锵，他将随身的
公文包打开说道，"这是我刚收到的十万元稿酬，你给我打个收据，

这老人我养了！"

"哇，到底是大艺术家，大铺大铺，厉害厉害！"胡院长眉开眼笑，道，"我去拿收据，我去拿收据！"又转身点头哈腰道，"隔壁还有另一个老大难，赵老师是否好事成双，帮扶帮到底？""带我看看！"赵小平摆摆手道。

"赵老师是咱院老人的大福星！"胡院长一边恭维，一边带他走向隔壁那"四不管"老人房间，刚推房门只听"扑通"一声，赵小平不看不打紧，一看吓大跳，只见年近九旬老人从床上翻落在地，赵小平和胡院长大惊失色，连忙上前搀扶老人，但老人咬紧嘴唇，屁股不能动弹，双手只是挥舞，死活不让他们搀扶。

"糟糕！老人恐怕髋股骨又断了，"胡院长喟然长叹道，"唉！这老人一无保险，二无家属料理，全摊在咱养老院，怎么办啊？！"

"别愣了，赶紧打120，送医院！"赵小平着急道。

"说得轻松，到医院得花钱，哪来的钱啊？！"胡院长沮丧道。

"你们养老院为了钱不讲人道，老人死活就不管？"赵小平指责道，"你赶紧联系救护车送医院，你养老院付不起这钱，那由我来付呗！"

"那……那，"胡院长唯唯诺诺道，"既然赵老师真愿意花钱，我就联

○ 本文作者与赵小平合影

系救护车了。"

不一会儿，胡院长联系上救护车，大家合力将老人抬上车，送到了市中医院。老人住院期间赵小平忙上忙下，前前后后用自己的信用卡和支付宝又预缴了老人入院手术治疗费近五万元。

傍晚时分，赵小平拖着疲惫的身子回到家，看到妻子煮了一桌菜在等他，贤惠的妻子看到他十分欣喜，道："听你朋友老贾说你刚获得上海某博览会资助方十万元稿酬，这下太好啦，正好给你置办些衣服，你我各一件，凑个情侣装。""听老贾瞎说，根本没这事！"赵小平看着失望的妻子，又语气暖和道，"我们衣服够穿，等我真挣钱了，再改善不迟嘛！"

（二）低调行善"赵丹青"

低调行善，个性倔强是赵小平一贯做派，他的家人深谙其秉性，硬劝软泡对他而言，如同搬石功夫用在山顶——毫无效果，故只能依他"任其泛滥"。

故而他身上离奇的傻事很多！

说来，赵小平家里经济条件并不宽裕，儿子今年三十出头了，谈对象谈了五六年，就苦于缺钱买房致使婚期一拖再拖，家人就眼巴巴盼着赵小平有朝一日能够"飞黄腾达"，挣他个几百万好在南京城买套"婚房"。好在小平兄的书法技艺越来越精湛，名声也越来越大。自然引来一队又一队自愿掏钱买他墨宝的商贾达贵，除了卖字，他还开办了少儿书法培训班。这几年来，赵小平凭借近乎炉火纯青的赵氏笔墨，居然也挣到在南京城够买一套百十平方米商品房的钱，当然令妻子喜不自胜，儿子的婚姻有谱了。

正当小平全家满怀喜悦心情筹划为儿子购置婚房之时，始料未及的天灾人祸接踵而至，河南郑州发生千年难遇的水灾，南京城又一场"新冠疫情"来势汹汹突如其来！

赵小平惊诧地看到电视播放河南郑州遭遇的水灾，他心急如焚、久久不能平静，他瞒着家人和朋友，拿自己的"私房钱"（采访时赵小平不愿透露其数额）以"赵丹青"之名偷偷地捐给了受灾群众。后来一次见面，我问他为何要这样做，他沉吟良久告诉我：这样做不为别的，只是对得住自己一颗良心，因为自己从小饱受各种苦难，如今条件渐渐好了，都是享共产党福，咱要懂得报恩，行善天知道，也没必要为此宣扬！

祸不单行，南京城刚送走大台风"烟花"，又突发境外输入性"德尔塔毒株病毒"传播事件，赵小平自发投入志愿者队伍，一边通宵达旦，创作笔墨作品，进行义卖捐款，一边购买防疫物资，与广大医务人员勠力同心，抗击疫情！

两场灾祸"榨取"了赵小平不少财力；其妻苦笑又无奈地告诉笔者，看来他们儿子婚房这档事又得拖延下去了。

赵小平长期热心于公益活动，2016年担任南京残疾人爱心之家名誉校长，2017年南京首届慈善总会颁发其慈善之星称号，自2009年以来为福利机构、商会爱心捐赠活动捐赠书法作品二百多幅义卖近六十万元，他还经常向来宁外来务工子弟免费送文房四宝以及悉心传授书法技艺！

（三）钢界艺术顾问

赵小平还担任江苏省钢铁服务业协会文化艺术顾问（从下简称"省钢协"），笔者作为该协会文化艺术专委会主任，因业务关系两人自然少不了见面交流。

7月15日，"省钢协"在东郊仙林举办了"钢铁研究院揭牌暨庆建党百年企业家风采录特刊发布会"，省钢协陈达会长布置任务给我说，届时来自各地的钢豪文杰将参会，事关"省钢协"文化底蕴之家底及颜面，必须既勤俭节朴又精彩纷呈，这道题着实让我脑袋想得发痛，天下哪有不花钱又能办得轰轰烈烈的事呢？关键时间还很紧，次日下午大会就要召开，等于只给我一天一夜的时间！

时间紧、任务重。我苦思冥想，突然想到，赵小平不是协会文化顾问吗？让他写幅书法作品助兴，他还会收费不成？我作诗他泼墨，弄幅助兴玩意儿完全不是个问题，于是我拿起手机拨给赵小平。

"印董事长有何指示呀？"电话一通，便传来赵小平熟悉的声音，他一直称我为"印董事长"，或许我在他眼里一向"不太懂事"，故有此称呼。

"明天钢协在东郊有个大会，您可知晓？"我反问他。

"知道知道，由董事长您主持发布会，需要我做什么？"赵小平态度很好。

"您是协会文化顾问，可不能顾而不问哦，"我跟他开玩笑说，

"给你一个任务，能否完成？"

"什么任务尽管吩咐。"小平为人爽快，说话做事从不兜弯子。

"您帮我写幅字，一幅长长的字，需要在大会上展示用！"我直话直说。

"什么内容？您发给我，"赵小平又道，"不过我人在淮安，估计晚上九十点才回南京工作室，我加班写！"

"啊？您跑到老家淮安去了，能来得及干这个吗？"我一听大惊失色。

"请董事长放心，保证会完成任务，决不影响大会的作品展示！"赵小平又问，"你让我写的内容，你要发我哦。"

"是首诗，待我想好发您。"由我作诗、小平泼墨这种合作方式不是一次了，他很了解我即兴作诗的速度，以小平兄书法创作速度，我相信此次也是合作无间。

"好，我等你的诗，回来见，我的董事长！"赵兄挂上电话后，我凝思了下，结合第二天的会议精神编了首小诗，几经修饰后发给赵兄，取名《钢诗激荡》：

七月十五聚汉爵，
钢院揭牌特刊开。
蓬荜生辉星熠熠，
钢豪文杰竞风采。
今番播种盼明获，
壮士青丝也熬白。

倾情只为彩虹浓，

试问哪朝比当代？

贺江苏省钢铁服务业协会钢院揭牌、特刊创办，即兴诗于辛
丑夏金陵，文剑诗，赵小平书

诗中"汉爵"为大会下榻召开的汉爵酒店，与会者既有钢铁
界大亨又有文学界"大咖"，故称"钢豪文杰"，本诗通俗易懂，
平仄对仗押韵，赵兄收到后立即复了个赞。

次日晨，我刚从睡梦中醒来，手机"嘟"的一声，我打开手
机一看，微信中是赵兄发来的一幅洋洋洒洒、雷霆万钧的书法作
品图，定神一瞧，正是我写的那首小诗！

"好样的，这家伙真是个快枪手！"我猜想他昨晚风尘仆仆
从淮安返宁，一路劳顿顾不上休息便加班加点，将这幅作品搞定，
也不知他忙到几点才盥洗休息，心头对他的钦佩油然而生，于是
我连发几个赞和鲜花，表示由衷的敬意！

有了赵兄这幅压轴戏作品，我心里有了底气，同时我又让协
会另外新聘请的三位书画家各写一幅"'钢'举目张，群英荟萃"
之类的作品，叮嘱各位艺术家届时携带到会场，一场钢与文、墨
与诗相碰撞的盛会即将拉开序幕。

晚会上，显然赵兄的墨宝是众望所归的舞台压轴戏。会务人
员一一展示其他书法家的作品后，我让礼仪小姐款款举上赵小平
这幅笔走龙蛇的墨宝，立即获得嘉宾们的满堂喝彩，我介绍这幅
作品系小平仁兄昨晚从淮安出差返宁后连夜突击加班创作而成的，

品高艺斐然 ⑧

　　听了我这深情的陈述后，大家报以热烈的掌声，这掌声在汉爵酒店熠熠生辉的会议厅上空久久回荡。笔者深知小平仁兄运笔功夫，那结构布白或神异奇谲，或潺潺潺流水，或雄挺磅礴，或凌厉奔放，系无数个日日夜夜勤学苦练，浸透多少个春夏秋冬方能达到的旷空意境。我无意间突然发现，此时的小平仁兄正低头用手帕抹了抹眼睛，蓦然感觉他似乎在颤抖、在无声地哽咽，作为好友，我了解他并不在乎掌声和鲜花，那促使他喟然动情的原因又是什么呢？

　　小平兄，我得再一次好好研究你。

　　谨以此文献给我的好友——赵小平先生。

　　　　　　　　　撰于辛丑 2021 年盛夏八月，南京东郊汉爵酒店

○ 左一为赵小平笔墨
作品《钢诗激荡》

勾 魂 掼 蛋

本剧人物（按出场先后）：

宏兄弟（又称"五百年"）， 赤株市宏图钢铁股份有限公司总经理。

蔡哥（又称"蔡光头"）赤株市某机关公务员。

侯总（又称"侯股王"）赤株市退休干部。

胡总，赤株市《都市见闻》总编辑。

我，《天南海北》杂志社记者。

（ 一 ）

不知哪位淮安大神吃了什么灵丹妙药，研制出名称土得掉渣

○ 胡延／摄

的"掼蛋"牌艺，居然堂而皇之风靡祖国大江南北，甚至走出国门，大有席卷全球之势。

周末怎么办？请客聚桌打掼蛋。饭前餐后不掼蛋，好酒好菜都免谈！

不管何等人物，在牌桌上，牌品如人品，谁吝啬小气，谁斤斤计较，谁宽宏大量，谁狡诈多疑，谁粗枝大叶，两局下来其性情会暴露无遗，尤其玩那掼蛋，把一起玩牌的兄弟们的性情统统做了一次又一次的"CT"。

通常到了周五，便有被称"秘书长"的宏兄弟来电撩约："董事长怎么样？又到周末了，明天还到你中央路老地方掼他两局？"

闻秘书长又召集，心里便蠢蠢欲动，呵呵一乐回道："好好，明上午九点半？"又道，"人喊齐没？"

宏兄弟回道："只要你答应，剩下的事老弟办了！"

"由秘书长你安排，明上午九点，不许迟到哦！"

次日上午九时许，一干兄弟陆续赶到。

从来守时守规的蔡哥，一步跨进门，头一探眉头一拧，嚷道："什么玩意儿，说好九点，人呢？"

"您是正规军，他们都是土老帽，"我嘿嘿一乐道，"说得不好听，他们一伙都是不守规矩的土匪，您哪能跟他们相比，都像您如此守时守规，跑到机关当干部多惬意呢，对不对？"

"倒也是，倒也是！"正当蔡哥摸着光秃秃头颅频频点头时，戴着草帽的兄长侯总陡然闯了进来，只闻他朗朗笑声："上次输的那点钱，今儿碰上了个牛股，哈哈！算算有二百倍给弄回来了，今天你们放大点也不怕了，嘿嘿！"我们几个人掼蛋只为开心，涉及金额极小，远未构成赌博。

"二百倍？"我掐指一算，说，"你……你今天股市赚了两万？"

"哎哎，对你来说小儿科，对我而言发大财！"侯总眨眨眼，又道，"其实今天这个也算不上亮鲜，我最多一次前后也就一两局掼蛋的工夫，你们猜猜赚了多少？"

"多少？"侯总语速快，我一时听懵了。

"十万零五百！"侯总眉飞色舞。

"牛，两个钟头赚十万零五百？真是个侯股王！"蔡哥听了两眼满是钦佩和羡慕，情不自禁伸起大拇指。

"那还了得？照这样干，按每天两次的话，十天二百万，一百天两千万，一年按三百天算就是六千万，且边赢边玩，岂不快活

勾魂掼蛋 ⑧

到死，还干什么屌生意啊？"我掰着手指算了算，惊呼道。

"狗屁，这种事啊千年等一回！"侯总睨视一下，摇摇头道。

"你们这牛皮都吹上天了，"正在我们有说有笑时，"掼蛋一号"表兄阿峰撞了进来，抖抖手上一袋桃子笑呵呵道，"嗓门够大的哟，我在电梯里便听到你们几个在疯吹大牛，先吃桃，后吹牛呗！"

"怪不得峰哥一直走桃花运，这会儿找到原因了，峰哥原来喜欢吃桃子啊！"循着声音看去，门口站着嬉皮笑脸的"秘书长"阿宏，阿宏大步走了进来，又道，"怎么，变成五个？算了算了，你们正好四人一班，今儿我不掼了，老弟我为哥哥们做做倒茶递烟的服务，我在一旁观摩学习各位哥哥牌技了！"

"五百年，你别臆怪不拉了，"蔡哥揶揄道，"还充什么秘书长，每次活动都是倒数第一，参会倒数第一，输牌首屈一指，印家五百年就数你第一！"

宏兄弟又称"五百年"，这名是"掼蛋一号"阿峰取的，其喻意指印家五百年诞生这么个人物，夸赞其智慧、刚毅、玩转女人本领，为前所未有的男神，阿宏的"五百年"仅限于牌兄牌弟之间的称谓。

"我看，人都到齐了，你们四人得抓紧时间干起来，我得赶篇稿子，可能还需会见个客人故不能参掼。"我将一副牌放在桌子上道。

"既然董事长参加不了，五百年就得上桌了，还那老规矩，干呗！"蔡哥道。

"那……那我就代替董事长上了？"宏兄弟用期待的眼神望

着我。

　　"当然你上了，要是打输了算我的，要是赢了你我要平分战果哦！"为了激发五百年斗志，我又补一句，"放开打，我做你后台老板！"

　　"那不行，你和我养猪可以，输赢各担一半！"宏兄弟倒讲原则，道，"你们富有我羡慕，但不过我宏弟也没穷到让你们援助的份上，即使输了，我每盘即付，愿赌服输！"

　　"有骨气，上！"蔡哥爽言快语，取了烟缸放在跟前，抱着满装茶叶的大茶杯坐上了位置。

　　而后侯总、阿峰和五百年三人依次坐定，四人熟练摸牌，随后抽出对家组合，根据牌面一致的牌号，得出侯总和阿峰组合，蔡哥与五百年组合，组合确定后，很快进入战局状态。

（ 二 ）

　　掼蛋的魅力，在于分别建立"不可知"攻防体系，即讲究组合之间的"集体性"，切忌"单兵作战"，我行我素的思想要不得，牌不好时也要做到"雪中送炭"，彼此"同舟共济"，端正心态，抓住每次机会，期待"柳暗花明"，而抓得一手好牌时，切勿"气焰熏天"，目空一切，尤其在对方仅剩六七张牌的时候，还在鄙夷不屑。常常会出现峰回路转、哀兵逆扭、强遭弱欺之局面；掼蛋秘诀在于，一是变化多端，二是记牌超强，三是装腔作势，在沮丧装穷时，陡然打得你措手不及，瞠目结舌。

勾魂掼蛋 ⑧

这四位爷们性情各具特色，均属掼蛋高手，坐在一起阴谋阳谋一番算计，都想置对方一组于"死"地。

侯总和峰哥这一组堪称"黄金搭档"，一个有着司马懿般的老谋深算，一个有着诸葛亮布兵式的细腻精明，而这二者虽然战术役法自成一派，经验老到，但其风格不尽相同，甚至某些环节中风格迥异，相同的是取胜迫切，均容不得半点失误，因而一旦对方出牌存有瑕疵，便有了怨嗔，其实在打牌过程中不仅变化多端，而且是有朝向的，比如侯总想往南攻打，而峰哥想朝东攻打，角度的不同导致抱怨多多，矛盾重重，有时无往而不胜，有时却身陷困境，彼此眉头拧成倒八字状，气氛十分凝重。

反观蔡哥和五百年倒是特"奇葩"的一对。一个趾高气扬，自诩"掼蛋师爷级"，言之凿凿；一个谦卑恭顺，自称"掼蛋徒工"，言之慎慎。蔡哥是机关干部，排兵布阵讲究逻辑严谨，从他抓牌理牌可以看出，手上再多的牌从头到尾都是工工整整，秩序井然的，让旁观者一目了然，不仅如此，他两眼如炬，掼蛋过程中，谁有小动作，牌的张数及品种是否涉嫌重复或短缺，都逃不过他的法眼，他会准确无误地指出，并像庭审法官一样告诉你，什么是故意的，什么是过失的，严肃加以纠正，决无含糊，在他眼里谁想瞒天过海、瞒报过关，简直是痴人说梦！与一贯"养尊处优"的蔡哥恰恰不同的，其搭档五百年宏兄弟却"逊色不少"，倒不是他使奸耍滑，而是他善于见风使舵，也许多年来人受尽商场上的无情鞭打与折磨，让他早已学会"见人说人话、见鬼说鬼话"的本领，人们往往把不声不响的狼狗认为是凶猛的，五百年就是这一类，要说打掼蛋之凶猛，宏兄弟堪称"一绝"，有句成语叫作"鸷鸟将击，卑飞敛翼"，这话好像为五百年专门量身度造的。

掼蛋大战在沉默寡言中开始了。

底牌是五百年抓到的，自然由他先发牌。

"一对三？"侯总哼笑了一声，啪！随手掼出一对超级大副令，想来个断溪截流，他心想你五百年单牌缺王，我就接下来玩单牌，让你捉襟见肘，打你个计划破败。

"乖乖隆地咚，看样子你想逆天啊？！"蔡哥话音未落，甩出个五炸弹。

"打我者亡，炸你！"砰！侯总把九炸弹拍在桌子上。

大伙面面相觑，好家伙，一开局呈现剑拔弩张态势。

○ 胡延／摄

"让、让、让！"五百年手臂一张，狡猾一笑连说三个"让"字，"你狠你狠，让你走！"

"废什么话？站住！"啪！蔡哥怒不可遏甩出一把同花顺，凶狠道，"老子输了也要干！"

"啊呦呦，今儿个蔡哥不能惹，快走快走！"峰哥朝侯总使了个眼色，"退一步海阔天空嘛，阿懂？"

"搞不过你，蔡老大走牌！"侯总心领神会道。

"哎哎！这挤眉弄眼的算犯规哦，"五百年挥舞手臂高喊一声，把大伙震慑住了，只听他又道，"走不走牌，由打牌人自个定，怎么能点拨呢？也太肆无忌惮了，没规矩！"

"喊什么喊，下面装聋作哑就是了！"峰哥朝五百年眄瞟一眼，不服道。

"你快点走牌，磨叽磨叽像个老太！"侯总发出一张黑桃J，便催五百年。五百年情急之下甩出个方块K，牌一发出他后悔了。"啊呦呦！我这个笨猪，刚才把同花顺的一张给甩过去了，都是你瞎催催，催命鬼啊！"五百年边懊恼拍打自己后脑勺边想收回那张方块K，却被眼尖手捷的侯总死死按住，坚决不让撤回。

"这还带悔牌啊？"侯总嚷嚷道，"要是悔牌，我就甩牌不玩了！"

"好好，执行规则！"五百年鼻腔内哼出一句，无奈地耸耸肩道，"希望你老哥下面也以身作则，严守规矩，这牌算了！"

"我怎会做出你五百年的事，更达不到你老弟这么个高度呀！"侯总酸酸道，"你外面彩旗飘飘，家中红旗不倒，年轻又身体棒，羡慕嫉妒恨啊！"

"你老哥一到广场舞中心，就是情场皇帝，小至二十三，大到八十三，姑娘少妇老太哪个都围着您转啊，"五百年笑着倒吸了口水，油嘴滑舌道，"在我眼里您老哥就是教授级的，而在您眼里我才是个小鬼哎！"

"你说侯总大哥究竟是教授还是野兽？"蔡哥乐呵呵道，"按你所言，广场那么多女人围着他侯总大哥，这哪是教授干的事，岂不是野兽吗？"

"我可没说侯总大哥是野兽，我……"五百年想再解释，被峰哥一顿呵斥："五百年啊五百年，我等你出牌快等上一千年了呀，我出的 Q 蛋一夯要不要啊？"

"你这把牌出了，手上还剩几张？"五百年一脸狐疑。

"有偿服务，咨询一次给五十！"峰哥笑眯眯调侃他。

"你这就臆怪八拉（南京方言：稀奇古怪或难看的意思）了，"五百年把牌一合，板着脸道，"你和侯总二位哥哥真的在欺负我老弟，一个悔牌，一个瞒牌，你们如此即便赢了也不光彩嘛！"

"好了好了，给点阳光你就灿烂？"蔡哥一边抽牌一边敲敲桌子道，"五百年，峰哥这 Q 蛋一夯你到底要不要？"五百年见了，心领神会摇摇头说："俺要不起。"

"啪！"蔡哥甩下个 A 一夯，正当峰哥犹豫不决时，只听侯总横刀立马式喝了声："我来！"又甩出个 10 炸弹，五百年见此摇头称"完了完了"，"你玩女人我不玩！"蔡哥砰地祭出个五九同花顺，侯总峰哥大惊失色，面面相觑，蔡哥举起手中仅剩一张牌连喝，"要不要了？"侯总轻轻一叹："要不动了！"峰哥手一摊，蔡哥点了一支烟猛吸一口，爽快一声："我走也！"甩下个小三子。

"咳！咳咳！"侯总被蔡哥的烟熏呛了几声咳嗽，朝峰哥懊恼叹息道，"唉！你应该在前面死活堵住老蔡出牌，他跑天上去！"

"看你这侯总说的，"峰哥将牌一收，反驳道，"前面我正要打，你却抢出了，还倒过来怪我？"

"你牌都压不住我，凭什么不让我走啊？"蔡哥对侯总讥讽道。

"你走个鬼呢，"侯总把头一侧，哼道，"打完了你便知道了！"

"哎呀，你们争论，我们仁继不继续干啦？"五百年用牌敲敲桌提醒道。

"你喊个啥？你还不举手投降？！"峰哥老气横秋道。

"在我们面前，你还想当个螳臂当车？"侯总拿五百年根本不屑一顾，用梅花二王堵住蔡哥甩下的小三子。

"五百年怕他们个鬼，沉住气打！"蔡哥嘴上衔着香烟，边冒烟边咕噜道。

"呵呵，看来我在你俩眼里就是个跳梁小丑，"五百年自嘲一句，转而喝道，"今儿个我就跳个给你们看！"啪，他手一挥，甩出十 A 清一色红桃顺！

○ 胡延/摄

"啊？！"侯总峰哥俩异口同声，愣住了。

"好！绝了！"蔡哥拍案而起。

"阿要了？阿要了？"五百年用南京话连声挑战，得意扬扬地玩弄着两张牌。

"噢噢，骑翘喽骑翘喽！"侯总沮丧摇摇头，"这要个屁呀！"（注："骑翘"是启东吕四方言，完蛋的意思。）

"唉，这下确确切切骑翘喽！"峰哥效仿老侯的语言，无奈道，"五百年就是五百年，总让人吃不准，你走吧！"

"中秋前给哥哥们送个礼，零蛋！"五百年在空中画了弧线，潇洒地甩出一对小四。

"哈哈哈！"蔡哥对五百年伸出个大拇指，夸奖道，"不愧是印家五百年出这么一个，了不起！"

侯总叹了声，摊开手中的牌对峰哥冤屈道："你瞧瞧你瞧瞧，我手中的牌有多整，一对大猫，一张二王，老 K 炸弹，只要你堵住老蔡，放一张或一对，就好控制局面，只放一张过去，老蔡就是再大同花顺，也奈何不得我，上游的应该是我啊！"

"你这鬼话，我知道一对大猫在你手上，"峰哥驳斥道，"可你前面有钱舍不得花，拼命让我轰炸，我炸完了，后面哪有再炸的？现在讲这话迟哪！"

"是的是的，其实啊峰哥看我老弟水平差点态度也好，前面有两次有意识让我出了小牌，要么我哪能顺顺当当走过去呢？"五百年煽风点火道，"感谢亲爱的峰哥，下面您要继续支持老弟噢！"

"你这家伙唯恐天下不乱！"峰哥咬牙切齿盯着五百年，而五百年却挤了眼色，露出幸灾乐祸表情。

"好了好了，别贫嘴了，洗牌重来！"蔡哥边洗牌边喊道，"每次你俩组对子，顺的时候你俩笑逐颜开，要是不顺便相互指责，喋喋不休。"

"这不是指责，你有文化的却用词不当，这叫切磋讨论！"侯总纠正道。

"对，是讨论不是争论！"峰哥严正道，"我们才不上你蔡哥的圈套，从头再来！"

四人一阵热嘲冷讽、相互吹捧后继续抓牌，进入下一轮牌局……

此后，被称为"组合军"的蔡哥五百年乘胜追击、节节攀升，

勾魂摄蛋 ⑧

而号称"皇家马德里"的侯总峰哥却如盲人走进死胡同，全程哑火、频频滑铁卢。最终蔡哥五百年组获得大胜，竟然用六局酣畅淋漓地全歼了侯总峰哥组，一组是欢声雀跃，翩翩起舞，陷入狂欢，一组却是愁眉苦脸，郁郁寡欢，侯总峰哥被气得七窍生烟。尤其是侯总，据说回家后茶食不进，在床上连躺三天，如害了场大病人消瘦了一圈，不知哪位兄弟悄悄通报后，吓得我们再不敢提及掼蛋，这简直是在谋杀玩命哇！

（ 三 ）

掼蛋趣事一大篓，我只说一二段。

其一。

记得有一年我母亲大人生日，晚宴前自然少不了来局掼蛋，侯总对我弟李新一组，峰哥和我一组展开对决，玩这掼蛋总要带点刺激，李新建议，输的一组必须学狗叫，然后从桌底下爬过，爬时不得碰动桌子，否则重爬一遍。此主意虽馊，却得到旁边朋友一致支持和怂恿喝彩，话是说出了口，四个爷们也就厚脸认了。

几经激烈拼杀，最终我与峰哥获得险胜，在大家欢呼声中，李新学着狗叫，凭着灵活机动的身体穿桌而过，而轮到身材滚圆将军肚的侯总，见他只是憨憨直乐，却迟迟不敢钻桌底，峰哥伸出两只手指逼他说：可有两种选择，要么晚宴上连喝白酒三杯，独唱首庆祝歌，要不乖乖地跟李新一样穿桌。侯总从不饮酒又不善唱歌，只能选择钻桌，我在旁一再为他开脱说，侯总此时在酝酿情绪，想学小狗如何一钻而过，给大家表演个潇洒动作瞧瞧，多少给他两三分钟时间准备。两分钟后侯总终于学起狗叫，一边汪汪直叫，一边躬身吸着大肚，有点像跳水运动员一样瞄着桌底贴着地板爬将过去，但见他不知是否用力过猛，竟拽上了桌腿，砰的一声居然将桌子掀翻个四脚朝天，令在场朋友们哄堂大笑，老周却痛苦哇哇直唤，原来桌子倒砸在他腿上，我及几个兄弟急忙将他扶起，发现他不仅大腿受伤，连腰都给闪了，这鬼掼蛋让人乐极生悲，呜呼……

其二。

一个周末下午，蔡哥、侯总和老胡（《都市见闻》胡干总编）不约而同跑到我中央路办公室，逗我掼蛋，论年龄及资历我排老末，哥哥们赏脸自然受宠若惊：陪掼！

从下午三点起掼，一直掼到天气擦黑，中途点了份快餐狼吞虎咽后迫不及待地继续进行，四人掼得热火朝天，一直掼到午夜二点，却是胜负拉平。此时四个爷们肚皮轮番咕噜咕噜直叫，蔡哥建议出去寻找吃的，大家一拍即合来到街上，此时夜已深，矗立道路两侧的路灯闪烁着冷冷的寒光，苍穹如一袭巨大的黑锅悬在头顶上，一阵寒风袭来，远处传来揪心又隐约的兀鹰声，声音听来惨惨的，令人毛骨悚然。街上偶有车辆飞驰而过，无一行人，四个爷们像四个飘荡在街头的幽灵，令一正在扫地的环卫工人吓得丢掉扫帚拔腿便跑。我诧愕又疑惑，我们四个长得横看竖看也不像鬼，怎将环卫工人吓成这个样？心里忐忑不安阵阵发怵。

四个大老爷们在中央路四处寻寻觅觅，未曾发现希望的目标。

蔡哥又提议，前面湖南路上有夜市，多跑十多分钟即到，侯总及老胡虽有疑虑，但经我动员也就默许了，四人甩着膀子晃啊晃啊，不知不觉来到灯火璀璨的湖南路人行街，这条街真是不夜城，许多餐馆里面依然坐着吃消夜的男男女女，我瞬间心情被点燃，心中阴霾一扫而光，只是四处迫切张望，一眼瞄见一个叫"吊儿郎当菜馆"的，看这店名心里着实有些反感，但看里面居然有不少喧哗的客人以及红红绿绿不失淡雅的装饰，店门口处还露出一排空桌。左看右瞧比较其他餐馆，感觉此店还是比较干净舒坦，便建议哥哥们去该店，哥哥们也不反对，都尾随走了进去。

屁股刚着椅，服务员便递上了菜单。秦哥点了花甲、烤羊肉串、烤对虾、一碟椒盐花生等，及一箱啤酒，连从不沾酒的胡总也倒了一杯，四人即对饮起来，邻桌是一条长桌上坐满叽里呱啦的年轻男女大学生，看到我们四个大伯大爷如此深更跑来吃烤串饮啤酒，纷纷用奇异的目光不住扫视过来，声音也渐渐少了许多。向来一本正经的胡总见此却按捺不住，笑道"看到这群激情四射的孩子们，我有些感动，我要去与他们感受下青春"，说完便端着酒杯走了过去。

"小朋友们晚上好！"胡总上前高声招呼道，这一招呼立马引起这群年轻人一阵回应："大伯伯好！""爷爷好！"

"应该是深夜好，还不是晚上好，咱们先干个杯好不好？"胡总纠正自嘲下，接着举杯将啤酒一饮而尽，大学生纷纷礼貌起立也将手中的啤杯或饮料回敬并一一饮下。

"看到你们青春飞扬，勾起我及我这桌的大伯大叔们对年轻时期那些美好时光的无限怀念，我们非常羡慕你们……"胡总一番话立即拉近了与大学生们的距离，胡总既是个生活阅历极其丰富又才高八斗的人，声音又带诱惑的磁性，三言两语便把这群娃娃们镇得服服帖帖，一高个男生忽然打断了胡总的话匣子，提问："敢问大伯伯，你们四个长辈来吃消夜，是否打南京麻将？"

"麻将？"胡总憨憨一笑道，"玩麻将有些过时了，这年头玩掼蛋喽！"

"掼蛋？什么蛋，我只听说鸡蛋鸭蛋恐龙蛋……"男生丈二和尚摸不着头脑。

"你说什么乱七八糟呀，"一漂亮女生接过话茬，站起身来有板有眼道，"你 backward（落后了），掼蛋呀是种当代最流行扑克牌游戏，起源于江苏淮安，是'跑得快'和'八十分'升级发展演化而来的。牌局采用四人结对竞赛，输赢升级的方式进行。下面我说段掼蛋比赛法则口诀，你们想不想听啊？"

"好好，想听！"胡总率先鼓掌，我和蔡哥及侯总一边鼓掌一边伸长脖子倾听。

那女士咳了声，不慌不忙道："先给大家念个掼蛋经吧。掼蛋打得好，说明有头脑；掼蛋打得精，说明思路清；掼蛋不怕炸，说明胆子大；掼蛋路数邪，说明懂科学；赢了不吱声，说明城府深；赢了不吵嚷，说明有涵养；输了不投降，竞争意识强；掼蛋算得细，说明懂经济；输赢都不走，能做一把手。"

"好！"女生一念完，获得满堂喝彩，女士继续道："我再念个掼蛋技巧口诀，想听吗？"

"想听!"我与蔡哥高声喊道。"好,请伯伯们听来,"女生笑吟吟道,"有鬼打一张,无鬼打一夯;想使坏,三不带;情况不明,对子先行;两个小单张,不打不健康;轻易不打三带二,要打就要能打光。下家五张牌,对子要优先;对家要啥就给啥,拼尽全力也送上。双下出单张,头游响当当。逢五出二,逢六出三,枪不打四,七张八张正常出夯,九张打一张,十张打两张。顺子打到头,对手没想头。枪打头一顺,残局逼枪为先。有打有收要保留,不轻易接对家牌;钢板三连尽量先,不要顺牌刻意跟!好了,就说到这了!"女生突然刹车不念,一屁股坐了下来,但还是赢得掌声一片。

"这姑娘怎么厉害的,我想采访采访你,你是江苏淮安人吗?"胡总惊讶道。

"我是淮安楚州人,"女生有些害羞说,"这掼蛋就是我大伯伯他们发明的。"

"哇!"全场一片哗然,纷纷向这女生跷指表示钦佩。

"怪不得对掼蛋如此精通,原来是掼蛋世家啊!"胡总诧异之余,又询问道,"姑娘你贵姓?"

"我姓杨,叫杨阳。"女生笑嘻嘻回答,又道,"你们可知道,掼蛋这牌艺对我国构建和谐社会有重大贡献咧!"

"嗯嗯,"胡总听后若有所思,道,"照你这么一说,那我们四位爷们掼蛋到深夜岂不是加班加点在为祖国做贡献?"

"对咧!"女生掩面失笑。

"你们猜他叫什么名字。"蔡哥讪笑道。

”叫啥？”大学生们齐问。

"叫胡干，"蔡哥吐了一口袅袅烟圈，又道，"是《都市见闻》杂志社总编，故又称胡编！"

"向胡编伯伯们致敬！干杯！"大家笑声一片……

（ 四 ）

掼蛋像抽香烟一样有瘾，烟瘾一旦犯了就像失魂落魄一样可怕，一个人也罢了，如身旁几个人同时犯了，要不掼蛋估计八成要完蛋。对于掼蛋这档事，作者经研究发现，几乎九成以上的掼蛋人都是具有一定道德情操之人，其中至少一半都是事业成功人士。他们聚集一起掼蛋却毫不讲究，至少有三：一是对地方环境不讲究，我曾经出差在动车车厢里看到，几个人屈着身围着一只皮箱掼蛋，也发现有躲在树荫底下席地而坐，地上仅铺个块大毛巾掼蛋的，居然还看到臭气熏天的牛棚边，几个头发梳得油光锃亮的聚精会神在掼蛋；其次吃啥不讲究，掼蛋过程中分秒必争，即便山珍海味也抵抗不了那掼蛋诱惑力，肚子饿了弄块面包或一碗快餐面了事，关键把时间留给掼蛋；再是地位悬殊不讲究，只要会掼蛋且水平高，教授愿意与文盲掼，大领导愿意跟门卫师傅玩，掼蛋无贵贱尊卑之分，只要你是高手能打赢，哪怕你是小偷，搭档及牌友也一定会对你恭敬三分。

记得一次随市企联考察团赴澳，来到禄口机场离起飞尚有近两个钟头，这两个小时难熬啊，市企联余副秘书长此刻如同大烟

勾魂掼蛋 ⑧

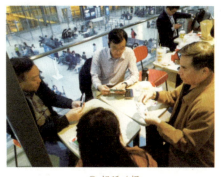
○ 胡延/摄

瘾犯了，他东转西找，终于与大娘水饺店的负责人说通了，可提供一个角落边的桌子给临时性掼蛋，余副秘书长如获至宝，欣喜若狂，急忙寻找我、胡嫂，及周总陪他掼蛋，四人掼着掼着，竟然忘记了乘机时间，考察团导游找到机场做了多次寻人广播，我们居然毫无知悉，依然沉浸在掼蛋厮杀之中，可怜考察团又组成若干组四处紧急寻找，终于"逮"住我们这四个已被掼蛋掼成"笨蛋"的人，我们仍在热火朝天地掼牌，那次险些误了乘机。后来到了异国他乡，也抵挡不住掼蛋的瘾，不过我等因吃了教训，未曾因"潜心"而敢再犯过误时误事的低级错误。

　　这勾魂的掼蛋，使我深陷其中而不能自拔，我寻思是戒了好呢？还是由它继续放纵下去呢？

撰于辛丑 2021 年秋，南京宅中

了 得 姑 妈

——怀念仙逝已久的大姑妈

（一）

我有个过世多年、非常了得的姑妈，她在乡间邻里拥有相当高的威望。据父亲说姑19岁便从启东天汾嫁至海门东兴乡张氏的大户人家，嫁至张家后便充当该家族的"掌舵人"角色，直至94岁寿终正寝。姑妈一生无官无职，也没啥文化，是一个极普通的农家女子，却是当地有口皆碑的"居委会主任"，凡是乡里邻间或村里闹出矛盾事端来，大家都会不约而同邀请姑妈当裁判做调解，姑妈会先静静聆听各方主张，然后进行单个谈话，最后她会将大家召集到一起，先是客气一番，随即便有条有理、义正词严地表

了
得
姑
妈
⑧

○ 胡延／摄

述自己的观点，她的分析言论会令奸诈小人无地自容，令吃亏善良者深受感动，大伙便心服口服，一致认同姑妈的方案，姑妈解决坊间"疑难杂症"，连有些乡村干部都自叹不如，足见姑妈"公信力"有多高！

　　我父亲仗着身体结实，而且是家乡某渔船修造厂铸造车间主任，身上常备百余元钞票（那个年代身上揣有数十元人民币就绝对算个大富豪了）装在透明的上口袋里炫耀显摆，时常一副趾高气扬、桀骜不驯的样子，还经常在外赌博昼夜不归，似乎连天皇老子也不惧，恰恰唯独惧怕姑妈。母亲有时气不过他的欺负，便请来姑妈主持公道、教训父亲，接近一米八个高的父亲在仅仅一米六的姑妈面前便立马变成乖乖的"小绵羊"，姑妈一顿呵斥，父亲连大气都不敢喘。

姑妈生前烟瘾很大，她香烟和水烟同时会抽，她的吸烟绝对颠覆了人们对控烟的论断——认为绝大多数肺癌都有吸烟史，故吸烟者寿短。记得在她九十大寿庆典活动结束亲友散尽后，此时已近深更，我因路途遥远被留宿姑妈家。在昏暗的灯光下，看着她这把高龄仍坐在藤竹椅上咕噜咕噜地吸着铜皮水烟，一缕缕白烟从她的鼻腔里圈圈冒出，空气中弥漫一股呛人气管的气味，我憋着鼻子蹲在她面前傻傻地问姑妈"夜已深，还吸这烟香不香？"姑妈喷地笑道："香香！"她把烟罐一收慢条斯理地告诉我，她待字闺中时便学会吸烟，掰指算来足有七十三年的烟龄，已经养成饭后必吸烟、不吸一口不睡觉的习惯，这辈子改不了啦！接着又对我拉长脸严肃道，"你们晚辈可不能跟我学，这是个坏习惯，你们年轻人要讲文明，不是前辈身上所有的言行都是正确的，好的东西要继承发扬光大，而有的东西需要批判否定，比如我吸这烟，是没出息的东西，千万千万不能学。"姑妈指着烟罐说的时候还跺了跺小脚。就在那个夜深人静的午夜，姑妈与我彻夜长谈了两个多小时，谈到邻居之间人际关系，她对贪婪耍奸之人，从来不挖苦讥讽或辱骂，只是大度地淡淡一笑，说这些小人老天会算账，谈到家庭或工作事务，条理清晰，直奔主题，谈到人的寿命，她乐观风趣又不胜感慨，她说人的寿命是阎王爷安排的，有生必有死，人要刻意延寿增岁是没用的，任何人都走在通往死亡的路上。"子女儿孙们劝导我别吸烟，我如戒了七十年的烟恐怕反而短了寿命，阎王让人三更走，不会逗留到四更。"她说回顾这一生，虽没做过惊天动地大事，天天却有琐事一篓，从青葱懵懂出发到

了
得
姑
妈
◈

白发迟暮岁月，从孑然一身到如今儿孙满堂，哭过笑过，悲过喜过，不知不觉木拉拉走到人生终点站，途历万千，往事如烟，一晃就是九十年，恍如一幕幕长梦，人各性情不同，经历也不尽相同，有的人轰轰烈烈开始却悲悲切切收场，有的平平淡淡走过一生，而有的人出身苦难不堪，到后来光彩夺目流芳于世……妙言迭出，言语充满深邃的人生哲理，没有一句重复话及废话，虽然话语多，但绝不是常见的话痨啰唆那种。

　　二十世纪八十年代中期，记得我大学期间一次返乡带了些合肥特产去看望她，她死活留我吃东西，须臾间端出一碗热腾腾的油馓子煮鸡蛋便逼着我吃，我不忍拂姑妈心意边吃边与姑妈唠嗑，她笑眯眯自豪说："我们这大家庭就数张勇（她的就读清华大学的大孙子）和你算最出跳了，这真是我们多少年代烧高香、祖宗显灵的结果。"我则说，上大学不见得有多出息，后面究竟走什么路还看不见呢，姑妈说："接受高等教育后就是国家有用人才，只要你俩心正努力，一定会吃上官饭，前途无限眼界高，绝不是乡下佬干面朝黄土背朝天的活，看到你们有出息，我心里有多少说不出的高兴啊！"姑妈又幽幽地说，"华仔你要记住，在外学习生活包括将来工作了，一定警惕多种风险如影相随，如果忽视这些风险，可能就会前功尽弃，甚至危及前途和生命。"我笑着请教姑妈，这些风险都是哪些？姑妈掰着手指看着我的脸认真讲："一是道路交通方面，城里车辆多，驾车人技术素质差优各异，有不守规则的，有横冲直撞的，无论走路乘车都要谨慎注意，人要糊涂车没眼，无论你是啥啥，一旦撞上非死即伤。二是人际关系，比如学习或将来工作上，你竭尽努力想出人头地，可能会抢了别人的风头或者位置，就招来别人嫉恨，就会有人背地里使坏，而自己毫无察觉，往往会莫名其妙被小人算害了。第三是婚恋方面，你们将来都会找女朋友婚娶的，婚恋这茬事是你们年轻人人生中不可逾越的，男孩往往只看表面漂亮的姑娘，而忽略她的身世、她的身体健康与否，比如有否隐形疾病，她有否前男友，目前有否追求者，等等，虏获姑娘的芳心后，或者热烈追求过程中，要注意是否会得罪于其他人，古今中外发生有许许多多因情而酿成的悲剧。当然，也有一时冲动，迎娶漂亮端庄姑娘，事后发现这姑娘存在家族遗传的疾病而后悔莫及的，如此等等，都是不加审慎而惹得祸患。第四是法律法规方面，有道是手莫伸，伸手必被捉，心莫贪，心贪必生邪。人往往为了减一时之困，便会心起邪念，自以为老天不知人不觉，踩点红线没啥事，不是自家的非要占有它，殊不知一时得逞后，却欲罢不能，渐渐迷失方向，走上不归路，俗话说，不是不报，时候未到，一旦到了，就此结束！大牢刑场不是用来装点门面的，是专门为这些心贪邪念的人准备的。第五不懂不清、水深的领域勿碰，比如赌场、毒品、色情场所，千万别碰它，手再伸也无法够及的事别去做，一旦出于好奇，图个刺激，陷了进去便玩完了，你千辛万苦拼打积攒的好事业，一旦人染上不好的习惯，都会被卷得一干二净，一定会家破人亡的，历来江湖险恶，人心难测，但是'人授恩惠，必报三分；知恩图报，路宽财广'，也就是得到人家的帮助和恩赐，一定记住恩德，找机会报答，懂得报恩的人路子一定越走越宽，人生成功概率就越大。

华仔你可记住了……"

"懂了懂了,您这些话大学课本里是没有的,姑妈您真厉害!"我听了姑妈一席话如醍醐灌顶,满眼崇拜看着她,在那个尚未彻底改革开放,特别我国对外的国门还没打开的时期,从不出远门的姑妈却有如此深刻的"风险意识",绝不是浪得虚名,心里想,这姑妈真厉害,怪不得邻里大家都敬服她。

(二)

在我记忆里,姑妈家在位于海门东兴乡镇的北棣,沿镇上的一条贯穿南北的宽敞大马路由南往北走不足百米见一条小路左拐,沿小路行走不到六十来便到姑妈家,感觉到姑妈家非常容易,姑妈家门口小马路的南侧是一条小河,小河的对面也是一溜排农舍,后来都翻建二三层不等的小洋楼,姑妈的四个儿子家由原来的平屋都翻建了二三层楼房,而姑妈仍住的是三间平房,由于姑父早在二十世纪九十年代初过世,姑妈此后一直形影相吊居住在这三间平房里,过着清贫又自在的日子。

姑妈家门口那条宽度也就不足十米的小河,那是她心目中一道风景线,在她手脚行动便捷时,除了下雨狂风不去之外,她应该不时光顾的,河水蓝蓝的,很清澈,水面上飘着一片片的浮萍,有蹦跳的小虾、小鱼,还有不时闪现的黄鳝,慢悠悠划水彳亍的乌龟,当然还有从不伤人的青蛇,特别夏季,河边的蛙声此起彼伏,不啻一场场美妙的音乐盛会,十分悦耳动听。早年她常年在这小河取水用来烧饭饮用，而今水因被污染已渐变乌黑色，加上家里早装自来水，取水只是用来浇灌她的小菜地了，每天清早，她总一手拿着木桶，一手拿着竹篓，望着静谧安宁、氤氲弥漫的河面，漾着层层涟漪的水里清晰可见一群群摇着尾巴的小鱼，朝她蜂拥汇拢而至，这些鱼群像嗷嗷待哺的孩子见母亲喂乳一样早习惯看姑妈，知道姑妈手上的竹篓里会装着很多慰问品，果不其然，姑妈用手从竹篓里掏出一大把喷喷香的虫草饲料，引得鱼群叠叠层层争抢饵料，姑妈每每见此有种说不出的获得感……到后来，她喂鱼时不慎扭崴了脚，又到耄耋之年，子女们考虑她年迈河边滑跤危险，不许她再去河边，在子女们严厉警告下她不敢再擅自单独跑河边喂鱼打水洗涮了。

姑妈六十、七十、八十，直至九十寿诞，我都参加姑妈寿宴，特别在她八十寿宴那年，她要比九十的状态"强悍"许多，记得在一九八五年那个烈日当空的中午，亲朋好友不仅坐满堂屋，连内房的床铺都拆除，换上了餐桌，天气烘烤难挡，她一个在镇农机厂当厂长的大儿子弄来一台珍稀物——一台车间用的电风扇，但在人堆里还是"杯水车薪"，中午时分，作为"寿星"的姑妈不知从哪弄来的大蒲扇，围着每个桌子亲友后面移步不停地逐个扇风，看到小朋友了，她会多扇几下，她谦谦大度的微笑及大汗淋漓的样子在我脑海里至今拂之不去，难以忘却。

已居九十高龄的姑妈，虽然谈不上精神矍铄，言行举止有些迟缓，但思路还是那么清晰敏捷。应该说，姑妈在年轻时是个不折不扣的气质美女，透过皱纹细细看她，瓜子脸，眉目分明，个

了得姑妈 ⑧

头不矮不高，不胖不瘦，心思缜密。一次旁边一个退休的镇上干部悄悄伸出个大拇指叹了句："人才！"又赞道，"你姑姑是天仙化身、女中神人！"他又告诉我，那个贫瘠年代连填饱肚子的吃饭钱都没有，哪有钱来读书，即便有钱读书，也只能用在男孩身上，八竿子也轮不上女孩。"你姑妈要是像你一般有文化，恐怕早是咱们县县长级别的领导了。"

姑妈除户外干活外，一回家里几乎与烟具形影不离，随时取出烟具吸食几口，解完烟瘾后像充了气的气球一般精神抖擞，走路干活都带风的，据说姑妈在仙逝前几天，还咕噜咕噜抽吸水烟。姑妈的烟具以青铜皮制作，烟头部凹槽是用来填烟草的，烟丝压成一块长方形的"饼"，这种烟饼从前在镇上小店随处可以看到有卖，而如今由于几乎无人吸食"水烟"致使烟饼几乎销声匿迹了。姑妈吸食水烟前，首先取出烟饼捻了些许烟丝屑子塞入凹槽处并用手摁实，接着用火柴根划出火，一边用火在凹槽的烟草上烧，一边在翘罐的嘴头一口一口吸食，发出咕噜咕噜的响声，随着不断吸食，嘴里鼻子里同时冒出一缕缕白烟袅袅升起并弥漫周围，浓浓的烟香味也散发开来，吸烟人此刻身心及中枢神经得到松弛，沉浸在莫名而惬意的意境中，所有烦恼及困惑瞬间似乎荡然无存，甚而飘飘欲仙，整个身体笼罩在雾中不能自拔。在过去，有钱有权的人家水烟具较为讲究，在烟嘴部分镶以翡翠、玛瑙，连接部分用金、银镶嵌。普通的老百姓则以竹制成，但也别具风格。可见水烟袋也是分等级的，有高低贵贱之分，既在于质料，也在于使用者的身份和地位。清末的老佛爷慈禧太后也吸水烟，在好多的影视作品里，我还时常看到她边吸着水烟，边操纵着政事的场景。那一阵阵的"咕噜咕噜"的水声响过之后，余音袅袅，烟云缭绕，把慈禧笼罩在一片神秘的云雾之中。我曾在故宫博物院看到过她用过的水烟具，那是中国顶级的。她死后还随葬了铜水烟袋、银水烟袋和银潮水烟袋。当时宫廷吸烟分为水、旱、潮和鼻烟四种。水烟的原料主要有兰州皮丝、青丝、幼丝。慈禧为何不闻吸鼻烟、旱烟，不去玩赏那剔透玲珑的鼻烟壶，而唯独钟情于水烟呢？大概出于太后本人的嗜好，她生来喜嗜此物，又区别于众多吸食旱烟的男人，包括明清以来的皇帝和宫廷大臣。

　　姑妈是自小被缠足的，两脚板仅有十五厘米上下的长度，脚趾尖尖的，她一年四季穿的鞋都是她自己制作的，同时还为家人缝制不同规格的布鞋，她只要瞄一眼你的脚型，隔段日子就能缝制出一双适合你穿的布鞋，穿起来特别舒服。

　　说起姑妈那个年代女人缠足，现代女性恐怕难以置信，更无法接受，距今也就不足一百年前的封建社会，中国女性缠足可是天经地义且无法逃避的现实事情，女人要是不缠足就是大逆不道，一定会遭受重罚且强制施行的。

　　女人缠足有多残忍？姑妈跟我一一道来。

　　女人缠足应该从出生后一二岁就开始进行，用长布紧紧裹住，晚上睡觉也不能松解，有的父母不忍心幼小孩子脚巴绑扎而日夜啼哭，拖到三五岁后才进行强制缠足，女孩不缠足是不能出门的，否则孩子被暴揍，全家遭殃！ 1912 年出生的姑妈自然逃避不了被裹脚厄运，她是在三岁时开始裹脚的，姑妈回忆说，她小时候被父母裹脚虽然很难受，但渐渐感觉到裹脚女人走在路上婀娜多姿，样子很时尚，也就自然而然接受了。我为此查了下资料，女人裹脚目的在限制脚的成长，并把已成长的脚拗折弯曲，所以缠足的年龄自然是愈小愈好，愈小脚愈软愈容易裹小，但是太早裹足，又怕脚裹好了不会走路，也怕孩子年纪太小，无法忍痛，所以一般都在女童会走路以后才开始裹脚，在中国生下来就算是一岁，平均会走的时候是三岁，让脚发育一年，到了四五岁的时候就有人开始裹脚，四五岁其实依西方的算法不过是三四岁。据史载，各地风俗不同裹脚的年龄也有不同，佐仓孙三《台风杂记》："少女至五六岁，双足以布分缚之渐长渐紧，缠使足趾屈回小于蜷，倚杖或人肩才能步。"林琴南《小脚妇诗》："五岁、六岁才胜衣，阿娘做履命缠足……"郑观应《盛也危言女教篇》："妇女缠足……或四五岁，或七八岁，严词厉色凌逼面端，必使骨断筋摧……"《阅斧记·三十年前北京男女之修饰》："大凡女子生不到七岁便将双足裹起……"车若水《脚气集》："妇人缠足不知始于何时，小儿未四五岁，无罪无辜，而使之受无限之痛苦……"

　　《脚气集》著于咸淳甲戌（1274），综观所述，从宋代，女子在四五岁的时候就有人开始缠足了，如等年纪长大脚骨长硬，关节韧带活动性消失之后再裹，不但很难裹小，裹的时候受苦也愈大，所以到了七八岁还能裹得好，十岁以后裹起来就很困难了。一年当中什么时候最适合开始裹呢？因为脚裹上去又烧又热，所以一般都建议到秋季天气凉爽的时候开始裹比较好。清人顾铁卿《清嘉录》说："八月廿四日，煮糯米和赤豆作团祀灶谓之餐团，人家小女子皆择是日裹足，谓食餐团缠脚能令胫软。"因为裹脚要拜小脚娘，而八月廿四日是小脚娘的生日，所以大部分的女子都会选择那天开始裹足，也有人翻皇历或《玉匣记》择"缠足吉日"开始缠足的。

女人裹脚不是从清代开始的，一直上推，大约产生于五代或宋初。反正，唐朝人不裹脚。裹脚之风应该兴盛于明清。

宋朝时只有高贵女人才裹脚，普通妇女是不裹的。而且当时对裹脚的要求只是纤直，还不至于到后世伤筋动骨那么厉害。

据说，古代女人裹脚是因为南唐后主李煜喜欢观看女人在"金制的莲花"上跳舞，由于金制的莲花太小，舞女便将脚用白绸裹起来致脚弯曲立在上面，跳舞时就显得婀娜多姿，轻柔曼妙，本来是一种舞蹈装束，后来慢慢地从后宫向上流社会流传，在以后，民间女子纷纷仿效，裹脚逐渐成为一种普遍的社会习俗，成为一种病态的审美。

为什么中国会流行裹脚呢？大致有两个原因，一是统治者的意志对天下百姓的影响，另外就是文化人欣赏和赞美。裹脚的起源，就与统治者相关。李煜的嫔妃们用布把脚缠成新月形，在用黄金做成的莲花上跳舞，李后主认为这是至美，于是后宫中就开始缠足，后来又流传到民间。只要皇帝喜欢什么，民间一定会流行什么，唐代的皇帝喜好道教文化，唐玄宗甚至号称自己是道教皇帝，所以，道教在唐朝达到了发展的巅峰，乾隆皇帝酷爱书法，所有推动了书法的发展，李后主喜欢小足女人，所以就流行了裹脚。关于裹脚的起源，还有几个说法，有说是起于南朝齐废帝妃潘玉奴，有说是起于唐末，有说是起于隋炀帝等等，但是无一例外地都与统治者们发生了关系。

（ 三 ）

2006年国庆节后的一天，我突然接到供职于海门市检察院的表哥的电话，称"你姑妈走了，准备后天丧礼，最好赶回来送别姑妈最后一程"。我听了表哥的电话愣住了，眼前立马浮现姑妈那语重心长的神态及音容笑貌，电话里传来表哥催问声，我回过神来"嗯嗯，一定一定"便挂上电话。

自然，姑妈仙逝是大事，我作为她爱惜又器重的大外甥岂有不送之理？我匆匆料理公司事务，携家带口驾车从南京返回老家启东。

从我启东老家天汾至海门东兴姑妈家也就十五六里，骑个自行车也就一刻钟时间，驾车不消一支烟工夫。时至晌午时分，表哥又来电话，问我到哪了。说姑妈在世有交代，送葬时一定要把我排在第一，因为我父亲是大家族中男子排行老大，父亲于上年去世，我作为家中长子理应接此地位，我如不到场，姑妈葬礼就无法进行，因此张家大院全体表兄表姐表嫂以及子孙满堂都正在恭候我"大驾莅临"！

我与姐弟早就备好吊唁的丧礼，当我们靠远处停靠车，拐个弯走近姑妈家路口时，只听有人喊"他们来了他们来了"，顿时擂鼓声、唢呐声、哭声汇成一片，表兄表嫂们披麻戴孝，分两排跪下，我定睛看去，左边一排是四位表兄，后面依次陪跪的是子孙们，右边一排则是三位表姐以及表嫂们，后面依次陪跪的都是清一色女孩，中间留了可容两人进入的廊道，我走上前将当书记的大表兄扶起，大表兄起身陪同我姐弟径直走到姑妈的灵堂前。目睹供奉桌上正中间挂放的姑妈和蔼可亲的遗像，似乎听到她亲切的问候声，我不禁潸然泪下，泪水模糊了我的两眼，双手合十，向姑妈叩了三个响头，而后绕到灵堂后面，见姑妈静静地躺在冰柩里，上面覆盖丝绸被褥，姑妈此时如安详地睡着了。耳边只听见四表兄平静说，姑妈在仙逝的前晚把表兄们叫到跟前，对她后事都做一一交代，仿佛一名指挥官向表兄们布置一件作战任务，思路是那样清晰，虽然语速迟缓，但还是那样斩钉截铁，不容违抗，表兄叹道："你姑妈身体器官就像一部老化生锈的机器，无法运转下去了，前晚夜里二三点咽了气，村里老沈道士说老人家这样辞世，其实既是她的阳福不浅，又对子孙后代带来顺旺，故此不足悲恸！"顿顿又道，"你姑妈她一生好强又聪明多智，按现在话说就是难得的女神，可惜阎王召见不可违，寿命到期不可越啊，你姑妈生前明明白白交代，你外甥不到场，这边葬礼不可开，还有二外甥媳妇不来可不行……谁家有事，她料事如神，位置排列，她一一列名，有怨的要分开，合缘的排一桌，排位不相冲，不起怨，欠少的要归还，一点遗产处分妯娌媳妇一一列名分配至孙子孙女辈，比如遗留的只有一条金项链、四枚金戒指，不足以分配十份，她生前让金匠烧化加工成十枚同款小戒指，不多不少，以此分配，如此公平合理，使得无一人争多嫌少，无一人异议生怨。"我听

了得姑妈 ⑧

○照片中前排右一为大姑妈，前排左为姑父；后排左系作者四表哥张兰峰，后转业海门检察院工作，后排右为四表嫂。本文图片系四表哥提供，谨致谢意

后连连颔首称赞，在偏僻的乡间，有这样棒的姑妈，真令我等深感自豪。

四表哥正在说着，灵堂外面突然接连传来"嘡嘡嘡"击鼓声，只听见一个男主持的沙哑声："各位宾客，各位亲朋好友，为沉痛哀悼印锦良老太太驾鹤西去和抚慰死者英灵，下面由印老太太义子张金宏老板提供的安庆喜加喜黄梅戏歌舞团倾情出演，请欣赏第一个节目——《天仙配》选段《夫妻双双把家还》，大家掌声有请！"随着一记"咣"的清脆锣声，发出稀稀落落的掌声……

屈指算来，姑妈仙逝已十五余年了，其涉世警语、思想觉悟之精邃，以及她善良正直、豁达乐观的风尚情操，仍深深根植于我的脑海之中，至今感到是种鞭策和激励，有时在与人交往或在生意合作方面，更让我一生中绵绵无绝期地受用。

结语以我草拟的一副楹联，作为纪念：

未居宦海睿崴阆苑阎王羡，魂归阴间懿范长存民间颂！

拟于辛丑立冬，金陵宅中

浩浩荡荡向东行

——江苏省钢铁服务业协会东行记

（一）"险象横生"

一年四季中，有四个月算是老天对厮守在南京城的人的恩赐，一是春寒后的四月、五月，二是炙烤消退的十月、十一月，其他月份对南京人而言并不受用，不是寒袭彻骨地冷，便是灼灼生畏地热。

5月8号早上，晨曦明媚，碧空如洗，温度在十五六摄氏度，结束前几天不大不小的连绵雨袭后，空气里飘浮的尘埃一扫而尽，呈现眼帘的是朗朗的蓝天，人们可以嗅到清新的空气，一如醍醐灌顶般地爽快！

这次与江苏省钢铁服务协会、省散文学会一群企业老总和文人墨客混杂组成的队伍前往南通活动的计划，是我与省钢协陈达会长多次酝酿商讨得以出炉的。按照计划，我们将前往拜谒南通海门张謇纪念馆，随后转往我的故乡启东吕四渔港镇，9号"部队"转战通州湾，出席我在通州湾工业园区投建的弘钢装备的开工仪式。

钢铁协会有20余名企业家，加上作家老师及新闻界大佬14名，队伍人数靠近40名，弘钢集团提供的考斯特中巴车载客量仅22位，显然是搞不定的，省钢协陈达会长是个办事缜密的人，他事先在手机上拉了个"南通考察群"，不断在群里向大家告知出行事宜，又联系了几个老总增加数辆小车，中巴由驾驶经验老到的张燕滨负责（只有他拥有驾驶大巴客车的A照），这样每车坐得满满当当，一前一后从南京饭店出发了，驾驶员们根据群里导航提示直奔目的地——海门常乐镇张謇纪念馆。

为了这趟"张謇纪念馆之行"，我没少与季春和李勇二位朋友联系，季春是海门区委常委、宣传部部长，李勇则是常务副部长，季部长此时正在南京参加省"记协"换届大会，李勇又出差北京，委托海门文联主席沈国锋负责安排接待这支考察团。李勇部长电话中一再跟我交代，届时沈主席会接待团队不会有误，便把我和沈主席微信号分别做了推送，细心周到的沈主席多次打来电话，一再问我队伍"开拔"的行迹，虽未与沈主席谋面，但我已感到他是个心思缜密的人，非常靠谱。

白天行程安排妥当，但晚宴、住宿、明晨、明上午、明中午呢？

虽然已通知我发小成金坤做了准备，但这家伙最近开办一爿不大不小的酒店，忙得不亦乐乎，心里还有点怕他掉链子，于是我决定不随团队，带着胡延总编独自驾车先奔通州湾，以便做好周密部署。

　　胡延总编年纪大我整整一轮，早就跨过花甲之年，却活得像个二三十的毛头小伙。只要哪里有"好玩"的事，他呵呵一乐眼睛发亮："阿带我去？"我与他爱好及"三观"基本相同，自然关系甚铁，我也欣赏他一肚墨水，性格耿直，说话做事从不"弯弯绕"，彼此之间惺惺相惜，一路上聊文学创作、聊掼蛋技艺，不知不觉车过泰州大桥，意味着已过了一半路程，两人有说有笑正讨论在兴头上，通州湾管委会徐明局长突然打我电话，问我现在哪，称管委会施宏杰书记找我商议此日两件大事，一是如何接待好"考察团"，二是如何共同办好弘钢工程开工仪式。按理9号是机关休息日不做接待，但省城如此重要的"考察团"来了，事关通州湾投资环境之大事，施书记一再交代要同我好好面商，切勿发生怠慢，故希望今天务必同我见面。我一听徐明此言心里暗暗敬佩通州湾政府机关领导优良的工作作风，为了工作明明休息天断然放弃，而更要紧的是，9号恰恰是母亲节，于是答复徐明今天中午前可面见施书记。刚挂下徐明电话，手机突然响了，一摁听键传来张燕滨恐怖的声音："印董啊，吓死我了，差些酿成大祸！"

　　"什么情况？"我听得心里发瘆，又一头雾水。

　　"车子左前胎爆胎了，差些翻车，"张燕滨喘了口气，心有余悸说，"还好，人都没事。"

他驾驶的车里坐的是企业总裁、媒体大佬、著名作家，个个都是"熊猫"级别的，出了事那还了得？！

我倒吸一口凉气，结结巴巴问："我……我的个乖乖，你……你们车现……现在哪？"

"在沪方高速通道，"我脑袋里不断闪现张燕滨大难擦身而过的侥幸神态，只听他颤颤抖抖道，"车子已经靠边了，我让车

○ 胡延/摄

上客人都撤下车了，留在车上很危险，这车上也没个备胎，已经报警了，正在等待救援呢。"

"需要我做什么？"我追问。

"目前不需做啥，但得跟海门宣传部那里招呼下，恐怕到那个纪念馆计划有变，时间要拖起码两个小时。"张燕滨回道。

"这没得事，只要人安全，其他都是小事！"我吐了口气，对胡总摇头道，"我的天，真是天有不测风云，人有旦夕祸福哇！"我挂了电话，随即跟陈达会长通了话，陈达会长坐在另一辆小车

上，他说在微信群已看到考斯特出事，已经同沈国锋主席打过招呼，同时协助张燕滨处理事故。我知晓陈会长、张燕滨二位都是做事特细腻的人，心也就渐渐放了下来，胡总嫌我驾车电话多影响安全，为确保中午前安全赶到通州湾，他执意调换座位，由他驾车，我则坐上副驾驶座，胡总也是老驾驶，稳稳当当朝通州湾驶去。

（二）汲取"营养"

通州湾开发示范区，一个在中国地图上怎么也扒不到的地名，如今在我脑海里却犹如一座耸立的灯塔，连做梦都围着它转。

去年十一月，我位于江北新区盘城的南弘焊网工厂因建路被政府征收拆迁，通州湾招商局的人员找到我商议项目向东迁移，经多轮谈判，可能缘于家乡情结，我终于迈出这一步，在通州湾用地60亩，决心要在这枕江傍海的荒地上"炊"出一块"香喷喷的大饼"来，再造一个比原来征拆厂子还大的厂子！

张嘴吹牛可以，而真正到了甩开膀子干可不是这么回事了，那是道道是坎，一条坎跨不过可是送命的！

不管怎样，在通州湾各层领导们支持下，项目建设手续批了，接下来不是干与不干的问题，而是如何干好的问题！

通州湾，我魂牵梦萦的地方！

考察团此趟赴通，最主要是奔着参加我公司通州湾项目建设开工仪式来的，百闻不如一见，也瞅瞅声名鹊起的通州湾到底长什么样。作为东道主做好接待工作是第一要务！

刚下高速公路，手机又响了，一看又是张燕滨打来的，我心又蹦到嗓子眼，他高兴地告诉我，车胎已补好，两个小时将抵达张謇纪念馆，我连声称好！

旁边"老媒体"胡总边驾车边说，到了通州湾他要自行打车赶到张謇纪念馆，因为他要全程拍摄采访"考察团"花絮，做新闻是他使命所在，我听了这话对他强烈的责任感及年轻人般的激情不由又是惊讶又是钦佩，惊讶的是从通州湾到张謇纪念馆有一百多公里，他这个年纪不辞辛劳去"凑热闹"？剩下就是钦佩他竟然还是那么敬业、富有激情。

到了通州湾，我和胡总兵分两路，我依约赶通州湾商务大厦面晤施书记，同时我联系了驻通州湾的孔令财安排司机送胡总转赴张謇纪念馆。

我在通州湾商务大厦与徐明局长、施书记面晤且搁不提，且说考察团赴海门常乐镇张謇纪念馆却又起波澜，原因是海门文联沈主席突然打我电话说，因张謇纪念馆事先不知"考察团"来考察，纪念馆安排施工队进行维修，连电源都切断了，问我可否调整去参观旁边的"颐生酒厂"？说该酒厂也是当年张謇先生亲自创办的，比茅台酒厂还要历史悠久。我一听犯傻了，因为这些企业老总、作家老师和媒体"大咖"在百忙中抽出宝贵时间就是奔着张謇纪念馆去的，看什么乱七八糟的"酒厂"？沈主席听我语塞知我犯难，又安慰说，要不让大家吃过午餐后，先参观颐生酒厂，由他来紧急协调纪念馆暂停维修，恢复给电，争取让大家能观摩纪念馆，我说"辛苦了，拜托了，谢谢沈主席！"

浩浩荡荡向东行

·307·

由于考斯特中巴车故障，午后一点许队伍才陆续赶到海门长江路 500 号思杰大酒店，他们前脚进门，胡总后脚也到了。恭候多时的沈主席为大家备了丰盛的午餐，为大家接风洗尘。

一顿饱饭吃了下去，大伙对路上考斯特出事的事似乎淡忘不少，大家跟着沈主席步伐，走进古色古香的"颐生酒厂"。

沈主席一边走一边向胡总介绍"颐生酒厂"的前世今生。

颐生酒已经有百年的历史，曾在 1906 年的万国博览会酒类评比中获得金奖。经过近些年的不断发展壮大，颐生酒业已经具备了走出南通走向全国的基础。

南通颐生酒业有限公司（原名"颐生酿造厂"）1894 年由中国近代著名实业家、晚清状元张謇创办，距今已有一百多年的历史。在 1906 年的意大利万国博览会上，颐生酒荣获金奖，比五粮液的获奖要早上 9 年。20 世纪初由张謇在两江总督张之洞的支持下，在通州（今南通）开始了"实业救国"的实践。张謇于 1894 年在家乡海门常乐镇状元街西侧创办了一个"颐生酿造公司"，酿造颐生茵陈大曲酒。公司占地面积 6 万多平方米，建筑面积 3 万多平方米，其中张氏宅园古建筑 1000 多平方米，拥有老作坊式发酵池 86 只，其中颐生酒坊传承的发酵池 18 只，老窖储存容积上千立方米。

该酒以粘籽红高粱酿造的优质大曲酒为酒基，加入茵陈、佛手、红花、陈皮等十多种药草汁液经半年以上贮存而成，其色青黄透明，其味醇和爽净，清香绵柔，具有健脾胃、治风痰、舒筋骨、活血液的功效。"颐生酒"举世无双的独特酿造工艺，铸就了颐生酒辉煌的历史与价值。早在 1904 年就获得日本大阪万国博览会奖状，1906 年获意大利世博会金质奖，比五粮液 1915 年获世博会金奖早 9 年，是中国酒类第一块世博会金奖。上海申博期间，对外宣传的有两块国际金字牌，其一就是颐生酒世博会国际金奖。颐生酒为 2002 年 12 月 3 日上海申博成功添上了金光闪闪的色彩，颐生茵陈酒还先后获得中国首届食品博览会金奖等多种奖项。

和大部分的国企一样，有过辉煌历史的颐生酒，在计划经济走向市场经济的体制转轨中错过了绝佳的发展机遇，甚至一度由于经营不善，在 2005 年 7 月宣布破产。也就是在那一年，海门市交通钢绳有限公司董事长高利生通过竞拍，以 1160 万元的价格成为了颐生酒的新主人……

正在大家沉醉在颐生酒厂之时，沈主席高兴地跟我通话说，张謇纪念馆来电了，可以参观啦！

原来是市宣传部给张謇纪念馆负责人下达了暂停修馆、开门迎客的命令。

"太好了！"考察团队伍一点时间也没浪费，他们在沈主席引领下，鱼贯而入，进入了张謇纪念馆。

沈主席是个地方志专家，他说，张謇是一个中国人不应该忘记的人，他是晚清最后几批的状元之一。本来可以凭借状元名号升官发财，可是看到列强入侵中国之后，

弃官从商，走上了实业救国、教育救国的道路。

他的一生中创办了 20 多个企业，370 多所学校，至今为止南京大学、河海大学、复旦大学、大连海事大学、上海海洋大学等等院校，都有他的心血在。

张謇，1853 年生于江苏，1894 年高中状元，晚清三品官员。

尽管从小就才华横溢，可是他的科举之路，也充满着艰辛。晚清的科举制度，已经逐渐走向了没落，弊端丛生。当时规定，家中三代没有文士出现，就被判定为"冷籍"，在应试的时候，就低人一等，会遭受众多的刁难。

像张謇这样的"白丁"子弟，限制更加的严格。

为了能够顺利参加考试，他的老师宋琛，只能为其找到一个举人本家，相当于将张謇过继给人家，并取名"张育才"，果不其然，同治八年（1869 年），张謇借着张育才的家室背景还有自己的才华，顺利考中秀才。

本来是一个一举两得的好事，张謇的父亲，也尽力酬谢举人

家三年。可是人的欲望总是难以满足的，举人家见张謇家的酬谢逐渐减少，就将其告上公堂，想要割除张謇的功名。

由于才华出众，张謇得到很多人的赏识。1882 年曾经跟随军队奔赴朝鲜，他的军事筹谋得到了肯定，很多朝鲜方面的将领，都用很优厚的待遇挽留他。甚至在大清朝内，举足轻重的李鸿章，都想直接推荐他去做官。

可是身为学子的张謇，拒绝了两方挽留和建议，坚持走考科举的传统从政之道。

可是晚清时期，这条路真的不好走，16 岁中秀才之后，后面参加了五次举人考试，都没有被录取。

1885 年，从朝鲜回来之后，张謇以 33 岁的年纪再次参加考试，终于高中举人。之后又是一段沉寂期，后面的四次会试，都名落孙山。

一直到 42 岁，张謇如愿成为当年的状元。

1882 年张謇随军到朝鲜平叛之时，写的《条陈朝鲜事宜疏》《王午事略》《北韩善后六策》起点非常高，既具有政治家的犀利，也有反抗精神。

李鸿章也十分赏识他，曾经想提拔于他。可是 1895 年，甲午战败之后，李鸿章签订了《马关条约》，让张謇十分恼怒，甚至以新科状元的身份，上书参奏痛斥李鸿章"以战求和"的策略。

光绪皇帝的老师——翁同龢，对其更加赏识，由于政治意见相近，很快张謇就成为翁同龢一派的决策人之一。

《马关条约》之后，他开始对梁启超、康有为一派，有了好感。

并于 1895 年加入了"强学会"。另外张謇在朝鲜，也结识了袁世凯，可是说在军政两届，都有很好的人脉，很快就升职为晚清三品官。

张謇看到晚清现状，心中知道国家需要改革，可是他十分稳重。没有孙中山激进，也没有梁启超等人的执着，因此他成为立宪运动的领袖人物。

1912 年，大清皇帝的退位诏书，也是出自他之手。

中华民国成立之后，张謇在其中担任很多要职，可是袁世凯复辟之后，张謇只能卸下所有的职务，另谋高就。

在这股风潮中，梁启超选择治学救国，蔡元培选择教育，康有为选择保皇，而唯独张謇选择了"实业救国"之路。

1895 年，张之洞派张謇，到通州兴办沙场，将其推向了实业救国的舞台，为"富民、强国"，张謇为纱厂取名"大生"，这出自《易经》中的一句话"天地之大德曰生"。

在张謇的努力之下，历经四年的时间，大生才生产出第一缕纱，又经过三年的经营，大生纱厂资金、设备都比之前翻了一倍，后来又在各地建立分厂，逐渐成为一个集团运作的公司。

鼎盛时期，大生纱厂的资产达到 4000 万元，成为东南沿海地区实力最雄厚的集团。

在大生的基础上，张謇又创办了油厂、面粉厂、发电厂、电话公司、银行等等，甚至 1901 年，还创办了一个海垦公司，在江苏海门地区围海造田。

张謇有了钱之后，加大对教育的投入，从 1902 年开始，就在各地创办学校，范围更是遍布各个行业，比如师范、农业、医学、纺织、水产、河海等等。

现存的很多大学，也都有张謇的心血，比如南京大学、复旦大学、河海大学、大连海事大学等等。

中小学校更是数不胜数，他还创办桑蚕讲习所、

盲哑学校等等，根据有关资料统计，张謇一共创办了20多家企业，370多所学校。

除了教育之外，张謇还热心于文化、公益事业，建造了很多图书馆、博物馆、气象台、剧院、幼儿园。

虽然企业能赚钱，可是面对范围如此广的公益事业，钱还是不够用的。每当缺少资金，都是他亲自出面筹措，并给债主立下字据，一日未去世，所有欠款都由他偿还。

胡适曾经对其有这样的评价："张謇实业，并不是以盈利为目的的，甚至有的负债累累，惨淡经营，他独自开辟了太多的道路，做了三十年的急先锋，养活了几百万人，造福了一方，对全国产生重大的影响。"

张謇作为中国民族资本主义的奠基人，他的做法虽然有不成功之处，可是他的模范作用却泽被后人，是中国那个过渡性时代的英雄。

听了沈主席绘声绘色的讲述，大家对实业先贤张謇之救助苍生及爱国情怀敬佩得五体投地，一种高尚情操和不屈的风骨精神

在大家心底里久久升腾……

<h2 style="text-align:center">（三）欢聚港镇</h2>

离开张謇纪念馆，大家驱车前往我家乡吕四。

我家乡吕四是全国四大渔港之一，是世界上九大渔场之一，也是江苏最大的渔镇。关于吕四名称的由来，有个美好的传说：据传八仙中的吕洞宾游历了东海之后，乘鹤来到"白水荡"，看到"白水荡"狂风恶浪，吕仙人用手中佛帚轻轻地一拂，顿时涛平水静，草绿鹤舞。吕洞宾在"白水荡"历游了四次，吕四由此而得名，在最后一次吕仙人又留下了坐骑丹顶鹤，故此吕四又名为"鹤城"，地近长江的出海口。冷、暖、咸、淡不同水系在此汇合，处于沿岸低盐水系和外海高盐水系的混合区。加以渔场水浅，大小河流带来的营养物质丰富，水质肥沃，饵料丰富，鱼群十分密集，盛产吕四带鱼、海蜇、鲳鱼、鳗鲡、紫菜、黄鱼、对虾等系列产品，出口世界20多个国家和地区。为我国近海天然优良渔场，也是世界上少数几个得天独厚的优良渔场之一。早在民国初年，民主革命先驱孙中山先生在《建国方略》中就提出"吕四港者，将夹于扬子江北端处，应建立渔港也"。

为迎接客人们到来，我早早告别徐明局长出了通州湾商务大厦，驾车直驱吕四渔港，找人称"吕四杜月笙"的发小成金坤。为了让客人们尽早了解我这位十分搞笑的老同学，我在"南通行"转发了我几天前撰写的关于他的文章。

　　成金坤何许人也？此翁乃我之发小、吕四港镇鹤港大酒店老板，一个八面玲珑的商人，我一贯称之为"长着一头鬼点子的'鬼谷子'"，又称"吕四杜月笙"，更是具有吕四人鲜明特征的"憨厚型商贾"。

　　为了南京来的考察团，几天前我就多次给他打电话，一再关照他提前做好安排，强调"高规格"接待。

　　到了吕四鹤港大酒店已近中午一点，成金坤叮嘱厨房为我做了碗香喷喷的文蛤面条和一盘紫菜文蛤饼，我狼吞虎咽地吃个精光。然后他陪我驱车到百源豪生大酒店进行参观，这家酒店是刚开张不久的五星级饭店，硬件软件的确不错，装潢十分豪华考究。领班又带我们跑到三楼会议室，从每个座位到电视大屏，每个细节的处理都让我心服口服，心中暗自夸赞老同学"杜月笙"精心布置，考虑独到！

　　领班把我引到二楼的咖啡厅品尝咖啡，耳边是悠扬舒缓的萨

○ 胡延／摄

克斯曲《回家》，手捧盛装美式咖啡的白瓷杯，嘬了一口，顿觉唇齿芬芳，惬意绵绵，我喝着咖啡静候队伍到来。

　　下午五时许，楼下人声鼎沸，我走到平台扶栏处往下看去，"他们到了！"我急匆匆下了楼，一眼看见我的好兄弟红旗物流

老总解刚、长青钢铁的刘松老总、省农垦的俞洋、汇鸿集团杨杰老总，以及媒体大佬《新华日报》的刘奇葆主任、《扬子晚报》吴剑飞总编等等一拨熟悉面孔，"呵呵，这回终于打回你老家了！"解刚眼尖跟我招呼道。"嗨，欢迎来到吕四！"招呼声此起彼伏，随后我协助他们办理入住手续。

儒雅的陈达会长到了，我问他说，三楼会议室已准备就绪，几点开会？陈会长说在群里通知下，半小时后请大家到会议室参会。

三楼会议室窗明几净，华灯熠熠，大屏幕上打着醒目红字："迎建党百年，江苏省钢铁服务业协会企业家、著名作家暨媒体大咖座谈会。"

会议由陈达会长主持，他首先逐一介绍到会的协会班子，随后由我逐个介绍到会的每位作家、媒体"大咖"。

陈会长首先代表协会及协会党支部感谢作家、媒体"大咖"长期以来的支持，就建党百年前夕组织本次南通行活动意义做了阐述，南京市机关作协主席邹雷、《今日企业》胡延总编、《扬子晚报》吴剑飞常务副总编等相继发言，大家畅述己见，气氛相当热烈，胡延总编就下一步将与协会合作组织采编"迎建党百年红色特刊"做了方案说明，胡总的发言得到协会领导班子一致认可。

席间，多才多艺又显得有些内敛的警营作家蓝花布用精湛的摄影技术，把陈达会长的专注、陈家俊会长的沉稳、蔡欣会长的张扬、胡延老师的稳重、邹雷主席的风度，以及严加彬老总的干练等企业老总、作家老师参会迥异的神情一一抓拍下来，立体感强，

○ 胡延/摄

令大家暗暗惊奇。

晚上，队伍移师成金坤的鹤港大酒店，一顿愉悦激情的海鲜大餐即将呈上。

我作为东道主理应向大家做欢迎祝酒辞，发言对上午的高速上考斯特中巴车突遇爆胎，张燕滨先生临危沉着处置、化险为夷的高超技术和良好的心理素质表示感谢，同时也申明备此晚宴为诸位洗尘压惊。晚宴上，成金坤用吕四方言为大家唱了首《朋友》，接着活泼的印利宏上台为大家献唱，气氛愈来愈热烈。人高马大、来自盐城的严峰会长在大伙怂恿下，上台唱起《北国之春》，活跃可爱的解刚会长沿着严峰歌声节奏伴起了舞，解会长憨态可掬的舞姿逗得大家哄堂大笑，发出阵阵掌声，觥筹交错，大家相互祝福，气氛一轮接着一轮推向高潮。

（四）瞰视通州湾

次日早餐后，队伍浩浩荡荡向通州湾进发。

九点许，我们到达通州湾商务大厦楼下，徐明局长带领其科室的干部们已在门口恭候多时。

徐明把我们引入大厅一个偌大的墙面地图前，用激光电筒向我们介绍通州湾示范区的地理位置以及未来的整体布局，随后带着我们走进影视展示厅，一起观看气势恢宏的通州湾宣传大片。

通州湾示范区党工委副书记施宏杰也早早来此，宣传片看完后，他带我们出了门，说上车"逛一逛"通州湾区。

施书记对通州湾区的一草一木了然于胸，一路上如数家珍，向我们娓娓道来。

通州湾示范区成立于2012年2月，规划面积820平方公里。2014年9月，正式发布的《国务院关于依托黄金水道推动长江经济带发展的指导意见》中明确提出："推进通州湾江海联动开发"。2015年3月，国家发改委复函江苏省政府批准同意设立"通州湾江海联动开发示范区"，标志着通州湾开发上升到国家战略层面。

通州湾示范区具有独特的综合开发优势，是国家级优质开发载体。区位优势独特，靠江靠海靠近上海，江海交汇，距离上海浦东和上海自贸区仅1小时车程。港口条件优越，采用挖入式港

浩浩荡荡向东行

○ 胡延/摄

池建港模式，可形成 150 公里深水岸线，数百个 5~30 万吨级深水泊位，通过能力超 10 亿吨的综合性、现代化大型深水海港。土地资源丰富，可 0 米线以上沙体起围形成 450 平方公里土地，功能区划已经国务院批准为建设用海，具备港口、产业、城市综合性开发条件。江海联运便捷，可实现江海河水水中转、海陆空多式联运，通过长江北支航道实现江海直达运输。生态环境优良，拥有多个天然原生态蓝色海湾，自然禀赋优越，环境承载能力强，PM2.5 常年保持在 50 左右。

国家发改委批文中明确表示：加快通州湾示范区建设对于助推 21 世纪海上丝绸之路建设和长江经济带联动发展、深化长三角一体发展、提升江苏沿海开发水平、为全国江海联动开发探索路径、提供示范具有重要意义。通州湾示范区总体定位为："长江经济带北翼桥头堡、江海联动现代物流集聚区、江海产业联动发展先导区、陆海统筹综合配套改革先行区"。

依据我们事先安排，九点五十八分是江苏弘钢装备集团项目开工仪式，施书记赶紧让徐明就此收兵，转移位于钱塘江路与南海路交叉处的弘钢装备集团工地。

弘钢项目工地上彩旗猎猎，数十个偌大的气球在天空中盘旋，入口处一架弧形拱门上贴着大字："热烈祝贺江苏弘钢装备集团开工大吉！"拱门下面两侧一溜排摆放五彩缤纷的花篮，南侧矗立一块巨幅广告牌，上面是企业厂房效果图及文字介绍。

从弘钢集团工地向北约有1公里便是黄海，这天艳阳高照，气温迅速攀升逼近三十度，要是在南京恐怕让人纷纷避阳，但在潮湿的通州湾，一阵阵轻轻荡荡、咸咸湿湿的海风拂面而来，似乎并不让人感到灼热。

吉时已到，开工仪式正式开始。徐明局长主持会议，施宏杰书记代表管委会、邹雷代表作家媒体、陈达代表江苏省钢铁服务业协会、黄建波代表施工方江苏远建市政工程有限公司、我代表建设方，各自表示了热情洋溢的祝贺，做了表态发言，台上言之切切，台下掌声阵阵。发言完毕，领导贵宾们在徐明引导下，移步台下培土奠基，刹那间鞭炮齐鸣，一个接着一个震耳欲聋的礼炮在空中轰轰炸裂。"要是晚上绽放这些烟花爆竹，那一定色彩斑斓，十分赏心悦目。"施书记指着空中对我笑着说道。

午餐后，考察团依依惜别通州湾，同志们相互致礼，握手告别，各自上了车后，开始返程。一路浏览广袤而壮美通州湾，心想，

浩浩荡荡向东行

○ 胡延 / 摄

这偌大一片曾沉没于大海潮水之下的土地，如今却计划利用三五年的时间再建一座拥有三十万人口的新城，这是多么不可思议的伟大壮举，这是只有在我们伟大的共产党领导下，才有的神来之笔！

撰于 2021 年 5 月 9 日，通州湾商务中心

月洒乾坤中秋浓

今晚不是一般的夜晚，而是徐风荡漾、爽透心扉的辛丑中秋之夜。

"月有阴晴圆缺，人有悲欢离合。"仰望天空中那光圆锃亮的玉盘，一种对皓月莫名的膜拜冲动油然而生。心里寻思，似乎多年中秋之夜不是遇到烟雨蒙蒙，就是只见氤氲缭绕而不见月娥踪影。今晚得于大自然恩赐，多年不见到月亮的轮廓出奇清澈，柔和的月光把夜晚沉寂的城市涮得晶莹剔透，此时万家灯火男女老幼围着桌子吃着月饼品着珍馐，不时看到有人用手机将美妙的景致拍取下来，配上赞美之词发微信分享。而在我眼里也不过暂且拥有一幅虚无缥缈的油画，因为我知道，这大自然也是够"喜

○ 胡延／摄

怒哀乐"的。高兴时风平浪静，一如今晚出幕的纯情端庄、含情脉脉的女子，倾尽温顺典雅之态；愤怒时，玉盘躲得无影无踪，取而代之的是飞沙走石、狂风骤雨，就在一周前，好似意欲摧毁广厦千万间的"烟花"及"灿都"强台风相继咄咄降临！

　　人过了半百，变得十分"现实"，不再浪漫于一时虚邈的幻觉，也更加宠辱不惊！虽然也对气象"喜怒哀乐"之景象早已见怪不怪，但今逢中秋之夜，趁着酒兴偕妻带女走进南京饭店芥子园散步徜徉，也许陡然怀念起当年那种朦朦胧胧的青葱岁月，顿觉醍醐灌顶，居然也有一番滋味涌上心头。

　　南京城虹桥路口是几乎没有白天黑夜的，24小时连轴转，车水马龙，闹中取静的南京饭店盘踞在这个十字路口繁华的西侧，就像被当今中国商品经济时代遗弃似的，一晃就是 85 个春秋。我在这家饭店旁生活并观察了近二十年，也从未见它有过什么旺盛时尚，也未见它堕落萧条样子，也许是个局外人并不知其中之端倪吧。但我了解这个饭店是诞生于日军侵华战争之前的 1936 年，历经日军侵华战争南京大屠杀那被践踏蹂躏、炮轰摧毁的劫难时代，当年居然未遭毁灭，而今依然铮铮雄立。我的一位好友《扬子晚报》社副总编吴剑飞，他曾采访过南京市园林局专家。吴剑飞告诉我，南京城拥有 1250 余株世界级名贵松柏古树，其中就有 200 余名株"躲藏"在南京饭店园内，据史载：1936 年 12 月 30 日，蒋介石 50 岁大寿庆贺晚宴在南京饭店举行，巨头大亨孔祥熙、宋子文、陈果夫和陈立夫兄弟，联合赠送其生日礼物法国雪松十株并合力栽植，寓意蒋介石"寿比南山不老松"，十株名松喻意十全十美，这十棵不朽之松树龄至今已超 128 岁，在南京饭店至今昂首挺胸了 85 年。1946 年 3 月 5 日宋美龄 50 岁的生日在南京饭店举办，

○ 胡延 / 摄

宋子文赠予礼物为广玉兰，寓意"永远年轻"，如今树龄118岁仍在南京饭店园子里开花，幽幽芳香溢满园子……足见南京饭店的芥子园的古树底蕴有多深。

"今夜无眠，缘于今夜是中秋。"我穿着大裤衩，脚趿凉鞋与妻儿及岳母大人穿过南京饭店南大门警岗，与警岗人员示意后径直进入空旷的停车广场，夜幕降临后这里虽然有许多整齐停放的车辆，但里面静悄悄的，靠车辆里侧是修剪齐刷刷的冬青卫茂树，漫步在南京饭店园庭，这里再无车水马龙、人声鼎沸，只有绿荫葱葱和造型各异的树木，令人心旷神怡，感觉顿时甩开城市的喧嚣，走进万籁俱静的"教堂"，后面则是传来孩子、孩她妈与岳母喃

○ 胡延／摄

喃细语声。我凝神寻思，人的生理是需要宁静的，无尽的喧闹嘈杂只能让人陷入疯狂状态，无法做到理智理性。目睹这园庭里的灌木松柏，我猜想这里每一株松柏一定都见证了古城人间上演多少悲欢离合又不为人知的故事，有刀光剑影、有血刃惨案、有啼笑皆非、有冤情错案。如果它们能开口说话，

把这些故事原原本本讲述出来，这将是我文学创作中的一笔财富。

从南京饭店南门沿着紫霞阁楼朝里不拐弯，过了"紫金楼"便是一条幽静的巷子，越走越感到莫名的肃穆，也不时嗅到空气里散发出淡淡的菊香味，来到北后院，一座别有洞天的小公园映入眼帘，只见葱葱的垂柳、潺潺的小溪、红彤彤的拱桥，还有人工垒成的坡道上排放几盏诗意十足的石桌石凳，朝坡道的走廊走去可以看到小池塘里一群游动的红鲫鱼和白鲫鱼，鱼群在追逐中激起一层层无声无息的涟漪，仰望屋檐上空是银光闪闪的玉盘，身侧是婆娑依依的垂柳，脚下有波光潋滟的小池塘，身旁还陪伴与世无争、喃喃细语的妻女。此时一阵朗朗清风徐徐拂来，似乎将往日遇到并积攒的各种烦忧吹散一大半，我蓦然想起十年前喜欢念诵的一首悲诗：

十年生死两茫茫，不思量，自难忘。千里孤坟，无处话凄凉。纵使相逢应不识，尘满面，鬓如霜。

夜来幽梦忽还乡，小轩窗，正梳妆。相顾无言，惟有泪千行。料得年年肠断处，明月夜，短松冈。

苏轼《江城子·乙卯正月二十日夜记梦》。

同样还有一首是唐代并不知名的叫赵嘏的诗人写的《江楼旧感》，虽极少触及，但其内蕴却深深吸引着我。诗云：

独上江楼思渺然，月光如水水如天。

同来望月人何处，风景依
稀似去年。

诗的大意，在一个清凉寂
静的夜晚，诗人独登江楼，感
慨道：去年也是这样的良夜，
我们结侣来游，凭栏倚肩，共
赏江天明月，如今风景依稀可
辨，一起望月的人却再也不见。

这是一首情味隽永、淡雅
洗练的好诗。

诗人由月而望到水，只见月影倒映，恍惚觉得幽深的苍穹在
脚下浮涌，意境显得格外幽美恬静。整个世界连同诗人的心，好
像都溶化在无边的迷茫和恬静的月色水光之中。

古代诗人借秋夜月色景致而喻抒情感的诗篇并不多见，精品
力作少之又少，其中宋代诗人写了一首《新晴山月》，意味深长，
让我念诵共赏之：

高松漏疏月，落影如画地。
徘徊爱其下，及久不能寐。
怯风池荷卷，病雨山果坠。
谁伴予苦吟？满林啼络纬。

文同是北宋画家，此诗以诗人兼画家的双重眼光，观察和体会月夜美景，描绘了高松、月影、虫唱、风荷、果落等景色，写出山中月夜初晴后的幽美、寂静、清爽，表达了作者漫步月夜林下的恬静、愉悦之情。

"高松漏疏月，落影如画地"，宛如一幅素描，有立体形象，有平面图案，再现了山林中特有的夜色。一个"漏"字，将月色透过浓密的树荫的状况描写得活灵活现。

我沉醉于深邃博大的唐诗宋词，辄觉意犹未尽时，忽然发现一轮横挂于苍穹之中的白银玉盘，不知什么时候转变成黄橙色，周围闪烁着大小不等的星星，我孩提时听大人说过，月轮里有棵大树，大树下面有只玉兔，玉兔的旁边则是嫦娥，如今细细辨认，若隐若现，还真有些像，莫非只要心里想什么，它便像什么？

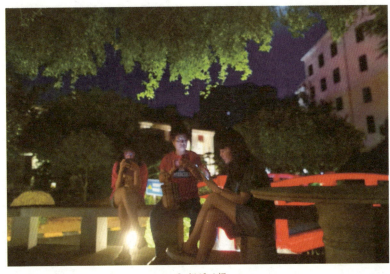

○ 胡延／摄

月洒乾坤中秋浓 ❀

"回家回家，还有一大箩作业等着你做咧！"在我正沉浸于遐想中时突然传来妻子的喊声，"扑扑扑"，居然在静谧的空旷花园里惊飞两只蛰伏已久的麻雀，猛地吓得我一阵痉挛。"还有你，回家教女儿写作文，也得尽尽父亲责任，快走！"妻子上前不由分说，拽着我的手臂便走。

"哎哎，别拽别拽，我会走我会走！"我边说边挣扎，显然仍意犹未尽，怎奈妻子劲大，竟和女儿一个推、一个拉，两人三下五除二地将我推出南京饭店大门外，只听见岳母在后面咯咯咯地笑个不停……

撰于 2021 年中秋之夜，金陵寓中

作家文剑其人

　　文剑先生（原名：印华），笔名又称文青，江苏启东籍人，出生于1966年8月，现定居南京。

　　"九陌云初霁，皇衢柳已新"。二十世纪八十年代初期，参加省文联暨南大中文系组织的"青年作家班"文学创作培训。八十年代初期，文剑先后当过修船工、县文化馆创作员、县电台通讯员，其创作的多幕戏剧脚本、独幕剧本、小说、散文、新闻通讯等多种文体发表在《青春》杂志、《希望》杂志等报刊。其中，戏剧脚本《追亲家》《"何半仙"露馅记》《美丽的黄海之滩》等等曾荣获"南通市群众文艺汇演创作二等奖""鲁迅金奖""全国文化精英大赛特殊成就奖"等称号，作者本人荣获"启东文联优秀创作员"

称号。

1985年任《经济日报》（安徽版）新闻记者、主任助理。

1991至1993年任《经济时报》江苏记者站副站长。

1993年9月开始下海经商；现为：江苏省钢铁服务业协会常务副会长、江苏省作家协会会员（南京召集人）、江苏省散文学会副秘书长、江苏省名牌事业促进会副会长、南京江北新区作家协会副主席、中外经典文学特约作家等等。

○ 签售作品

○ 受全媒体记者采访

○ 给学员授课